AF191427

Das Buch

Wenn Salz, Sommer und Liebe in der Luft liegen, dann ist es Zeit für Rügen!

Frisch getrennt von ihrem Freund verlegt Maja ihren Arbeitsplatz kurzerhand für vier Wochen auf die Sonneninsel Rügen. Als sie an ihrer Unterkunft ankommt, wird sie ungläubig von Bent, dem gutaussehenden Besitzer des Hofes, in Empfang genommen - denn die Wohnungen werden eigentlich nicht mehr vermietet. Schnell wird klar, dass Bents Tante Fine ihre Finger im Spiel hat. Charmant überredet diese Maja, zu bleiben und gemeinsam mit ihr die verstaubten Wohnungen heimlich aus ihrem Dornröschenschlaf zu erwecken. Als Bent davon Wind bekommt, ist er gar nicht begeistert. Maja will schon aufgeben und sich eine andere Unterkunft suchen, doch dann passiert etwas, das sie zum Bleiben bewegt.

Vier ereignisreiche, emotionale und sonnige Wochen auf Rügen beginnen, die am Ende nach einem ganzen Leben schmecken - wäre da nicht Bents komplizierte Vergangenheit…

Die Autorin

Hanna Holmgren liebt das Leben – an bunten und an grauen Tagen.

„Es liegt schließlich an uns selbst, welche Tage wir an uns heranlassen", ist ihr Motto. Schon als Kind begann Hanna, ihre Erinnerungen an wunderbare Orte und Momente in einem Reisetagebuch festzuhalten und formte bleibende Geschichten daraus. Im Laufe der Zeit entwickelten sie sich zu vollwertigen Romanen und wurden schließlich zu ihrer größten Leidenschaft. Heute bedeutet das Schreiben für sie pure Entspannung. Es bringt ihr Sonnenstrahlen, Sandkörner und Meeresrauschen in ihr heimisches Arbeitszimmer und lindert das ständige Fernweh bis zur nächsten Reise, die ihr noch immer als wichtigste Inspirationsquelle dienen. Seit Hanna Holmgren ihr früheres Berufsleben hinter sich gelassen hat, widmet sie sich voll und ganz dem Schreiben von romantischen Wohlfühl-Romanen.

Nachdem sie ihre LeserInnen mit ihrem Debütroman „Sehnsucht nach Rose Cottage" ins romantische Schottland entführte, geht es diesmal mit „Immer der Liebe entgegen" auf die wunderschöne Ostseeinsel Rügen.

Immer der Liebe entgegen

Zeit für Rügen

Ein Roman von Hanna Holmgren

Mehr zur Autorin finden Sie auf
www.hannaholmgren.de,
www.instagram.com/hannaholmgren.autorin,
www.facebook.com/hannaholmgren.autorin und
www.feuerwerkeverlag.de/holmgren

Abonnieren Sie auch unseren Verlags- und Autoren-Newsletter und
erfahren Sie so als Erster von unseren **Neuerscheinungen,
Autorennews** und exklusiven **Buch-Gewinnspielen**:
www.feuerwerkeverlag.de/newsletter

Originalausgabe Juni 2022
© FeuerWerke Verlag, alle Rechte vorbehalten
Maracuja GmbH, Laerheider Weg 13, 47669 Wachtendonk
Herstellung: Books on Demand GmbH
Printed in Europe
Umschlaggestaltung: Grit Bomhauer, grit-bomhauer.com
unter Verwendung von © Adobe Stock – lovelyday12 | js-photo |
refresh (PIX) | wajan | soleg | photosvac | Marina Lohrbach und ©
Depositphotos – marzolino | @ Aquir014b

Lektorat: Claudia Grundschok, Berlin

ISBN: 978-3-949221-30-9

- 1 -

„MAJA, bitte, können wir noch mal reden?"

Sven stand mit ausgebreiteten Armen vor der Haustür, den Blick der Situation angemessen mit einer gewissen Theatralik überhaucht.

„Wir haben genug geredet, Sven", entgegnete Maja mit einer deutlichen Portion Wut im Bauch, während sie hastig den großen Koffer in ihrem Auto verstaute.

„Maja, es tut mir leid. Bitte, lass uns kurz durchatmen, einen Kaffee trinken und einfach noch einmal über alles sprechen."

„Es ist alles gesagt. Genau genommen war gestern bereits alles gesagt."

Kraftvoll katapultierte sie die Heckklappe in Richtung Schloss und hoffte inständig, dass der damit verbundene Knall ihn aufschrecken und durchschütteln würde, damit er aufhörte, andauernd diesen Satz zu sagen. Sie wollte nicht mehr reden, und jetzt stapfte sie an ihm vorbei zurück ins Haus. Sie musste noch ihren Laptop holen, zum Glück war ihr das gerade noch eingefallen. Auf dem Weg ins Arbeitszimmer passierte sie all die Fotos, die ihre Wände zierten.

„Maja", rief Sven, immer verzweifelter klang er.

Doch Maja war sich sicher. Sie wollte weg. Weg von diesem Mann, weg von dieser Beziehung.

Sie schnappte sich Laptoptasche, Powerbank und ihre aktuelle Auftragsmappe und hastete zurück zur Haustür, wo Sven sich mittlerweile auf den Treppenstufen niedergelassen hatte.

„Wo willst du überhaupt hin?", fragte er sichtlich erschöpft.

Eine Antwort darauf wollte sie ihm nicht geben, also zuckte sie nur mit den Schultern.

„Maja, ich liebe dich. Gib uns noch eine Chance."

„Ach, Sven", entgegnete sie, und mit einem Mal fühlte sie so etwas wie Mitleid mit ihm, was in Anbetracht der Situation wirklich absurd anmutete.

„Sven, es ist vorbei. Du warst mit Manuela in der Kiste, was hast du geglaubt, wie ich wohl reagieren würde?"

„Es war keine Liebe."

„Du hast recht. Es war keine Liebe. Und weißt du, woran ich das gemerkt habe?"

„Weil ich ihre Nummer gelöscht habe?", mutmaßte er ein wenig unsicher, und sie konnte so etwas wie aufkeimende Hoffnung in seinem Blick ausmachen.

„Sven, sie ist deine Sekretärin, du hast ihre Nummer in der Personalakte …"

Er seufzte.

„Ich habe es gemerkt, weil es mir egal ist", fuhr sie fort. „Es ist mir echt egal."

„Häh?" Jetzt war sein Blick nicht mehr hoffnungsvoll, sondern wirklich hohl.

„Ich wäre so oder so gegangen, Sven."

„Du wärst was?"

„Gegangen! Dein Seitensprung war nur noch der dicke Strich drunter. Es war lange vorher kaputt zwischen uns."

„Wie kommst du darauf?"

„Ich fühle es."

„Seit wann?"

„Schon lange."

„Du liebst mich schon länger nicht mehr?"

Sie setzte sich neben ihn, weil sie das Bedürfnis hatte, auf eine Ebene mit ihm zu gelangen.

„Sven, liebst du mich oder die Vorstellung von dem, was wir hätten sein können?"

Sie blickte ihn von der Seite an. Er zuckte mit den Schultern.

„Mal ehrlich: Du kannst mich nicht lieben und gleichzeitig mit Manuela ins Bett gehen, das passt hinten und vorn nicht. Wir haben doch beide seit Ewigkeiten unser eigenes Ding gemacht. Irgendwie ja von Anfang an. Ich meine, schlussendlich hast du sogar den Sex ohne mich durchgezogen."

Wieder seufzte er. Dieses Mal so, als würde er einen interessanten Gedanken in seinem Kopf willkommen heißen.

„Keine Chance mehr zu reden?"

Sie schüttelte den Kopf. Plötzlich stand er auf und blickte geradeaus.

„Willst du all das hier echt aufgeben?", fragte er dann mit einer ausladenden Geste. Fast wie ein Aristokrat, der seiner Magd von den Höhen der Burgmauern stolz all seine Ländereien präsentierte. Sie stand auf und stellte sich neben ihn.

All das … All das, das war ein wirklich schönes Haus am Dortmunder Phoenixsee. Gott sei Dank nur zur Miete. All das, das waren zwei in der Tat nette Autos. Gott sei Dank gehörte jedem eines. All das, das war eben auch ein wirklich gut aussehender Mann, erfolgreich, zielstrebig und unterm Strich wirklich toll.

In der Tat, sie würde all das aufgeben. Weil sie gut darin war, Dinge aufzugeben, besonders, wenn sie ihr nicht guttaten.

„Ja", antwortete sie dann und ging zum Auto.

„Maja …", hörte sie ihn noch kraftlos rufen, bevor sie ins Auto stieg und den Motor startete.

Kurze Zeit später stand ihr Auto am Straßenrand, ihre Augen waren mit Tränen gefüllt. Sie atmete tief durch und wischte die Traurigkeit von ihrer Wange. Kopf und Rückgrat waren schon immer die besseren Ratgeber gewesen. So auch jetzt, dessen war sie sich sicher. Es gab keine Alternative zur Trennung, die Fakten waren eindeutig. Dass sie jetzt weinte, lag daran, dass mal wieder eine Chance vertan war. Dass sie wieder bei null anfangen musste. Und dass sie Angst davor hatte, nie den einen Menschen zu finden, bei dem sie ankommen und bleiben würde, jemals frei zu sein von der Angst, verletzt zu werden.

Sie hatte früh gelernt, auf ihren Kopf zu hören, weil sie einst hatte mitansehen müssen, wie ihre Eltern spektakulär die eigene Ehe in den Tod gestritten hatten. Irgendwann sollte sie sich entscheiden, bei wem sie leben wollte. Eine Frage, die sie damals unmöglich ihrem Herzen stellen konnte, denn dann hätte sie es zerreißen müssen. Und je mehr sie im Laufe ihres Lebens ihren Kopf hatte entscheiden lassen, desto weniger schwer war ihr Herz und desto geringer war außerdem das Risiko geworden, dass irgendetwas wehtat. Lektion gelernt.

Maja schaute aus dem Autofenster und ließ die Autos an sich vorbeiziehen. Stoßartig pustete sie die Traurigkeit aus ihrem Körper, um sich zu sortieren. Sie setzte den Blinker, das Ziel wieder fest vor Augen.

Wenn nichts mehr geht, dann geht's ans Meer.

Das war ihr Motto und gleichzeitig ihr erstes Etappenziel auf dem Weg in ein neues Leben.

Vier Wochen Inselluft. Vier Wochen Abstand gewinnen. Vier Wochen, an deren Ende sie stärker und unabhängiger sein würde als jemals zuvor.

Dass es Rügen werden würde, war für sie sofort klar gewesen. Weil Rügen ihr Sehnsuchtsort war. Schon immer. Verrückterweise war sie erst zweimal dort gewesen. Doch jetzt würde sie die Insel endlich richtig kennenlernen und ihr flüsterndes Herz mit einer bald gestillten Sehnsucht beruhigen. Sie fühlte das Kribbeln in ihrem Bauch und hatte Mühe, sich auf den Lauf der Straße zu konzentrieren, weil sie liebend gern die Landschaft in sich aufsaugen wollte. So schön war es bereits jetzt, noch einige Kilometer von der Insel entfernt.

Und dann war sie da. Diese wunderschöne Allee, die sie von ihren beiden Besuchen bereits kannte. Diese kleine Landstraße, gespickt mit Linden links und rechts, die direkt zum Ortseingang führte. Es war Mai und die Bäume hellgrün und der Himmel so blau, als habe Rügen extra für sie ihr schönstes Kleid herausgeholt. Was für eine Begrüßung, was für ein Empfang. Maja lächelte und war bereit. Bereit, die Inselschönheit nun endlich ganz und gar kennenzulernen.

MAJA saß am Strand, die Füße in den Sand eingebuddelt.

„I am sailing, I am sailing, home again, cross the sea …"

„Das mit dem Singen lässt du besser", bemerkte Mikki lachend vom anderen Ende der Leitung. Mikki war ihre beste Freundin und seit nunmehr fünf Jahren ihre Agenturpartnerin.

„So schief?"

„Richtig schief."

„Aber du erkennst das Lied?"

„Ich erkenne den Text und kann somit auf das Lied schließen."

„Das ist übel."

„Ja, Maja, das ist es. Bist du schon angekommen?", erkundigte sich ihre Freundin, gefolgt von einem ohrenbetäubenden Husten.

„Boah, Mikki, du hast manchmal echt keine Manieren."

„Entschuldige", murmelte sie. „Und bist du nun schon angekommen?"

„Auf Rügen ja, an meiner Unterkunft noch nicht. Aber das Licht war gerade so fantastisch, da musste ich einen kurzen Zwischenstopp einlegen und die Kamera zücken."

„Lass mich teilhaben, bitte lass mich teilhaben", flehte Mikki.

„Setz dich ins Auto, und komm zu mir. Die Wohnung ist groß genug."

„Und wer soll die ganze Arbeit machen? Wer bringt die Butter auf den Tisch?"

„Ich lass dich nicht im Stich und werde fleißig arbeiten, und mit Meer im Rücken oder vor der Nase fleißig Fotos bearbeiten, die du mir hoffentlich schicken wirst. Also, solltest du es privat nicht hinkriegen, mich zu besuchen, dann musst du eben beruflich hier vorbeikommen."

„Ja, ich sehe zu, dass ich das hinkriege."

„Warte", warf Maja, die gerade einen Geistesblitz hatte, ein.

Sie drückte auf das Kamerasymbol, um gleich darauf einen Videoanruf zu starten. Kaum war ihre Freundin zu sehen, drehte sie das Display in Richtung Meer.

„Ooooh, ich komme doch sofort", ertönte es schon kurz darauf aus dem Smartphone. „Dreh mich noch nicht wieder um. Ich muss es aufsaugen."

Maja hielt das Handy in Brusthöhe am gestreckten Arm und atmete tief ein. Die Luft war mild, und die Sonne stand bereits ein wenig tiefer, sodass das Meer in einem warmen Blauton schimmerte. Die Spaziergänger ringsherum blendete sie einfach aus. Einzig ein kleiner Junge, der gemeinsam mit seinem Vater einen Windvogel an der Leine hielt, zog ihre Aufmerksamkeit auf sich. Sie benötigten anscheinend all ihre Energie, um den Drachen unter Kontrolle zu halten. Der Windvogel drehte eine Pirouette nach der nächsten an den straff gespannten Bändern. Auch wenn es mild war, wehte der Wind kraftvoll an diesem späten Nachmittag und durchwühlte Majas offenes blondes Haar.

„Maja?" Mikkis Stimme riss sie aus diesem Moment. „Du kannst mich wieder rumdrehen."

Jetzt trafen sich ihre Blicke.

„Genieß die Zeit."

„Du bist ein Schatz."

„Weiß ich! Und du versprichst mir wirklich, dass du diese vier Wochen auch für dich nutzt und dein Herz freiräumst, okay? Nicht nur arbeiten!"

„Jaja, ich werde mich zwischendurch auch erholen."

„Herz freiräumen, habe ich gesagt! Damit da irgendwann mal jemand für immer drin wohnen kann und du nicht ständig Reißaus nimmst, wenn es schwierig zu werden droht. Svens Seitensprung kam dir ja wohl gerade recht."

Der kleine goldene Stecker in Mikkis rechtem Nasenflügel funkelte selbst im Display des Handys, genauso wie ihre Augen. Sie war einfach pure Leichtigkeit. Und ihr was vorzumachen, war zwecklos. Sie durchschaute Maja, wann immer es etwas zu durchschauen gab.

„Ich will, dass der nächste Mann, der in dein Leben tritt, in einem aufgeräumten Herzen wohnen kann."

„Es ist gar nicht so durcheinander. Ich finde, es ist gut sortiert."

„Es ist zugestellt, aber du kennst ja meine Meinung dazu."

O ja, Maja kannte Mikkis Meinung. Denn wenn Mikki eines war, dann offen und direkt. Immer ehrlich, ohne zu verletzen. Manchmal unbequem, aber niemals eine Abrissbirne.

„Es ist nicht zugestellt."

„Eines Tages wirst du es ausmisten müssen. Aber nun genug Psychokram. Genieß das Meer, genieß die Ruhe und genieß den Wein, der hinten rechts im Fußraum steht."

Maja musste unweigerlich grinsen. Mikki grinste zurück.

„Du solltest dir wirklich angewöhnen, dein Auto abzuschließen. Irgendwann legt sich ein Serienmörder bei dir auf die Rückbank."

Was für eine furchtbare Vorstellung. Maja verscheuchte diesen Gedanken direkt wieder aus ihrem Kopf.

„Du bist die Beste", flüsterte sie in eine pfeifende Windböe hinein.

„Was hast du gesagt?" Mikki hielt den Hörer näher an ihr Gesicht, sodass Maja nur noch ihren Nasenflügel samt Nasenstecker sehen konnte.

„Du bist die Beste", rief sie nun so laut, dass Mikki zusammenzuckte und den Hörer sofort wieder auf Distanz brachte.

„Danke, weiß ich!", entgegnete sie, immer noch grinsend.

„Ich werde heute Abend auf uns anstoßen. Auf unsere Freundschaft und darauf, dass ich endlich wieder alles ganz allein entscheiden kann."

In diesem Moment zuckte Maja zusammen. Zischend raste ein Drache auf sie zu und bohrte sich nur Zentimeter von ihrem Schienbein entfernt in den Boden.

„Wow, das war knapp", rief sie aus und drehte das Handy so, dass Mikki das Ergebnis dieser spektakulären Aktion mit ihren eigenen Augen sehen konnte.

„O Gott, du hättest dein Bein verlieren können!"

Und damit lag Mikki wahrscheinlich gar nicht so falsch. Maja hob den Kopf und nahm direkt den Vater ins Visier, der mit seinem kleinen Jungen auf dem Arm zügigen Schrittes auf sie zukam.

„Entschuldigen Sie bitte!", bekundete er schon von Weitem. „Es tut mir so leid. Ich hoffe, es ist nichts passiert."

„Alles gut gegangen", beruhigte Maja den Mann lächelnd, und er lächelte nun ebenfalls.

„Wir haben total die Kontrolle verloren, dabei sind wir eigentlich echte Windvogelprofis, oder, Lasse?"

Lasse, von der Situation offensichtlich eingeschüchtert, vergrub sein Gesicht an der Schulter seines Vaters. Der Mann bückte sich, stellte seinen Sohn neben sich ab und befreite den Vogel aus seinem Sandgefängnis.

„Oh, Lasse, das müssen wir erst mal entwirren."

Und wirklich, die Schnüre des Drachens hatten sich zu einer langen Kordel verheddert, die wiederum mehrfach den Vogel umschlang. Für Majas Begriffe sah das sehr danach aus, als lehne sich der Vater ein wenig zu weit aus dem Fenster. Wahrscheinlich würde dieser Drachen in der Tonne landen.

„Ich hoffe, Sie nehmen unsere Entschuldigung an?"

„Habe ich doch längst", antwortete Maja und zwinkerte dem Jungen kurz zu. Der allerdings drehte sich sofort weg und vergrub sein Gesicht nun am Oberschenkel seines Vaters.

„Er ist etwas schüchtern", bemerkte der Mann mit einem sympathischen Lächeln. „Nochmals Entschuldigung, und ich wünsche Ihnen noch einen schönen Tag beziehungsweise Abend. Ist ja gleich schon Abendbrotzeit", ergänzte er mit Blick auf seine Armbanduhr.

„Danke, das wünsche ich Ihnen auch."

Er schnappte sich den Windvogel und die Hand seines Jungen und ging zurück zum Wasser.

Maja sah ihm nach.

„Na, das fängt ja gut an", ertönte es aus dem Lautsprecher ihres Smartphones. Mikki war noch immer am anderen Ende der Leitung und hatte alles mitanhören und offensichtlich auch ansehen können.

„Was fängt wie an?", hakte Maja nach.

14

„Man könnte meinen, du hättest geflirtet."

„Mikki, mir hätte ein Drache hier gerade beinahe meinen Unterschenkel abgetrennt, da flirte ich doch nicht. Außerdem war das ein Familienvater … Das geht gar nicht."

„Ist ja auch egal. Lass uns mal auflegen, Piet kommt gerade rein, wir wollen noch eine Runde laufen gehen."

„Viel Spaß, und wir sehen uns, okay?"

„Ja, ich sag dir Bescheid, wie und wann ich vorbeischneie." Mikki formte ihre Lippen zu einem Kussmund und war gleich darauf vom Bildschirm verschwunden.

Maja nahm ihre Kamera an sich und stand auf. Diese Kulisse war so wundervoll, dass sie noch mehrere Fotos verdiente. Sie zoomte die Steilküste näher heran, die auf der rechten Seite den feinsandigen Strand begrenzte. Kurz darauf drehte sie das Objektiv der Kamera zurück in Richtung Meer in der Hoffnung, auf diese Weise ein authentisches Panoramabild kreieren zu können. Und dann erschienen im Fokus der Linse die beiden Drachenlenker. Mittlerweile sitzend und dem Meer zugewandt. Maja holte die zwei mit ihrem Objektiv näher heran. Sie versuchten offensichtlich, die Kordeln zu entwirren. Dieses Motiv war so anrührend, dass Maja es festhalten musste. Sie drückte den Auslöser, und das Ergebnis war postkartenreif. Das wollte sie dem Mann nicht vorenthalten, also stapfte sie los. Barfuß. Immer wieder grub sie übertrieben tief ihre Füße in den Sand. Dieses Gefühl von Urlaub zwischen den Zehen fühlte sich einfach zu gut an.

„Hallo."

Sofort drehte sich der Vater um und blickte nach oben, direkt in ihre Augen.

„Darf ich kurz stören?"

„Sie stören nicht …"

„Ich hoffe, es ist okay, aber ich habe von Ihnen beiden ein Foto gemacht. Ich bin Fotografin, und wenn ich ein so schönes Motiv sehe, muss ich einfach abdrücken."

Noch während sie redete, hielt sie ihm die Kamera vor die Nase.

„Wow, das ist wunderschön."

„Wenn Sie mögen, kann ich es Ihnen schicken. Wenn Sie ein iPhone haben, direkt per Airdrop."

„Das wäre toll, danke." Sein Lächeln gab zwei deutliche Grübchen frei, und dann holte er sein Handy aus der Tasche.

„IPhone?", vergewisserte sie sich.

Er nickte, und kurz darauf ploppte das Bild bei ihm auf. Einen Moment betrachtete er es.

„Schön, echt, ich freue mich. Vielen Dank."

„Sehr gern." Maja lächelte.

„Machen Sie Urlaub auf Rügen?", erkundigte er sich.

„Ein bisschen Arbeit und ein bisschen Urlaub. Vier Wochen werde ich bleiben."

„Wow, vier Wochen, dann können Sie die Insel ja so richtig kennenlernen. Wohnen Sie hier in Baabe?"

„Nein, auf einem kleinen Hof im Mönchgut. Bent …" Sie zog die Stirn kraus. „Mir fällt gerade der Nachname des Vermieters nicht ein, Bent irgendwie … Aber es ist ein kleiner Hof in Alleinlage. Sah echt toll aus auf der Website."

Seine Augen waren jetzt von kleinen Fältchen umrahmt. Interessiert hörte er ihr zu.

„Und Sie? Familienurlaub?", fragte Maja.

„Nein, nein, ich wohne hier. Mich zieht es im Urlaub eher in die Berge."

„Wie schön", entgegnete sie.

Er studierte das Bild ein zweites Mal. Dann blickte er auf.

„Sagen Sie, dürfte ich das Foto auf einer Website verwenden? Ich bin gerade dabei, den Internetauftritt des Strandhotels zu überarbeiten, und dieses Bild sagt schon ziemlich viel über Rügen und das Urlaubsgefühl hier aus."

Maja musste nicht lange überlegen. „Ja, das dürfen Sie gern."

„Das ist nett. Und falls Sie Langeweile in Ihrem Urlaub bekommen sollten, könnten wir Sie als Fotografin engagieren. Ein paar Fotos könnte ich für die Website noch gebrauchen."

Wie ernst er dieses Angebot meinte, konnte Maja nicht einschätzen. „Sehr verlockend …“, gab sie dennoch zurück. „Ich schaue, wie schnell ich mich langweile und ob die Muse mich kitzelt.“

„Also, falls Sie mich suchen, Sie finden mich und Lasse entweder am Strand beim Drachen-Ruinieren oder alternativ im Strandhotel Baabe.“

„Wunderbar. Sollte ich vor Langweile umkommen, werde ich mich bei Ihnen melden.“

„Auf jeden Fall, ich rette gern Leben“, sagte er schmunzelnd.

Lächelnd hob sie die Hand zu einer kurzen Abschiedsgeste.

„Bis dann, und nochmals vielen Dank für das wundervolle Foto!“

„Gern“, erwiderte sie und stapfte zurück zu ihren Schuhen, die in exponierter Alleinlage mitten auf dem Strand lagen.

Nicht lange danach öffnete sie ihre Autotür, die sie offensichtlich mal wieder nicht verriegelt hatte. Bevor sie einstig, riskierte sie dann doch einen Blick auf die Rückbank.

„Herzlichen Dank, Mikki“, stöhnte sie, als sie sich auf den Fahrersitz fallen ließ, denn ihr war bewusst, dass sie fortan bei jeder Autofahrt von einer Serienmörderfantasie begleitet werden würde.

Maja startete den Motor und fuhr vom Parkplatz. Es war mittlerweile achtzehn Uhr, und es wurde Zeit, dass sie an der Unterkunft ankam. Und bis zur Halbinsel Mönchgut im Südosten der Insel war es noch ein Stück Fahrt. Bei ihrem letzten Aufenthalt war sie mehrfach dort und so wahnsinnig eingenommen gewesen von der Landschaft: von den grünen Wiesen, den bunten Blumen und dem blauen Meer. Sie hatte sich geschworen, den nächsten längeren Urlaub genau dort zu verbringen. Also fuhr sie nun diesem Versprechen an sich selbst entgegen und war gespannt darauf, wie der Hof, auf dem sie unterkommen würde, in natura wirkte.

Die Beschreibung im Internet verhieß jedenfalls genau das, was sie suchte: Ruhe, Abgeschiedenheit und eine Landschaft, die mehr als nur ein einziges Motiv hergab. Maja atmete tief ein und spürte, dass sie bereits nach einer Stunde Inselzeit tief in sich angekommen war.

- 3 -

ANGELEHNT an ihre Autotür ließ Maja das, was sie sah, auf sich wirken. Wenn es einen perfekten Ort gab, dann hatte sie ihn gerade gefunden. Eine phänomenale Aussicht bot dieses Fleckchen Erde. Die Sonne stand mittlerweile noch tiefer und färbte das Wasser, auf das sie freie Sicht hatte, in dunkles Blau.

Die Alleinlage des Hofes auf einer Anhöhe ließ einen unverbauten Blick über grüne Wiesen und gelbe Rapsfelder zu, über die azurblaue See bis hin zum Horizont. Das Anwesen bestand aus einem ziegelroten Haupthaus und zwei kleineren Anbauten, die jeweils rechts und links des größeren Hauses standen und so einen kleinen Innenhof umrahmten. Jedes der Häuser hatte eine eigene Eingangstür, und die Dächer waren allesamt mit Reet eingedeckt. Überall standen Blumentöpfe, die erahnen ließen, wie bunt es hier in ein paar Tagen sein würde, wenn Rosen und Hortensien sich noch mehr in Blüte schmissen. Maja hoffte, dass ihre Wohnung zum linken Haus gehörte, bestenfalls mit einer Terrasse nach hinten raus. So könnte sie den Ausblick auf das Meer unbegrenzt genießen.

Sie sah sich um. Es war still an diesem Ort, und auf eine seltsame, aber einnehmende Weise wirkte er so gar nicht wie eine touristische Herberge, sondern so ursprünglich und unberührt, dass Majas Herz sich vor Glück zusammenzog.

Genau diese Unberührtheit verunsicherte sie im nächsten Moment. War sie richtig hier?

Der Schotter knarzte unter ihren weißen Turnschuhen, als sie nun unschlüssig auf das Haupthaus zuging. Sie sah sich um, nach links, nach rechts, aber es schien, als sei niemand da. Also kehrte sie zum Auto zurück, griff ins Handschuhfach und holte die Buchungsbestätigung hervor.

Kurz glich sie Adresse und Buchungszeitraum ab. Alles passte. Bis zwanzig Uhr konnte sie einchecken. Es blieb ihr nichts anderes übrig, als zu klingeln, in der Hoffnung, dass jemand zu Hause war. Sie ging zurück zum mittleren der Häuser, und gerade, als sie die Klingel betätigen wollte, hörte sie den Motor eines Autos. Sie drehte sich um. Ein kleiner Jeep parkte direkt neben ihrem Golf. Gleich darauf öffnete sich die Tür, und ein Mann stieg aus.

„Kann ich Ihnen helfen?", erkundigte er sich und schob dabei die dunklen vom Wind zerzausten Haare aus der gerunzelten Stirn.

„Ja, ich bin Maja Leise und habe ab heute für vier Wochen Wohnung Nummer eins gebucht." Sie streckte ihm die Buchung als Bestätigung ihrer Aussage entgegen.

„Das muss ein Irrtum sein. Ich vermiete die Wohnungen nicht mehr." Sein Gesicht war wesentlich schöner, als seine brummelige Stimme vermuten ließ.

Jetzt war es Maja, die die Stirn in Falten legte. „Aber ich habe das doch gebucht und auch eine Zusage erhalten." Sie wedelte vorsichtig mit dem Blatt Papier und hielt es noch ein Stückchen näher vor seine Nase.

„Ich habe keine Zusage verschickt, und deshalb können Sie das auch nicht gebucht haben."

Sehr gern hätte sie ihm in diesem Moment den Zettel auf die Augen geklebt, damit er ihn zu Kenntnis nahm.

Er drehte sich um und ließ sie stehen. Wow!

„Entschuldigung", rief sie ihm energisch nach, „ich müsste irgendwo schlafen."

Doch das schien ihn nicht weiter zu interessieren. Unbeirrt setzte er seinen Weg fort.

„Idiot", fluchte sie lauter, als sie eigentlich wollte.

„Das habe ich gehört", erwiderte er.

„Na, wunderbar, können Sie auch ruhig."

Majas Herz wummerte. Sie stapfte zurück zum Auto und stieg ein, um sich zu sammeln. Mit dem Kopf auf dem Lenkrad betrieb sie Lösungsfindung. *Der Drachenlenkermann*, schoss es ihr in den Kopf. Strandhotel Baabe, das konnte nicht weit weg sein. Blöd nur, dass sie seinen Namen nicht wusste.

Plötzlich klopfte es an der Scheibe. Maja zuckte zusammen und hob den Kopf.

Womöglich hatte der unfreundliche Typ es sich anders überlegt. Doch ganz egal, was er zu seiner Verteidigung vorzubringen gedachte, hier würde sie nicht bleiben. Zu viel negative Energie. Grimmig blickte sie aus der Seitenscheibe, direkt in zwei warme, freundlich dreinschauende Augen. Das dazugehörige Gesicht lächelte ihr offen entgegen, und zögernd öffnete sie die Tür.

„Schön, dass Sie da sind. Ich hoffe, Sie hatten eine angenehme Anreise."

Eine sanfte Hand wanderte auf ihre Schulter. Maja genoss diese Geste und fühlte sich mit einem Mal willkommen. Sie lächelte und hoffte, dass diese herzliche Dame die Besitzerin des Hofes war und der muffelige Mann von eben nur der attraktive Stallbursche.

Sie musterte die Frau. Die grauen Haare hatte sie zu einem Dutt zusammengebunden, ihre Haut war faltig, aber trotzdem wirkte ihr Teint frisch. Wahrscheinlich lag es an der Frühlingssonne, die ihre Haut bereits gebräunt hatte. Sie trug eine Jeans und ein kariertes Hemd darüber.

„Danke, die Anreise war gut, kein größerer Stau oder so."

„Sie sind bestimmt müde. Ich zeige Ihnen Ihre Wohnung, und wenn Sie möchten, können Sie gleich auch mit uns zu Abend essen. Oder haben Sie schon eingekauft?"

„Äh, nein, ich dachte, ich gehe gleich noch irgendwo etwas essen oder so."

„Papperlapapp. Ich habe Eintopf gemacht und Brot gebacken. Ich freue mich, wenn es gegessen wird und Sie unser Gast sind."

Eintopf, dachte Maja. Hatte sie in ihrem Leben jemals einen selbst gemachten Eintopf gegessen? Doseneintopf, klar, den kannte sie aus ihrer Kindheit, aber so richtigen Omaeintopf? Sie lächelte und ging zum Kofferraum, um ihr Gepäck herauszuholen.

„Warten Sie, das ist doch viel zu schwer." Die Frau legte ihre Hand auf Majas, die bereits den Griff des großen Rollkoffers umschloss.

„Bent?", rief sie, aber nichts geschah. „Behent!", quietschte sie zum zweiten Mal. Und dann kam er um die Ecke.

„Aha, Bent heißt du also", flüsterte Maja und beäugte ihn skeptisch, als er mit noch immer genervtem Gesichtsausdruck auf sie zukam.

„Haben Sie einander schon kennengelernt?", fragte die alte Dame.

„Ja, das haben wir", erwiderte Maja und schloss kurz die Augen.

„War er freundlich?"

„Nein, war er nicht."

„Dann werde ich ihm jetzt die Ohren lang ziehen", erwiderte sie grinsend. „Bent, das ist Frau …" Hilfesuchend blickte sie zu Maja.

„Leise", half sie ihr auf die Sprünge.

„Leise wie laut?"

„Ja, Leise wie laut", bestätigte Maja.

„Gut, Namen sind nicht mehr so meine Stärke, seit ich die achtzig gekratzt habe. Deshalb versuche ich es mit Eselsbrücken."

„Okay, mein Vorname lautet Maja."

„Das ist einfach", erwiderte die alte Dame und umfasste kurz, aber liebevoll Majas Hand, die noch immer am Griff des Koffers platziert war.

Bent stand ein wenig wie Beiwerk neben den beiden.

„Fine, was kann ich tun?", wollte er dann wissen, die Hände tief in seinen Hosentaschen vergraben.

„Du könntest die Tasche von Biene Maja in Wohnung Nummer …" Wieder blickte sie Maja mit Fragezeichen in den Augen an.

„Nummer eins", ergänzte Maja lächelnd.

„Den Koffer von unserem Gast in Wohnung Nummer eins bringen!", vollendete sie ihren Satz.

Bent legte seinen Arm um Fines Schulter. „Wir waren uns doch einig, dass wir die Wohnungen erst mal nicht mehr vermieten. Wieso hast du sie trotzdem vergeben?" Jetzt richtete er sein Augenmerk auf Maja. „Wo und wie haben Sie überhaupt von der Wohnung erfahren?"

„Google?", beantwortete sie ein wenig ungläubig diese wirklich blöde Frage.

„Die Website sollte gar nicht mehr online sein", erklärte er und wandte sein Gesicht wieder Fine zu.

„Tante Fine?" Mit hochgezogenen Brauen und maßregelndem Tonfall sah er sie an.

„Schon gut, schon gut. Ich habe ein wenig an der Website gebastelt und mich schlaugemacht."

„Du hast was?" Der Wind frischte auf in diesem Augenblick, und dieser Bent versuchte, seine Haare mit den Händen unter Kontrolle zu bekommen.

„Ich habe mich mit diesem Website-Kram auseinandergesetzt. Einer muss das ja tun."

Er holte tief Luft, doch bevor er etwas sagen konnte, fuhr Fine fort: „Ich wollte das schon immer können. Es war nur ein Test, ob ich das Ding wieder ins Internet kriege, und dann kam direkt die Buchung, und ich habe mich so gefreut, Bent. Das war Schicksal."

„Ach, Fine …"

„Es ist so still bei uns, und ich dachte, ein kleiner Gast, was soll's? Das macht doch keine Arbeit …" Mit entschuldigender Miene blickte sie zu dem Mann auf, der sie um fast zwei Köpfe überragte.

Maja stand da und wusste nicht so recht, wohin mit sich. Auf der einen Seite war sie willkommen und auf der anderen sollte sie gar nicht anwesend sein.

„Ähm, also, es ist kein Problem, wenn ich abreise, wirklich, ich will hier nichts durcheinanderbringen." Es schien ihr eine gute Lösung zu sein, ihr Verschwinden anzubieten.

„Nein, nein, jetzt sind Sie einmal da, also können Sie auch bleiben. Kann sie doch, oder, Bent?"

Er stöhnte auf.

„Kann sie doch, oder, Bent?", wiederholte Fine energisch.

Statt zu antworten, hievte er den Koffer aus dem Auto und trug ihn über den Hof. Maja folgte ihm.

„Unterstehen Sie sich, eine negative Bewertung zu schreiben. Ich gehe nämlich davon aus, dass Wohnung eins in puncto Sauberkeit Luft nach oben hat", flüsterte er ihr zu.

„Der Koffer hat auch Rollen", bemerkte sie vorsichtig, während sie weitergingen. Es war freundlich gemeint, aber Bent blieb stehen und setzte abrupt und wenig liebevoll den Koffer in den Schotter.

„Ich wollte nur nicht, dass er dreckig wird", erwiderte er, ohne Maja dabei anzusehen.

„Und ich wollte nur nicht, dass Sie morgen einen Hexenschuss haben."

Bent zog den Koffer, der vollkommen instabil von links nach rechts schwankte, nun über den Schotter. Nach zwei Metern packte er den Griff und hob den Koffer wieder an.

„Jetzt ist der Koffer dreckig, und ich habe morgen wahrscheinlich einen Hexenschuss vom ständigen Anheben und wieder Absetzen. Guter Tipp, echt …"

„Ich werde es nie wieder tun."

„Wunderbar, dann hätten wir das ja geklärt."

Maja hatte das ungute Gefühl, dass dieser Aufenthalt hier gewaltig in die Hose gehen könnte. Sie drehte sich um und blickte zu Tante Fine, die lächelnd zum Haus ging. Und dieses Lächeln war es, das ihr schlechtes Gefühl wieder abzumildern wusste. Vielleicht würde es doch nett werden, dachte sie. Bent konnte sie einfach ignorieren. Und einen selbst gemachten Omaeintopf wollte sie sich auf keinen Fall entgehen lassen. Abreisen könnte sie schließlich jederzeit. Also setzte sie ihren Gang in Richtung des Ferienhauses fort und war gespannt, was sie erwartete.

Es roch ein wenig muffig, aber nicht so schlimm, dass ein offenes Fenster keine Linderung bringen würde. Bent schien den Geruch ebenfalls wahrzunehmen, denn er ging auf direktem Wege zum Küchenfenster und öffnete es. Sofort strömte frische Luft ins Innere. Ein wenig unsicher blieb er vor dem Fenster stehen, und Maja spürte, dass ihm die Situation nicht behagte.

„Es tut mir leid, dass ich alles durcheinanderbringe", sagte sie leise.

Für einen Moment entgegnete er nichts und schaute weiter aus dem Fenster. Dann drehte er sich langsam um. Seine Gesichtszüge waren plötzlich weicher.

„Genau genommen können Sie ja nichts dafür … Ich kann mich nur wirklich nicht um Sie und diese Wohnung kümmern. Wenn Sie bleiben wollen, müssen Sie hier selbst putzen."

Er strich mit dem Zeigefinger über die Fensterbank und betrachtete seine staubige Fingerkuppe.

„Ich fürchte, Sie können direkt damit anfangen."

„Das ist kein Problem, echt … und das mit dem Idioten tut mir auch leid."

„Gut, Schwamm drüber. Bettwäsche müsste im Schrank im Schlafzimmer liegen. Putzsachen ebenfalls."

„Danke."

Er drehte sich um, verließ die Wohnung, und Maja stand erst einmal da und sah sich um. Sie betrachtete den Dielenboden unter ihren Füßen, die alte, aber schöne weiße Holzküche, den kleinen runden Holztisch, der direkt am Sprossenfenster stand. Die drei weißen Holzstühle, die ihn umrahmten, waren in die Jahre gekommen, hatten jedoch ihren Charme. So wie die ganze Wohnung. Sie war hell und freundlich, und der Blick aus dem Küchenfenster war traumhaft. Man konnte tatsächlich das Meer sehen. Erst jetzt bemerkte Maja, dass ein Strauß frischer Frühlingsblumen auf dem Küchentisch stand. Fines gesamte Gastfreundschaft steckte in diesem Blumenstrauß. Sie lächelte, weil der Gedanke, dass Fine diese Blumen extra für sie gepflückt hatte, sie anrührte.

Um sich einen Überblick zu verschaffen, öffnete sie sämtliche Küchenschränke und inspizierte deren Inhalt. Anschließend ging sie ins Schlafzimmer. Ihr Bett war wider Erwarten bezogen. Die weiße Spitzenbettwäsche passte so gut in diesen Raum, dass Maja wieder lächeln musste, auch wenn der Kopfkissenbezug auf links gedreht war. Sie öffnete die Knöpfe, zog den Bezug vom Kissen ab und ihn richtig herum wieder auf.

Danach ging sie ins Wohnzimmer und von dort aus direkt auf die Terrasse.

Was für ein Ausblick, dachte sie und war schon wieder gerührt. Genau das hatte sie sich gewünscht. Sie konnte das Salz des Meeres förmlich schmecken. Und wenn es wirklich stimmte, dass die Website nur für Minuten online gewesen war und sie diesen Ort in genau diesem Moment entdeckt hatte, dann war es wahrscheinlich wirklich Schicksal, dass sie jetzt hier stand und sich den Wind um die Nase wehen ließ. Maja beschloss, Bent in den nächsten Tagen einfach auszublenden und jede Sekunde zu genießen.

MIT einem Lappen wischte Maja über die Arbeitsfläche in der Küche. Staub war das Hauptproblem, ansonsten war diese Wohnung viele Jahre liebevoll gepflegt worden. Allerdings waren die Möbel in die Jahre gekommen, und sollte diese Wohnung irgendwann mal wieder richtig vermietet werden, würde man einiges aufhübschen müssen. Sie war davon überzeugt, dass ein paar einfache Handgriffe ausreichen würden, diesen Ort in neuem Glanz erstrahlen zu lassen, ohne ihm seinen Charakter und seine Ursprünglichkeit zu nehmen. Als Fotografin hatte sie ein Auge für das Wesen der Dinge.

Ihr Magen knurrte, und sie sah zur Uhr. Es war mittlerweile Viertel nach sieben. Und als hätte jemand ihren rebellierenden Bauch gehört, klopfte es an der Tür. Maja legte das Putztuch in der Küchenspüle ab und ging zur Haustür.

Fine blickte durch das Sprossenfenster der Tür. Ihre Augen strahlten noch genauso wie vorhin, und Maja öffnete ihr.

„Möchten Sie mit uns essen, oder soll ich Ihnen etwas Eintopf bringen?", fragte sie direkt.

„Äh, das ist mir egal. So, wie es für Sie die wenigsten Umstände macht, würde ich sagen."

„Sie sind unser Gast. Es ist Ihre Aufgabe, uns Umstände zu machen. Aber wenn Sie mich entscheiden lassen, würde ich Sie mit Vergnügen zu mir in die Küche einladen."

„Dann nehme ich Ihre Einladung sehr gern an."

„Folgen Sie mir."

Mit einer einladenden Geste setzte Fine sich in Bewegung. Ihr Schritt war zügig, aber wackelig. Sie musste sich sichtlich anstrengen, erstens die Balance zu halten und sich zweitens dieses Bemühen nicht anmerken zu lassen.

„Ist in der Wohnung alles zu Ihrer Zufriedenheit?", erkundigte sie sich, ohne Maja dabei anzusehen.

„Ja, alles ganz wunderbar. Die Wohnung ist toll. Und danke für die Blumen."

Fine blieb stehen und hielt einen Moment lang inne.

„Ach, die Frühlingsblumen. Schön, dass sie Ihnen gefallen. Sie sind von der Wiese nebenan. Bald blüht der Mohn, dann wird es richtig bunt. Sie können sich jederzeit neue pflücken."

„Das werde ich", entgegnete Maja und folgte Fine weiter in Richtung Eintopf.

Kurze Zeit später saß Maja in Fines Küche auf der Eckbank und strich kaum merklich mit ihren Fingerkuppen über die geblümte abwischbare Tischdecke. Das Ticken der Wanduhr an der gegenüberliegenden Seite füllte leise den Raum … tick, tack, tick, tack. *Wie ein ruhig schlagendes Herz,* dachte Maja. Es machte was mit ihr. Sie hatte als Kind nie die Gelegenheit gehabt, in einer Omaküche mit tickender Wanduhr Zeit zu verbringen. An einem Tisch, an dem es egal war, dass man den Orangensaft verschüttet hatte, weil man ihn mit einem Papiertuch einfach aufwischen konnte. Sie kannte nur die echten Leinendecken, wegen derer man bei jeder Mahlzeit Gefahr lief, einen Anschiss zu kassieren, weil die Tomatensoße vom Teller gespritzt war.

Ihre Familienverhältnisse waren seit jeher kompliziert. Als läge ein Fluch auf ihnen, der dafür sorgte, niemals in Harmonie und Liebe leben zu können. Viel zu zerrüttet war ihre Familie, und viel zu früh waren ihre Großeltern verstorben. Maja hatte ihr ganzes Leben durchweg so etwas wie heimelige Wärme vermisst. Es hatte ihr nie an materiellen Dingen gefehlt, aber eine Omaküche hatte es nie für sie gegeben.

„Mögen Sie Würstchen?" Fine kam zum Tisch. Bei jedem ihrer Schritte knarrte der Dielenboden.

„O ja."

„Es sind Mettwürstchen von unserem Nachbarn. Billigfleisch kommt uns nicht auf den Tisch."

Fine stellte den Suppentopf in der Mitte des Tisches ab und blickte zur Uhr. Es war für drei gedeckt. Der Brotkorb war prall gefüllt.

„Wir fangen an, Bent kommt sicher gleich. Wenn ich immer auf ihn warten würde, wäre ich bereits eines qualvollen Hungertodes gestorben."

Sie ließ sich neben Maja auf den Stuhl plumpsen und legte kurz ihre Hand auf ihre.

„Schön, dass Sie da sind. Und wissen Sie was? Dieses Siezen ist doch wirklich doof. Wir sitzen gemeinsam am Tisch, also können wir uns weniger förmlich anreden. Was meinen Sie?"

„Sehr gern. Ich bin …"

„Warte", unterbrach Fine, „lass mich raten." Sie zog die Stirn kraus. „Laut wie leise und dann noch eine Biene … Ha, Maja, dein Name ist Biene Maja, Laut wie leise", rief sie triumphierend aus.

„Leise wie laut, aber ansonsten goldrichtig."

„Es funktioniert noch tadellos", stellte sie begeistert fest und tippte sich dabei mit dem Zeigefinger an die Schläfe.

„Sieht ganz so aus."

Maja war kurz davor, ihr Gesicht in den Suppentopf zu schmiegen, so lecker roch es. Sie konnte es kaum abwarten, dass die erste Kelle auf ihrem Suppenteller landete, und endlich füllte Fine ihren Teller. Ein köstlicher Duft stieg ihr in die Nase.

„Dann guten Appetit."

„Danke", erwiderte Maja und führte den ersten Löffel zum Mund.

„Oh, Fine", rief sie im nächsten Moment aus, „das ist richtig, richtig lecker."

„Na, vielen Dank. Ist zwar nur ein Erbseneintopf, aber mit viel Liebe gemacht und nur mit besten Zutaten."

„Nur Erbseneintopf", warf Maja beinahe empört ein. „Für mich ist das quasi eine Delikatesse, vor allem, wenn es hausgemacht ist. Ich esse meistens in irgendeinem Restaurant oder irgendeiner Bude … Sushi, Döner, Pizza oder Quinoasalat."

„Qui- was?"

„Quinoa, das ist ein Getreide aus den Anden … supergesund."

„Aus den Anden? Herrgott, Hafer wächst hier und ist bestimmt ebenso gesund. Nee, nee, morgen mach ich dir einen Haferbratling, da wirst du staunen, und zukünftig kannst du diese Quidings in den Anden lassen."

„Dann freue ich mich auf deinen Haferbratling", entgegnete Maja und genoss den nächsten gut gefüllten Löffel.

„Guten Appetit." Bents tiefe Stimme erfüllte den Raum, und sie blickte auf.

„Danke", entgegnete sie und schluckte zaghaft.

Ohne ein weiteres Wort setzte er sich an den Tisch und griff direkt nach der Suppenkelle, während Maja ihn unauffällig musterte. Seine Augen wirkten müde, seine braunen Haare nicht mehr so zerzaust. Wahrscheinlich hatte er sie gekämmt. Wie alt er wohl war? Maja schätzte ihn auf Mitte oder Ende dreißig. Aus dem Augenwinkel heraus beobachtete sie seine Hände, mit denen er das Brot in kleine Stückchen riss und in die Suppe gab. Die Haut war gebräunt, und die Adern waren deutlich zu erkennen.

„Feierabend für heute?", erkundigte sich Fine.

„Ja, die Stühle in Binz sind repariert", antwortete er leise und mit einer leicht gelangweilten Stimmfarbe.

„Morgen gibt es Haferbratlinge. Damit Mira …"

„Maja", berichtigte sie.

„Ach ja, die Biene … damit Maja nicht immer Qui…" Wieder schaute sie zu Maja.

„Quinoa."

„Ganz genau, Quinoa essen muss. Hast du schon mal Quinoa gegessen?", fragte sie in Bents Richtung.

„Ja, in Berlin kriegst du das an jeder Ecke. Ist ein Superfood."

Bent war die ganze Zeit über bemüht, Majas Blick auszuweichen, was ihr durchaus auffiel. Sie erkannte, wenn Menschen sich am liebsten vor ihr und ihrer Linse unsichtbar machen würden. Und auch, wenn sie gerade gar keine Kamera in den Händen hielt, wollte er offensichtlich nicht in ihren Fokus gelangen.

„Superfood, was soll das heißen?"

„Na, dass es voll toller Inhaltsstoffe ist", beantwortete Maja Fines Frage.

„Aber unsere Gärten sind doch voller Superfood … wie dem auch sei. Ich werde jedenfalls nie verstehen, warum man Essen einmal um die Welt karren muss."

Schwerfällig erhob sich Fine vom Stuhl, und wieder knarrte der Holzboden. Sie schlurfte zum Herd, offenbar, um sich zu vergewissern, dass sie ihn auch ausgestellt hatte, denn sie tippte jeden Temperaturregler einzeln an.

„Maja ist übrigens sehr zufrieden mit ihrer Unterkunft. Alles ist bestens", berichtete Fine strahlend, als sie wieder zurück an den Tisch kam.

Und mit einem Mal breitete sich eine Milde über Bents Gesicht aus, so, als hätte man einen Weichzeichner darübergelegt.

„Dann hast du wohl nichts verlernt, Tante Fine", erwiderte er sanft.

„Manche Dinge verlernt man nicht, oder?", fragte sie und blickte zu Maja hinüber.

„Ja, das glaube ich auch. Vor allem Gastfreundschaft kann man nicht verlernen, weil sie in einem steckt."

Mit einem klirrenden Geräusch legte Bent seinen Löffel auf dem Tellerrand ab und blickte an Maja vorbei.

„Ich habe noch was vergessen." Abrupt stand er auf und verschwand durch die Küchentür.

„Habe ich was Falsches gesagt?" Maja sah unsicher zu Fine, deren Stirn nun in tiefe Sorgenfalten gelegt war.

„Nein, nein, keine Sorge. Er ist im Moment nicht gut beisammen. Viel Stress. Nimm das nicht persönlich. Eigentlich ist er ein netter Kerl", erklärte Fine tief seufzend. „Aber erzähl mal, was treibt ein junges, hübsches Mädchen allein für vier Wochen an einen abgeschiedenen Ort wie diesen?"

„Die Männer. Ich brauche eine Auszeit und einen klaren Kopf."

„Männer sind ein triftiger Grund, und damit bist du hier genau richtig. Frische Seeluft pustet aus jedem Kopf die Sorgen raus und saugt die schönen Seiten des Lebens in die Seele hinein. Das war schon immer so. In all den Jahren waren so viele Menschen hier, die ihre Sorgen vergessen wollten …"

„Und hat es immer funktioniert?"

„Oft bleiben die Menschen nicht lange genug. Gerade, wenn die Entspannung einsetzt und die Sorgen auf dem Rückzug sind, müssen sie auch wieder abreisen. Deshalb habe ich mich so über deine Anfrage gefreut. Vier Wochen, das ist wirklich ungewöhnlich."

„Also stehen meine Chancen gut?"

„Vier Wochen Seeluft, und du bist wie neu geboren."

„Das hört sich perfekt an."

„Als was arbeitest du?"

„Ich bin Fotografin."

„Fotografin? Oh, wie interessant!"

„Ja, ich liebe meinen Job über alles. Ich habe mir nie etwas anderes vorstellen können."

Fine lächelte und legte den Löffel neben ihrem Teller ab. „Es ist ein Segen, wenn man beruflich das machen darf, was man liebt. Ich habe mein Leben lang Menschen eine schöne Zeit bereitet. Als junges Mädchen habe ich im Hotel gelernt und irgendwann diese Ferienwohnungen hergerichtet. Und es ist genauso, wie du sagst: Ich hätte mir nie etwas Schöneres vorstellen können."

„Das strahlst du auch aus. Ich habe mich sofort wohlgefühlt in deiner Gegenwart."

„Das ist das schönste Kompliment für mich."

„Warum vermietet ihr die Wohnungen denn nicht mehr?"

Fine seufzte. „Das ist eine lange Geschichte."

„Hier ist es so schön, die Urlauber würden euch doch die Bude einrennen."

„Eigentlich müssten wir erst mal alles renovieren. Und dazu fehlt die Zeit … und das Geld."

„Mmh, also offen gesagt finde ich, dass gar nicht viel verändert werden müsste. Ein wenig streichen, vielleicht den einen oder anderen Stuhl abschleifen und ölen … neue Gardinen."

„Die Menschen wollen doch mittlerweile alle moderne Wohnungen", mutmaßte Fine.

„Das glaube ich gar nicht. Es ist eher eine Frage des Konzeptes. Viele Menschen sehnen sich nach Ruhe und Ursprünglichkeit. Ich merke das bei meinen Fotomotiven und auch den Fotokulissen ganz deutlich. Retro ist extrem angesagt."

„Retro?"

„Ja, das Alte wieder lebendig werden lassen. Wenn das ursprüngliche Inselleben euer Konzept ist, wird es funktionieren. Und wenn dann auch noch alles schön fotografiert ist und auf Social Media in Szene gesetzt wird …"

Maja konnte förmlich Fines Gedankenkarussell sehen.

„Social Media ist dieses Facebook?"

„Ja, genau. Und Instagram."

„Aha, sehr interessant. Und da kann man auch Werbung für Ferienwohnungen machen?"

„Klar, so in etwa", sagte Maja und konnte ein Gähnen nicht unterdrücken.

„Müde?"

„Ja", entgegnete sie lächelnd.

„Dann ziehst du dir jetzt einen warmen Pullover über und genießt den Sonnenuntergang von deiner Terrasse aus. Wohnung eins hat die schönsten Sonnenuntergänge parat."

„Das hört sich ganz fantastisch an. Ich helfe dir noch eben beim Abräumen."

„Auf gar keinen Fall, du bist mein Gast", entgegnete Fine mit erhobenem Zeigefinger.

„Gut, also … Vielen Dank für deine Gastfreundschaft und das tolle Essen."

„Es war mir ein Vergnügen."

Maja stand auf und ging zur Tür.

„Haferbratlinge stehen morgen für dich bereit", warf Fine ihr noch hinterher.

„Ich freue mich drauf", erwiderte Maja mit einem Lächeln und verließ dann die Küche, um in den Hof zu gehen. Dort hockte Bent neben einem runden Beet und zupfte Unkraut.

„Einen schönen Abend noch", wünschte Maja im Vorbeigehen.

„Gleichfalls" erwiderte er, ohne aufzusehen.

Bevor sie die Tür zu ihrer Wohnung öffnete, drehte sie sich noch einmal um und schaute direkt in Bents Augen, der offensichtlich doch noch seinen Kopf gehoben und in ihre Richtung geblickt hatte.

- 5 -

DIE Sonnenstrahlen, die durch den Schlitz des Vorhanges hindurchkrabbelten, kitzelten Majas Nase. Langsam öffnete sie erst das rechte, dann das linke Auge. Sie streckte und dehnte jede Faszie in ihrem Körper bis zum Anschlag, so jedenfalls fühlte es sich an.

So gut hatte sie lange nicht mehr geschlafen. Ohne Svens Schnarchen, dafür die untergehende Sonne im Gedankengepäck, hatte es keine drei Sekunden gedauert, bis sie ins Träumeland entschwunden war. Und jetzt lag sie in dieser weißen Spitzenbettwäsche, den Morgen in hellen Lichtstreifen an die gegenüberliegende Wand und auf ihr Kissen geworfen. Sie schob die Bettdecke zurück, stand auf und ging zum Fenster, um es zu öffnen. Kühle, frische Luft strömte ins Zimmer. Maja betrachtete den großen Kirschbaum direkt vor ihrem Fenster, der in voller Blüte stand. Sie schloss für einen Moment die Augen und atmete tief ein. Ihr knurrender Magen holte sie jedoch schnell zurück aus diesem Augenblick.

Mist, dachte sie, als ihr Bauch ein zweites Mal auf sich aufmerksam machte, denn ein leerer Kühlschrank konnte ihn nicht füllen. Sie hätte sich jetzt am liebsten mit einer Tasse Kaffee direkt auf die Terrasse gesetzt, aber da sie gestern nicht mehr einkaufen war, musste sie das zunächst erledigen. Wenn sie hungrig war, kannte sie keine Freunde.

Schnell zog sie sich etwas über, ging durch die Haustür und stolperte dabei beinahe über einen Korb. Sie hockte sich hin, um den Inhalt genauer betrachten zu können: zwei Brötchen, Butter, Milch, Eier, Marmelade, Salz, Zucker, etwas Käse und Kaffee samt Filter.

„Ach, Fine", flüsterte sie und lächelte selig.

Nicht lange danach saß sie auf der Terrasse und genoss ihr Frühstück mit Blick aufs Meer. Es war kühl, obwohl die Sonne schien, sodass Maja wirklich froh war, ihre dicke Strickjacke eingepackt zu haben. Sie beschloss, an diesem Vormittag noch nicht zu arbeiten, sondern erst einmal einkaufen zu fahren und irgendwo einen Fahrradverleih ausfindig zu machen.

Als sie kurz darauf aus der Tür ging, entdeckte sie Bent, der mitten auf dem Hof an einem Fahrrad schraubte.

„Guten Morgen", begrüßte er sie.

„Guten Morgen", entgegnete Maja und versuchte es mit einem Lächeln.

„Haben Sie gut geschlafen?", erkundigte er sich.

„Oh, also ja, das, ähm, habe ich", stammelte sie, denn sie hatte wirklich nicht mit nennenswerter Konversation gerechnet.

„Schön." Er nickte und senkte den Blick. „Ach so", fuhr er dann doch fort, „wenn Sie das Fahrrad gleich nutzen möchten, können Sie das. Fine hat mir diesen Auftrag erteilt und mir unmissverständlich klar gemacht, dass er sofort erledigt werden muss."

„Das ist ein ziemlich schöner Zufall, weil ich eigentlich auf dem Weg war, einen Fahrradverleih zu suchen."

„Zufall ist das nicht, sondern jahrelange Erfahrung. Jeder Gast nutzt ein Fahrrad, und Fine ist da sehr gewissenhaft." Er räusperte sich. „Brauchen Sie einen Fahrradkorb?"

„Wenn das keine Umstände macht, gern. Ich würde dann gleich einkaufen fahren."

Bent richtete sich auf. „Wenn Sie die Straße nehmen, kommen Sie direkt an den kleinen Hofladen von Bauer Lange. Der hat reichlich Auswahl … gute, regionale Sachen, wenn man auf so was steht."

„Stehe ich drauf", entgegnete Maja grinsend, doch das schien schon zu viel zu sein. Augenblicklich entzog er sich und schaute wieder auf das Fahrrad.

„Zwei Minuten dauert es noch, dann können Sie es nutzen."

„Okay, ich warte einfach hier."

Maja versuchte, so unsichtbar wie irgend möglich zu sein, und Bent war sichtlich bemüht, Maja bestmöglich zu ignorieren. Eine unangenehme Situation.

„Guten Morgen."

Rettung nahte. Fröhlich und beschwingt flanierte Fine über den Hof. In der Hand einen Regenschirm, der offenbar einen Gehstock ersetzte.

Einen anderen Nutzen konnte er bei diesem blauen Himmel nicht haben.

„Hallo, Fine. Vielen Dank für das Frühstück", rief Maja direkt aus.

„Sehr gern, aber dank nicht mir, sondern Bent."

Der hantierte hoch konzentriert am Fahrradkorb herum.

„Danke, Bent."

„Das sind reine Auftragsarbeiten hier", nuschelte er.

„Trotzdem danke."

„Keine Ursache", erwiderte er.

Fine hingegen schien sehr zufrieden mit sich zu sein. „Ich hab mir gedacht, dass du bestimmt ein Fahrrad für deinen Aufenthalt nutzen möchtest."

„Da hast du richtig gedacht. Ich werde gleich losdüsen."

„Dann wünschen wir dir einen schönen Ausflug. Wünschen wir doch, oder Bent?"

„Natürlich", brachte er hervor. „Ich wünsche ebenfalls einen angenehmen Ausflug." Und mit einer schwungvollen Bewegung übergab er Maja das Hollandrad.

„Vielen Dank. Was genau war eigentlich defekt?"

„Die Bremsen."

„Oh, das ist ein nicht unwesentlicher Teil eines Fahrrades. Haben Sie das schon öfter repariert? Also nur so interessehalber …"

„Vertrauen Sie mir nicht?", fragte er herausfordernd.

„Ehrliche Antwort?"

„Klar."

„Nein."

Jetzt grinste er und sah ihr direkt in die Augen. „Gute Fahrt", entgegnete er noch immer grinsend, bevor er sich umdrehte und in Richtung des Haupthauses ging. Einen Augenblick sah sie ihm nach, bevor sie fragend zu Fine hinüberblickte.

„Weiß er, was er tut?"

„Er ist der Beste. Es gibt handwerklich nichts, was er nicht kann." Zufrieden dreinschauend schwang sie den Regenschirm hin und her.

„Also war das nicht die erste Bremse?"

„Nein, Liebes, das kann er gut."

Erleichtert musterte Maja den Drahtesel. „Dann freue ich mich über dieses Fahrrad."

„Es heißt übrigens Hilde", entgegnete Fine, die den Regenschirm mittlerweile wieder auf dem Boden abgesetzt hatte und ihn als Stütze nutzte.

„Wer heißt Hilde?"

„Das Rad, alle unsere Räder haben Namen."

Maja lachte. „Gut, Hilde, dann wollen mir mal", sagte sie amüsiert und schwang sich auf das Fahrrad. Sie hatte erst mal kein Ziel vor Augen. Den Einkauf würde sie auf dem Rückweg erledigen. Also trampelte sie drauflos, immer der Nase und dem Geruch des Meeres nach.

Gleichmäßig rollte sie einen schmalen Weg oberhalb der Küste entlang. Der Wind in ihrem Rücken schob sie sanft nach vorn. Sie schmeckte die salzige Luft auf ihrer Zunge, denn das Meer begleitete sie Meter um Meter, als hätte es jemand auf eine Leinwand projiziert.

Ein Schild am Wegesrand verriet irgendwann ihren Aufenthaltsort. Ostseebad Baabe – hier war sie also gelandet.

Sie hielt an und stieg vom Rad. Der Strand war gut besucht, aber nicht übervoll. Maja ließ ihren Blick schweifen. An einem großen Gebäude stockte sie.

Strandhotel Baabe stand mit großen Buchstaben über dem Eingangsbereich. Der Arbeitsplatz des Drachenlenkers. Ein wenig neugierig schob sie das Rad näher an das Hotel heran. Es war groß und wirkte luxuriös. Und wie Maja so dastand, den riesigen Gebäudekomplex vor Augen, war sie mit einem Mal heilfroh, dass sie bei Fine und Bent untergekommen war.

Maja holte den Rucksack von ihrem Rücken und die Kamera hervor und scannte die Umgebung nach schönen Motiven ab. Oft waren es die kleinen Details, die einem Gegenstand oder einer Situation Seele gaben. So wie die Möwe, die auf einem Fahrradlenker sitzend offensichtlich die Sonne genoss. Maja drückte ab.

„Bereiten Sie schon den neuen Auftrag vor?"

Eine tiefe männliche Stimme ließ Maja aufschrecken. Sie drehte sich um.

„Ach, hallo", entgegnete sie und lächelte.

„Also von meiner Seite aus steht das Angebot!"

„Ich bin wirklich zufällig hier gelandet und habe dann das Hotel entdeckt. Und dieses Model dort wollte unbedingt fotografiert werden."

Sie wies auf die Möwe, die noch immer vollkommen entspannt auf dem Fahrrad saß.

„Ist aber auch wirklich eine hübsche Möwe", erwiderte er. „Sind Sie denn gestern noch gut an Ihrer Unterkunft angekommen?"

„Ein bisschen seltsam war der Empfang schon, aber jetzt ist alles geklärt."

Er zog die Stirn kraus. „Das hört sich ja nach einem etwas holprigen Start an …"

„Ach, es war ein Missverständnis. Eigentlich sollten die Wohnungen nicht mehr vermietet werden, aber das Schicksal hatte andere Pläne."

„Es ist allerdings ungewöhnlich, wenn zu dieser Zeit Wohnungen nicht vermietet werden. Ich hoffe, Sie sind in keiner Bruchbude untergekommen."

Maja winkte ab. „Nein, es ist wunderschön dort. Fine, die Seele des Hofes, ist wahnsinnig herzlich. Nur ihr Neffe ist etwas sperrig."

„Ah, okay …" Er räusperte sich. „Aber falls es Ihnen da irgendwie zu ungemütlich wird, können Sie jederzeit hier bei uns unterkommen. Ich will uns nicht loben, aber unsere Küche ist der Geheimtipp Rügens."

„Vielen Dank für das Angebot."

Maja musterte ihn. Und dann, aus einem spontanen Impuls heraus, sagte sie: „Also, wenn Sie wirklich nach einer Fotografin suchen, können wir vielleicht ins Geschäft kommen."

„Ja, wir brauchen noch immer Fotos für die Website."

„Auch für Instagram und Facebook?"

„Erwischt."

„Wobei?"

„Beim Instagramschwänzen."

Maja konnte es nicht wirklich glauben, versuchte aber, sich das nicht anmerken zu lassen.

„Okay, aber Facebook, da sind Sie schon aktiv?"

„Sporadisch. Es fehlt einfach die Zeit."

„Meist fehlt einfach ein Konzept. Wenn Sie mögen, berate ich Sie dazu."

„Da sage ich nicht Nein."

„Also sind wir im Geschäft?", hakte Maja ein wenig unsicher nach.

„Von mir aus sind wir das. Aber vielleicht schreiben Sie mir vorher noch ein Angebot, damit alles Hand und Fuß hat."

„Abgemacht, ich schicke es Ihnen morgen direkt zu."

Mit einem einvernehmlichen Lächeln schauten sie einander an.

„Darf ich Sie auf einen Kaffee einladen?", fragte er dann.

„Wenn Ihr Chef nichts dagegen hat …"

Er lächelte. „Das geht schon in Ordnung. Er ist da sehr locker."

„Was für ein Glück, einen so entspannten Chef zu haben."

„Ja, das ist wirklich ein großes Glück", erwiderte er und setzte sich in Bewegung. „Besonders, wenn man selbst der Chef ist."

„Oh, das gehört alles Ihnen?"

„Ja."

„Wow."

„Wir können uns direkt hier an den Tisch setzen", schlug er vor und zeigte auf einen kleinen Holztisch.

Kaum hatte Maja Platz genommen, kam eine Hotelangestellte.

„Was darf ich bringen?", fragte Sie.

„Zwei Kaffee", antwortete er und wandte sich anschließend wieder an Maja. „Jetzt erzählen Sie mir doch noch mal von gestern. Das interessiert mich wirklich sehr."

Maja erzählte die ganze Geschichte, angefangen von Bents Abweisung und aufgehört bei einem Fahrrad namens Hilde.

„Kennen Sie den Hof?", fragte sie schließlich, während sie in der Kaffeetasse rührte, die mittlerweile vor ihr stand, und sah den Drachenmann an.

„Ja, aber ich bin lange nicht mehr dort in der Gegend gewesen", antwortete er und griff direkt nach der Speisekarte, die vor ihm lag.

„Schauen Sie mal, was halten Sie von dieser Mittagskarte?"

Maja nahm die Karte entgegen und studierte den Inhalt.

„Hört sich ziemlich lecker an", entgegnete sie. „Wechselnde Mittagskarten sind eine super Sache für regelmäßige Posts auf Instagram. Nur so als Randnotiz."

„Sehen Sie, schon etwas gelernt."

Maja sah zur Uhr.

„Müssen Sie weiter?"

„Müssen nicht, aber ich wollte noch ein wenig rumfahren."

„Das Wetter ist perfekt für eine Radtour. Genießen Sie die Sonne, und ich freue mich auf unsere Zusammenarbeit."

„Danke. Ich freue mich auch."

„Ich bin übrigens Kai."

„Maja … ich bin Maja."

Mit einem Händedruck verabschiedeten sie sich voneinander, und Maja ging beschwingt zu ihrem Fahrrad. Dort nahm sie ihr Smartphone zur Hand.

Ich habe gerade einen Auftrag an Land gezogen!, schrieb sie.

Mikki würde begeistert sein. Das war so sicher wie das Amen in der Kirche.

6

MAJA löste den Fahrradkorb vom Gepäckträger und ging in Richtung des Ferienhauses. Bents Tipp mit dem Hofladen war Gold wert gewesen. Bauer Lange hatte alles, was sie brauchte, um das Rügengefühl komplett zu machen.

Sie sortierte die Lebensmittel ein und sah zur Uhr. Es war sechzehn Uhr und somit der perfekte Zeitpunkt, um ein Angebot für einen Fotoauftrag zu schreiben.

Maja stellte die Kaffeemaschine an, schnappte sich ihren Laptop und ging auf die Terrasse. Genau dieser Ort würde in den nächsten Wochen ihr Büro sein. Außer beim Bearbeiten von Fotos, da brauchte sie gutes Licht in einem Innenraum.

Mit Kaffee und einer ordentlichen Portion Motivation machte sie sich an die Arbeit, und die Zeit verging wie im Flug. Immer wieder gönnte sie sich einen Blick auf das Meer. Sven fehlte ihr nicht, nicht ein kleines bisschen. Also hatte sie alles richtig gemacht.

„Darf ich stören?"

Fine blickte verstohlen um die Hausecke.

„Du störst nicht, setz dich!"

„Nein, nein, du bist ja beschäftigt. Ich wollte dir nur die Haferbratlinge bringen. Du kannst sie einfach in einer Pfanne aufwärmen."

Sie stellte den Teller auf dem Holztisch ab.

„Danke, das ist nett. Aber so langsam bekomme ich ein schlechtes Gewissen. Ich hoffe, du verrechnest das nachher alles."

„Papperlapapp."

„Wenigstens den Frühstückskorb!"

„Mona …"

„Maja", berichtigte Maja sanft.

„Ach, entschuldige, manchmal ist der Kopf nicht ganz da. Maja, du glaubst nicht, wie glücklich es mich gerade macht, das zu tun. Wirklich, es war immer ein Teil meines Lebens, der mir so sehr gefehlt hat in den letzten Monaten. Du machst mir eine große Freude damit, dass du da bist."

Sie zog den Stuhl vom Tisch weg und setzte sich nun doch. „Und vielleicht hättest du ja auch Zeit, mir kurz dieses Facebook und Instagram zu erklären?" Spitzbübisch sah sie Maja an. „Und mir Tipps zu geben, wie ich die Wohnungen ein wenig auf Vordermann bringen kann? Nur ein oder zwei klitzekleine Tipps?"

Maja klappte den Laptop zu und betrachtete ihr Gegenüber einen Moment genauer. Sie ahnte, was Fines Plan war.

„Ich könnte tatsächlich eine Aufgabe gebrauchen, die nichts mit meiner Arbeit zu tun hat. Ich kann jede Ablenkung brauchen im Moment. Wenn du willst, helfe ich dir, die Wohnungen etwas aufzuhübschen und auf Social Media in Szene zu setzen. Ohne Stress und ganz in Ruhe."

Fines Augen leuchteten. „Das würdest du tun?"

„Es wäre mir eine große Freude. Vielleicht starten wir mit Wohnung Nummer zwei?"

„Ich habe vom ersten Moment an gespürt, dass du eine Frau bist, die anpackt."

„Danke, Fine, das ist wirklich schön."

„Du musst dann selbstverständlich keine Miete bezahlen."

„O nein, das kommt überhaupt nicht infrage", winkte Maja entschieden ab. Sie legte ihre Hand auf Fines. „Aber ich würde mich sehr freuen, wenn du mich noch mal zum Essen einlädst."

Fine strahlte. „Gut, hiermit hast du flexible Halbpension gebucht. Sag mir einfach morgens Bescheid, ob du abends bei uns essen möchtest."

„Deal!" Maja streckte Fine ihre Hand entgegen.

„Jetzt müssen wir nur noch Bent davon überzeugen, dass dieser Hof auch für ihn Zukunft hat." Diesen Satz sagte die alte Dame so leise und auf eine seltsame Art traurig, dass Maja es nicht wagte, genauer nachzufragen.

„Zeigst du mir die Wohnung?", fragte sie stattdessen und lächelte.

„Bist du denn fertig mit deiner Arbeit?"

„Ja, den Rest kann ich gleich erledigen."

„Gut, dann komm mit."

Abgestützt auf der Tischkante zog Fine sich zum Stehen hoch. Sie hatte Mühe, die Balance zu halten.

„Meine Hüfte", erklärte sie mit einer abschätzigen Handbewegung, „sollte eigentlich schon vor zwanzig Jahren generalüberholt werden. Ich finde allerdings, sie funktioniert noch immer ganz passabel. Mit kleinen Mängeln, aber das ist mir lieber als einen Klumpen Edelstahl unter der Haut zu haben."

„Das kann ich gut verstehen. Ich finde, du hüpfst fast wie ein junges Reh."

Fine lachte. „Na, das ist ja mal glatt gelogen." Langsam setzte sie sich in Bewegung.

Den Schlüssel zur Wohnung Nummer zwei hatte sie in weiser Voraussicht mitgebracht, und nun steckte sie ihn ins Schloss und öffnete die grüne Tür.

„So, das ist unser zweites Schätzchen." Mit einer einladenden Handbewegung bat sie Maja einzutreten. „Wir müssen lüften, ich weiß", fuhr sie dann fort. „Bent vergisst oft, die Fenster morgens zu öffnen. Er hat einfach zu viel um die Ohren. Ich denke, ich werde das in Zukunft übernehmen."

Maja sah sich um. Die Wohnung unterschied sich kaum von ihrer, und somit hatte sie direkt Ideen für mögliche Veränderungen.

„Gefällt Ihnen Ihre Wohnung nicht?" Bents Stimme hallte in den Flur hinein, und Fine legte unauffällig ihren Zeigefinger auf die Lippen. Als Maja sich umwandte, traf ihr Blick direkt auf Bents, der sie mit seinen hellbraunen Augen anschaute.

„Ich bin nur neugierig", entgegnete Maja keck. „Danke übrigens für den Tipp mit dem Hofladen."

„Waren Sie dort?"

Sie nickte.

„Das freut mich. Ähm, Fine, ich würde schnell den Salat machen."

„Mach das."

„Isst Frau Leise, also, essen Sie wieder mit uns?", fragte er und drehte dabei seinen Kopf zurück in Majas Richtung. Noch bevor Maja verneinen konnte, schmiss Fine hastig ein:

„Ja, das wollte sie. Wolltest du doch, oder, Maja?",

„Wollte ich? Äh, ja, genau, wenn genug Essen da ist …"

„Ach, Maja, jetzt habe ich die Bratlinge auf deiner Terrasse vergessen. Die wollte ich eigentlich gar nicht bei dir abstellen …"

„Wirklich blöd, Fine", erwiderte Bent. Offensichtlich durchschaute er seine Tante, sein Blick jedenfalls sprach Bände. „Dann mache ich jetzt Salat für drei." Er drehte sich um und verließ die Wohnung.

„Er hat sicher nichts gemerkt", flüsterte Fine. „Es ist besser, wenn er erst mal nichts von irgendwelchen Veränderungen oder Ideen mitbekommt. Manchmal muss man ihn zu seinem Glück zwingen."

Maja ging durch die Wohnung und überlegte, wie sie starten könnten.

„Ich gehe davon aus, dass es nicht so viel kosten darf, oder?"

Fine räusperte sich. „Also bestenfalls gar nichts", antwortete sie zwinkernd.

„Oh."

„Das war ein Spaß, Maja. Ich habe etwas Geld, das ich genau für diesen Zweck zurückgelegt habe. Es ist nicht viel, aber es wird reichen." Sie lächelte und hielt ihr den Schlüssel hin. „Für dich, Bent ist eigentlich tagsüber meistens unterwegs. Du wirst genug Gelegenheit haben, unentdeckt in die Wohnung zu gelangen."

„Wird schon werden, Fine", entgegnete Maja. Und plötzlich knurrte ihr Magen so laut, als würde er schimpfen.

„Oh, da hat wohl jemand Hunger."

„Und wie …"

„Dann komm, wir gehen rüber."

„Ich hole noch schnell die Bratlinge."

„Die Bratlinge?" Fine zog die Stirn kraus.

„Ja, von meiner Terrasse!"

„Ach, klar, wo bin ich nur mit meinen Gedanken?" Fine schüttelte ungläubig ihren Kopf, während sie die Ferienwohnung wieder verließen.

Kurze Zeit später betrat Maja die Küche.

„Wohin soll ich sie stellen?" Sie hielt den Teller in den Händen und sah fragend in die Runde.

„Gib sie mir rüber", antwortete Fine. Bent war dabei, das Gemüse zu schneiden.

„Kann ich noch was helfen?", fragte Maja.

„Ich bin so gut wie fertig", entgegnete Bent freundlich und goss das Dressing in die Salatschüssel.

Das Fett zischte, als Fine die Bratlinge hineingab. Bent stellte derweil Teller und Gläser auf der Arbeitsfläche ab. Maja entschied, sich doch ein wenig nützlich zu machen, und brachte die Gläser zum Tisch. Bents Gesichtszüge waren sanfter als gestern. Er lächelte zaghaft.

„Setzt euch doch", ordnete Fine an.

„Warte, Tante Fine, ich mach das. Setz du dich schon mal hin."

Fine widersprach ihm nicht und nahm am Tisch Platz, während Bent mit der Pfanne zu ihnen rüberkam.

„Guten Appetit." Bent setzte sich Maja direkt gegenüber, nachdem er die Teller gefüllt hatte.

„Wie war dein Tag, Maja?", fragte Fine und stocherte dabei in ihrem Salat.

„Total schön, ich bin bis Baabe gefahren und nachher noch im Hofladen bei Bauer Lange vorbei."

„Das hört sich nach einem erfüllten Tag an. Und wie war es bei dir, Bent?"

„Geht so. Viel Arbeit ..."

„Besser viel Arbeit als keine Arbeit." Fine schien bemüht, Bent aufzumuntern.

„Ja, das stimmt."

„Darf ich fragen, was Sie arbeiten?"

„Ja, das dürfen Sie."

Fine stöhnte und verdrehte dabei die Augen. „Diese Förmlichkeit passt weder in diese Küche noch an diesen Tisch."

„Will heißen?", hakte Bent nach.

„Dass ihr zwei vielleicht mal dieses *Sie* lassen solltet. Wie alt wollt ihr denn noch werden?" Bent versuchte, ein Grinsen zu unterdrücken, doch die Grübchen auf seinen Wangen verrieten ihn.

„Also gut. Ich bin Bent." Herausfordernd blickte er sie an.

„Und ich bin Maja", entgegnete sie, nicht ohne kurz die Augenbrauen zu heben.

„Hallo, Maja", erwiderte er nun zaghaft lächelnd.

„Hallo, Bent", tat sie es ihm nach.

Für einen Moment verharrten sie schweigend, während Fine die Szene zufrieden beobachtete.

„Und, was arbeitest du nun, Bent?", fragte Maja erneut.

Er kaute und schluckte dann erst einmal deutlich sichtbar. „Ich verdiene mein Geld zurzeit als mobiler Hausmeister. Viele Ferienwohnungsbesitzer sind froh, wenn Sie jemanden haben, der sich kümmert."

„Hört sich abwechslungsreich an."

Er zog die Stirn kraus und setzte einen ungläubigen Blick auf.

„Nicht?", hakte Maja vorsichtig nach.

„Nein, nicht. Aber ich will mich nicht beklagen … ist eine lange Geschichte." Er griff nach dem Salatbesteck und füllte sich eine weitere Portion auf.

„Und, was hast du morgen vor?", fragte Fine in Majas Richtung.

„Arbeiten und ein wenig Deko shoppen."

Wieder war Bent anscheinend bemüht, ein Grinsen aus seinem Gesicht fernzuhalten. „Also halb Touristin und halb nicht", stellte er trocken fest.

„Ein Viertel Touristin und drei Viertel nicht."

„Aha." Er senkte den Blick und betrachtete kurz den bunt gemischten Salat vor seiner Nase, bevor er wieder aufsah. „Das heißt, drei Viertel von dir werden bei diesem richtig guten Wetter auf dieser richtig schönen Insel tatsächlich arbeiten?"

„So sieht es aus. Das Geld kommt nicht von allein aufs Konto", erwiderte sie.

„Also selbst und ständig?"

„Ganz genau."

Fine schmunzelte.

„Hast du Pläne für morgen, Fine?", fragte Maja.

„Nein, nichts Besonderes."

„Du könntest morgen früh die Wohnungen lüften, wenn du Zeit hast und daran denkst. Ich muss schon früh nach Binz", schlug Bent vor.

„Das mache ich … zukünftig jeden Morgen. Du musst dich nicht mehr darum kümmern." Mit kurzem Nicken schaute sie zu Maja. Bent schien Fines Aussage zur Kenntnis zu nehmen, ohne sich weiter Gedanken zu machen, während er in seinem Salat stocherte.

„Isst du morgen wieder mit uns, Maja? Sie hat nämlich flexible Halbpension gebucht", erklärte Fine dann mit einem irgendwie kecken Blick an Bent gewandt.

„Flexible Halbpension?", wiederholte Bent und rieb sich über das Gesicht, als hätte dieser Satz ihm Kopfschmerzen bereitet und er könne sie mit dieser Handbewegung wegwischen.

„Ja, ich finde, das ist eine ganz wunderbare Idee. Wann immer sie möchte, isst sie abends mit uns."

„Ja, dann …" Bent wirkte genervt, und Maja beschlich einmal mehr das Gefühl, dass er ein Problem mit ihr hatte. Mit ihr oder grundsätzlich damit, dass ein Gast auf diesem Hof war. Klar, Fine hatte sich nicht an die Absprache gehalten, aber so richtig verstehen, warum er das Potenzial hier nicht nutzte, konnte Maja nicht. Er ließ sich schließlich jeden Monat sehr viel Geld durch die Lappen gehen.

„Wenn ich nicht störe, würde ich gern mitessen", bemerkte Maja dann vorsichtig in seine Richtung.

Es dauerte einen Augenblick, ehe er sie ansah.

„Nein, du störst nicht", antwortete er mit milderem Blick. Und Maja fühlte, dass sich ein kleines bisschen Erleichterung in ihr ausbreitete.

7

MAJA verstaute die Kamera und hatte soeben ihren Rucksack in den Fahrradkorb gestopft, als das Handy klingelte. Sie zog den Rucksack wieder heraus und wühlte in der Innentasche, die viel zu groß und viel zu unübersichtlich war. Und viel zu voll! Es gab keine Fächer für Laptop, Smartphone und Co, stattdessen glich dieser Rucksack einem großen schwarzen Loch. Gerade, als sie das Telefon ertastete, verstummte auch schon dessen leise Vibration.

Sie schaute auf das Display. Mikki. Maja wählte die Nummer ihrer Freundin.

„Hi."

„Hey, sorry, aber ich habe das Handy so schnell nicht gefunden."

„Du brauchst einen anderen Rucksack."

„Woher weißt du, dass er das Problem war?"

„Weil er immer das Problem ist."

„Ich liebe meinen Rucksack!"

„Du darfst ihn ja lieben. Aber er ist unpraktisch. Und er ist alt. Lass ihn in seinen wohlverdienten Ruhestand gehen."

„Er ist noch nicht so weit."

„Irgendwann wirst du ihn loslassen müssen."

„Jaja, irgendwann. Jetzt wird er erst mal mit mir Rügen erkunden."

„Vielleicht stirbt er ja an Schwäche in diesem Urlaub."

„Ey, sag so was nicht!"

„Entschuldige, das war wirklich zu hart. Aber jetzt erzähl mal, was du Arbeitstier für einen Auftrag klargemacht hast."

„Der Drachenmann, du erinnerst dich?"

„Der, der dich fast dein Bein gekostet hat?"

„Ja, genau der. Ihm gehört das Strandhotel Baabe. Ein großes Luxushotel, und er hat mich gefragt, ob ich Fotos für seine Website machen möchte und darüber hinaus seinen Insta-Auftritt."

„Du bist echt genial, Maja."

„Das war mehr Zufall als Akquise, aber ich habe natürlich Ja gesagt. Das Angebot ist bereits abgeschickt. Wäre schon cool, wenn das klappen würde. Stell dir mal vor, der empfiehlt mich weiter, dann kann ich zukünftig hier arbeiten."

Für einen Moment war es ungewöhnlich still am anderen Ende der Leitung, und diese Stille behagte Maja nicht.

„Das war ein Scherz, Mikki."

„Weiß ich doch. Ich habe nur kurz nachgedacht. Ist auf jeden Fall ein interessanter Gedanke. Ob gut oder schlecht, weiß ich nicht. Aber es ist ja wirklich so, dass wir beide echt einen verdammt flexiblen Job haben. Wir sollten viel öfter verreisen. Womit ich wieder bei einem ausgebauten Van wäre …"

„Mikki, ich wollte dir jetzt keinen Floh ins Ohr setzen!", warf Maja schnell ein.

„Hast du auch nicht. Den habe ich schon lange im Ohr. So ein mobiles Vanbüro wäre doch fantastisch. Piet ist inzwischen auch infiziert von dieser Idee."

„Er hatte ja sehr wahrscheinlich auch keine andere Möglichkeit, als sich anzustecken", mutmaßte Maja schmunzelnd.

„Da könntest du recht haben", erwiderte Mikki lachend. „Aber du musst zugeben, dass so ein fahrbares Büro mit Wohnmöglichkeit eine verdammt coole Sache ist."

„Stimmt, so ein Vanbüro wäre wirklich cool."

„Sag ich doch", erwiderte Mikki noch immer lachend. „Erzähl, was tust du heute Schönes?"

„Ich bin gerade dabei, das Rad zu satteln, und dann werde ich mal nach einem Dekoladen hier Ausschau halten", antwortete Maja.

„Gefällt dir deine Unterkunft nicht?"

„Doch, aber ich habe mit der Seniorchefin einen Plan geschmiedet, die Ferienwohnungen etwas auf Vordermann zu bringen. Ist eine längere Geschichte. Eigentlich werden sie gar nicht mehr vermietet, aber Fine, die Tante von Bent, hat sich über ihren Neffen hinweggesetzt und die Wohnungen einfach online gestellt. Deshalb konnte ich bleiben, und nun haben wir den Plan, Bent davon zu überzeugen, wieder zu vermieten, und ich bin sozusagen die Innenarchitektin und Fotografin und überhaupt …“, sprudelte es aus Maja raus. „Fine ist total süß und herzlich, ganz anders als ihr Neffe, der echt ziemlich stoffelig ist. Obwohl, manchmal glaube ich, dass er eigentlich gar nicht so ist, sondern eher schüchtern. Keine Ahnung, wird sich mit der Zeit ja zeigen, in welche Richtung er sich so entwickelt. Aber dieser Ort hier, der ist so besonders, fast magisch. Da muss man was draus machen, echt. Ich kann überhaupt nicht verstehen, wieso Bent sich da so sträubt, totaler Quatsch, ehrlich. Ich stehe hier gerade mit dem Rad, und wenn ich es ein paar Meter ums Haus schiebe, kann ich das Meer sehen. Das Meer, Mikki, verstehst du? Absolut unverbauter Blick. Ich bilde mir ein, dass ich das Wasser bis hierher riechen kann. Magisch, echt, es ist magisch … Ich glaube, ich habe noch nie so einen wundervollen Ort gesehen.“

„Maja, hol mal Luft. Geht es dir gut?“

„Äh, ja, wieso?“

Und dann bemerkte sie ihn. Bent stand hinter ihr. Hatte er sie belauscht? War ihr Plan somit aufgeflogen? Verlegen blickte sie zu ihm hinüber.

„Also, ich bin bei Bent hängen geblieben. Ich nehme an, er ist ein Mann? Wenn er zwischen dreißig und fünfundvierzig ist und darüber hinaus Single, dann brauche ich Details.“

„Ja, Mikki, ein Mann, irgendwas zwischen fünfunddreißig und vierzig, tippe ich. Äh, ich melde mich bei dir, okay? Ich muss los“, flüsterte sie.

„Alles okay?“

„Sorry, lass uns heute Abend noch mal telefonieren, ja?“

„Ja, schon gut, fahr los. Und guck später mal in deine Mails“, sagte Mikki noch.

„Mache ich, bis bald.“ Maja nahm das Handy vom Ohr, lächelte Bent zaghaft an, und er lächelte offen zurück.

„Falls Sie, äh, falls du denkst, dass ich gelauscht habe … Habe ich nicht. Ich bin gerade vorbeigekommen, und dann habe ich gehört, wie du über diesen Ort hier gesprochen hast, und es war echt schön, das zu hören.“ Er strich sich mit den Fingern durch sein Haar.

„Kein Problem, ich habe nicht wirklich gedacht, dass du dastehst und lauschst."

Wieder lächelte er, und dann kam er ein paar Schritte auf sie zu.

„Machst du wieder eine Radtour?", erkundigte er sich und wies mit seinem Kinn auf das Fahrrad.

„Ja, ich wollte mal schauen, was es für Läden hier gibt. Ein bisschen bummeln, bevor ich gleich an den Laptop gehe. Musst du gar nicht arbeiten heute?", fragte sie mit Blick auf ihre Armbanduhr. Es war bereits zehn Uhr.

„Ich habe heute Morgen schon ziemlich früh Arbeit herangeschafft, die ich in der Werkstatt erledigen muss."

„Du hast eine eigene Werkstatt? Hier auf dem Hof?", fragte Maja und drehte suchend ihren Kopf zur Seite.

„Ja, das Gebäude hinter dem Haupthaus, das aussieht wie ein Stall und früher auch mal einer war, das ist meine Werkstatt." Mit dem ausgestreckten Zeigefinger wies er in die Richtung.

„Was baust du?"

„Eigentlich Holzarbeiten. Ich bin Schreiner. Aber momentan bearbeite ich alles, was so anfällt."

„Und heute?"

„Heute mache ich für eine Ferienwohnung Bilderrahmen aus Treibholz", erklärte er, und es klang fast ein wenig verstohlen.

„Wow, das hört sich toll an, ich meine, dann bist du heute ja kein mobiler Hausmeister, sondern Schreiner."

„Ja, so könnte man das sagen", erwiderte er.

„Darf ich, ich meine, würdest du sie mir zeigen, wenn sie fertig sind?", fragte Maja und kaute dabei zaghaft auf ihrer Unterlippe.

„Klar, heute Nachmittag kannst du sie ansehen, dann sind sie fertig."

„Das wäre schön. Ich mag es, wenn alte Dinge einem neuen Zweck zugeführt werden."

„Echt?", fragte er mit plötzlich strahlenden Augen.

„Ja."

„Dann zeige ich dir die Rahmen gern." Lächelnd verlagerte er das Gewicht von einem auf das andere Bein. Die Hände stopfte er in seine Hosentaschen und zog die Schultern in Richtung Ohr.

„Ich freu mich drauf", sagte er noch.

„Ich mich auch."

„Ich wünsch dir einen schönen Tag."

„Danke, ich dir auch. Und gutes Gelingen."

Noch immer lächelnd drehte er sich um und verschwand hinter der Hausecke. *Vielleicht ist er doch ganz okay,* dachte Maja, löste den Fahrradständer und schwang sich auf den Sattel.

Maja blickte hoch zu den Wolken, die heute am Himmel waren. Keine, die etwa Regen im Gepäck hätten, sondern wunderschöne Schäfchen, die auf einer azurblauen Wiese grasten.

Bewusst hatte sie keinen Laden im Internet herausgesucht. Sie wollte frei nach Schnauze fahren und es ein wenig dem Zufall oder sogar dem Schicksal überlassen, welcher Dekoladen ihren Weg kreuzen würde. Schließlich hatte der Zufall ihr bereits einen Auftrag beschert. Sie fuhr genau wie gestern die Küste entlang, wusste, dass sie Baabe kreuzen würde, doch dieses Mal wollte sie weiterfahren bis nach Binz. Sie hoffte, dort ein passendes Geschäft zu finden.

Es war frisch. Die dünne Strickjacke hielt den Wind nicht davon ab, Majas Haut zu kühlen. Er durchwühlte ihre Haare, die leider nicht mit einem Haargummi zusammengebunden waren und die deshalb am Ende der Fahrt vollkommen durcheinander sein würden.

Mit jedem Tritt in die Pedalen fühlte Maja ein Stück mehr Freiheit, und der Gedanke, dass sie eventuell in einem früheren Leben mal am Meer sehr glücklich gewesen war, schlich sich immer mal wieder in ihren Kopf. Sie war eigentlich kein spiritueller Mensch, und an Wiedergeburt und ähnlichen Kram glaubte sie ebenfalls nicht. Das Gefühl aber, das das Meer in ihr auslöste, war so besonders und ging so tief, dass ein früheres Leben durchaus als Erklärung dienen konnte. Immer wieder streifte ihr Blick die Küste, und immer wieder zauberte dieser Anblick ein Lächeln auf ihre Lippen.

Nachdem sie Binz erreicht hatte, stieg sie vom Fahrrad ab und hielt nach einer Möglichkeit Ausschau, es abzustellen. Nicht weit von ihr war ein Fahrradständer. Sie ließ den Blick schweifen: Unzählige rote und gelbe Sonnenschirme zierten adrett in einer langen, symmetrischen Reihe die Strandpromenade. Vor ihnen eine ebenso symmetrische Baumreihe mit Laubbäumen in sattem Grün.

Bei diesem Anblick bekam Maja Lust auf einen Milchkaffee. Sie setzte sich in das erstbeste Café und löffelte schon kurze Zeit später perfekt aufgeschäumte Milch. Wie gern war sie doch manchmal ganz allein mit sich. Nichts und niemanden brauchte sie dann, so wie in diesem Augenblick. Sie atmete tief ein und wieder aus. Zurückgelehnt im Rattanstuhl beobachtete sie die Menschen, die die Strandpromenade entlangflanierten. Menschen mit großen Hüten und kleinen Kappen, mit Socken in Trekkingsandalen und ohne Socken in Turnschuhen. Eltern, die ihre Kinder vor sich herschoben, in der einen Hand ein Eis und die andere fest am Buggy. Senioren, die mit Urlaubsplaner in der Hand offensichtlich die Insel erkundeten. Maja genoss den Moment und fühlte eine tiefe Zufriedenheit.

Eine halbe Stunde später trat sie durch die Tür eines kleinen Ladens. Das Schaufenster war so vielversprechend dekoriert, dass sie sich sicher war, hier fündig zu werden.

„Hallo", sagte sie beim Eintreten.

„Hallo", erwiderte die Verkäuferin, die gerade dabei war, etwas in Geschenkpapier einzupacken.

Maja schlenderte zwischen den Regalen entlang: Porzellan, Bilder, Kerzenständer, Windlichter ... Die Auswahl war groß und geschmackvoll, trotzdem war auf den ersten Blick nichts dabei, das in die Wohnung passte. Und auch auf den zweiten Blick wollte nichts so recht überzeugen. Die Dekoartikel wirkten zu wenig inseltypisch, nicht ursprünglich genug. Sie hätten genauso gut in einem Laden in der Münchener Innenstadt verkauft werden können. Sie waren schön, aber irgendwie auch belanglos, und nachdem auch ein dritter Blick nichts änderte, ging Maja zurück zur Tür.

„Auf Wiedersehen", verabschiedete sie sich und verließ, begleitet von einem Türklingeln, den Laden.

Sie setzte sich auf eine kleine Mauer und dachte nach. Es musste etwas sein, das genauso viel Seele hatte wie die Wohnung selbst. Kein Einheitsbrei, nichts, was austauschbar war. Sie holte den Rucksack von ihrem Rücken und kramte nach dem Handy. Dieses Mal fand sie es erstaunlich schnell.

Antiquitäten gab sie in die Suchmaske ein. Sie machte einen Screenshot von möglichen Läden.

Kunsthandwerk Rügen waren ihre zweiten Suchbegriffe.

Sie scannte mit geübtem Blick die Ergebnisse. Dann stockte sie.

Rügener Möbelmanufaktur und Kunst aus Holz – Bent Rubarth stand dort an vierter Stelle geschrieben. Die Adresse stimmte. Sie öffnete die Seite.

Die Werkstatt ist zurzeit nicht geöffnet, war mit fetten roten Buchstaben unübersehbar auf der Startseite vermerkt.

Maja stutzte und schloss die Seite gleich wieder. Vielleicht würde Fine ihr irgendwann erzählen, was es mit Bent, den Ferienwohnungen und der Manufaktur auf sich hatte.

Sie schnallte den Rucksack wieder um, ging zum Rad und machte sich auf den Weg in ein nicht weit entferntes Antiquitätengeschäft. Der Laden lag gut auffindbar in einer kleinen Seitengasse, zwei große Blumentöpfe mit rosafarbenen Hortensien säumten die Treppenstufen zur Tür. Grüne Läden umrahmten die Fenster, und über der Eingangstür hing ein großes Schild mit eingravierten Buchstaben: *Antiquitäten Blome.* Maja ging beschwingt die drei Treppenstufen hinauf und öffnete die alte weiße Holztür. Wieder hieß sie eine Ladenklingel willkommen.

„Hallo!" Eine junge Frau, ungefähr in Majas Alter, beugte sich hinter dem Verkaufstresen hervor und lächelte ihr offen entgegen. Sofort fiel Maja der kleine Ring in ihrem Nasenflügel in den Blick, und sie musste an Mikki denken und lächeln.

„Wie schön, dass du da bist", fuhr die Verkäuferin fort und zupfte sich ihr buntes Stirnband zurecht. „Wenn ich dir helfen kann, dann nur zu."

Ihr Strahlen war einnehmend.

„Ich suche ein paar originelle Möbel und Dekoartikel für eine Ferienwohnung, die ich gerade renoviere. Es soll ursprünglich wirken, deshalb würde ich gern alte Möbel, die irgendwie inseltypisch sind, verwenden."

„Wow, bist du Innenarchitektin?"

„Oh, nein, nein", winkte Maja lächelnd ab. „Ich bin nur die Komplizin einer älteren Dame, die heimlich ihre Ferienwohnung aufhübschen möchte, um den Neffen von der Daseinsberechtigung dieser vier Wände zu überzeugen."

„Sehr cool, Komplizin hört sich perfekt an, da lasse ich mich doch gern mit reinziehen", erwiderte die Verkäuferin amüsiert. „Ich bin übrigens Frieda." Sie streckte ihre Hand aus.

„Ich bin Maja. Schön, dich kennenzulernen", entgegnete sie und schüttelte dabei Friedas Hand.

„Okay, Komplizin, was genau suchst du?"

„Tja, ich fürchte, ich brauche erst mal Inspiration."

„Inspiration ist immer gut. Schau dich um, ich stehe hier beziehungsweise hocke hinterm Tresen und sortiere Geschenkpapier."

„Du hörst von mir, wenn ich Hilfe brauche."

Sofort war Frieda wieder hinter dem Tresen verschwunden.

Maja schlenderte durch den Raum. All die Möbel und Accessoires, die ihr Blick streifte, erzählten Geschichten von gelebten Leben. Die Vorstellung, diesen alten Stücken einen neuen Bestimmungsort zu geben, machte sie glücklich, ja, sie liebte den Gedanken geradezu.

„Frieda? Ich glaube, ich hätte schon mal drei Sachen, die ich nehmen würde."

Frieda streckte den Kopf hinter dem Tresen hervor.

„Stell einfach alles hier ab."

Zwei Vasen und ein wunderschönes Bild mit einer Mohnblume drauf wanderten auf den Verkaufstresen.

Vor einem blau-weiß karierten Sessel blieb Maja stehen und musterte ihn.

„Der ist echt schön."

„Wenn du ihn nehmen willst, mache ich dir einen guten Preis."

„Ich bin blöderweise mit dem Fahrrad da."

„Soll ich ihn dir bis morgen reservieren?"

„Das wäre super, ich komm dann mit dem Auto vorbei. Jetzt bleibt es erst mal bei den drei Sachen, die kriege ich mit dem Fahrrad transportiert."

Frieda tippte Zahlen in die antike Kasse. Mit einer schwungvollen Bewegung am Seitenhebel der Kasse und begleitet von einem Ping öffnete sie die Geldkassette.

„Das macht zwanzig Euro."

Maja kramte ihre Geldbörse hervor und überreichte einen Zwanzigeuroschein.

„Vielen Dank!"

„Ich danke dir, Frieda. Bis morgen, okay?"

„Bis morgen", erwiderte sie und winkte ihr strahlend hinterher.

Eine Dreiviertelstunde später stand sie vor ihrer Tür und kramte nach dem Haustürschlüssel. Sie durchwühlte ihre Hosentaschen und natürlich den Rucksack. Das komplette Inventar packte sie nach und nach aus und legte es neben sich ab.

„Schicke Vasen." Bent ging eiligen Schrittes an ihr vorbei.

„Äh, danke", entgegnete sie beiläufig. Ihre ganze Aufmerksamkeit galt der Schlüsselsuche. Irgendwo musste das verdammte Ding doch sein. Dann hörte sie Schritte, die über den Kies stapften.

Maja sah hoch und entdeckte Fine, die offensichtlich auf dem Weg zu ihr war.

„Maja, wie schön", brachte sie ihr in herrlichstem Singsang entgegen.

„Meinst du mich oder die Vasen?", scherzte Maja.

„Euch alle drei!", antwortete Fine und stützte sich auf ihrem Regenschirm ab.

„Der Schlüssel ist weg", beichtete Maja mit verzerrter Miene.

„Liebes, Dinge lösen sich für gewöhnlich nicht in Luft auf. Einmal tief durchatmen, auf keinen Fall hektisch werden und noch mal mit Ruhe und Geduld jede Stelle, an der er sein könnte, durchgehen."

Maja tastete vorsichtig ihre Hosentaschen ab, aber das Ergebnis blieb unverändert.

„Ach, ich bin so doof. Ich habe ihn doch heute Morgen in die Tasche meiner Strickjacke gesteckt."

Sie ging zum Fahrrad und reckte kurz darauf triumphierend den Schlüssel in die Höhe.

„Siehst du, weg ist etwas erst, wenn es sich in Luft aufgelöst hat."

Maja steckte den Schlüssel in die Tür und öffnete sie.

„Was hältst du von den Vasen?", fragte sie, während sie sie vom Boden aufhob und in die Küche brachte.

„Sie sind sehr, sehr schön."

„Ich habe auch noch ein Bild gekauft."

Schnell lief sie hinaus und kam sogleich mit dem Aquarell zurück.

„Schau mal, eine Mohnblume. Wenn das nicht hier in die Gegend passt … Und ich habe auch schon eine Idee, wie wir es rahmen werden. Weißt du, ob Bent morgen unterwegs ist?"

„Nein, aber das können wir ihn heute Abend beim Essen fragen."

Maja schlug sanft mit der Handfläche gegen ihre Stirn. „Ach, entschuldige, ich habe mich gar nicht angemeldet für heute Abend, ich hab's total vergessen."

„Ach, Liebes, das ist doch gar nicht schlimm. Es gibt Kartoffelsalat und Frikadellen, die kannst du auch noch morgen essen. Ich habe reichlich gemacht."

„Ich würde sehr gern heute Abend bei dir essen. Mein Magen knurrt jetzt schon."

„Um achtzehn Uhr?"

„Das klingt gut."

„Ich freue mich", entgegnete Fine und ging beschwingt zur Haustür hinaus.

Maja schnappte sich ihren Laptop und setzte sich auf die Terrasse. Zwanzig Mails zierten ihren Posteingang.

Sofort stach ihr ein Absender ins Auge: Strandhotel Baabe!

Liebe Maja,
vielen Dank für das tolle Angebot. Wann können wir starten?
Viele Grüße
Kai

Kai Löwenich
Geschäftsführung Rügen Hotel- und Ferienwohnungs-GmbH

Grinsend leitete Maja die Mail direkt an Mikki weiter, die sich ein Bein ausfreuen würde. Mikki feierte auch nach Jahren der Selbstständigkeit noch immer wie verrückt jeden Auftrag.

Maja ging die Mails durch. Irgendwann hörte sie ein Geräusch, das so ähnlich klang wie ein Bohrer beim Zahnarzt, nur größer und etwas dumpfer. Es kam aus der Werkstatt und erinnerte sie daran, dass sie sich ja noch ein paar Bilderrahmen aus Treibholz ansehen wollte.

Kurze Zeit später schob sie vorsichtig das Scheunentor einen Spalt zur Seite. Bent war gerade dabei, Holz zu sägen. Seine Ohren waren geschützt, seine Stirn konzentriert in Falten gelegt, und Maja beobachtete ihn einen Augenblick. Dann schob sie extra schwungvoll das Tor zur Seite, um auf sich aufmerksam zu machen, was ein wenig kompliziert war, weil sie in einer Hand ein Aquarell festhielt. Bent blickte hoch, nahm die Ohrenschützer von den Ohren und stellte die Säge ab.

„Hi."

„Hi, ich wollte mir die Bilderrahmen ansehen."

„Sie stehen dort." Er zeigte nach links, und Maja folgte seinem Zeigefinger mit dem Blick. Sie ging näher heran und betrachtete sie.

„Wow, die sind echt schön."

„Danke."

„Hättest du, ich meine, könntest du dir vorstellen, dieses Bild zu rahmen?"

Sie hielt das Aquarell in seine Richtung.

„Eine Mohnblume."

„Ja, eine Mohnblume", wiederholte sie.

„Klar kann ich es rahmen. Dann hast du auf jeden Fall ein besonderes Mitbringsel und nicht so einen Tourikram aus dem Souvenirshop."

„Das habe ich mir auch gedacht."

Er hielt einen Zollstock an das Bild und notierte die Maße.

„Morgen Abend steht es zur Abholung bereit."

„Sehr gut. Ich freu mich drauf."

Er lächelte und setzte sich die Ohrenschützer wieder auf die Ohren. Maja hob kurz ihre Hand zu einer Abschiedsgeste.

Erst, als sie die Werkstatt verlassen und weit genug weg war, ertönte die Kreissäge. Maja musste unvermittelt grinsen, weil Bent offenbar gar nicht so stoffelig war, wie er manchmal wirkte.

- 8 -

DAS Kameraequipment hatte sie sicher verstaut. Ein entscheidender Vorteil ihres Rucksacks war definitiv seine Größe. Die Teile der Ausrüstung, die nicht in einen Rucksack passten, lagen eigentlich immer in Majas Auto. Sie hatte sie vor dem Urlaub nicht rausgeräumt, so konnte sie jetzt gut ausgestattet zu ihrem Auftrag fahren. Auf der Fahrt nach Baabe ließ sie ihre Gedanken kreisen. Sie war gespannt, wie das Bild im Holzrahmen wirken würde, und sie stellte fest, dass sie sich auf den Abend freute.

Maja passierte das Ortsschild. Kai hatte ihr geschrieben, dass sie im hoteleigenen Parkhaus ihr Auto abstellen konnte, und nachdem der Wagen geparkt war, ging sie zur Rezeption.

„Sie können direkt durchgehen", erklärte die Dame am Empfang und öffnete die Tür, die links hinter ihr platziert war.

Kai saß an seinem Schreibtisch, den Telefonhörer ans Ohr gehalten. Mit einem Lächeln wies er auf den Stuhl an einem runden Tisch, und Maja nahm Platz.

„Gut, ja, so machen wir das. Frau Meyer, ich habe jetzt einen Termin und würde mich dann morgen, spätestens aber Dienstag bei Ihnen melden … Wunderbar, ich freue mich auf unsere Zusammenarbeit!" Er legte auf und erhob sich von seinem Platz.

„Schön, dass du da bist", begrüßte er sie und streckte ihr freundlich seine Hand entgegen.

„Danke, dass ich hier sein und für dich arbeiten darf."

„Der Dank ist ganz auf meiner Seite. Es ist gar nicht so leicht, gute Fotografen auf Rügen zu finden. Ich habe mir deine Website angesehen und muss sagen, du machst echt gute Arbeit. Vor allem macht ihr viel Businessfotografie, das ist selten auf der Insel."

„Ja, das ist ein Schwerpunkt unserer Arbeit."

„Sehr gut! Möchtest du einen Kaffee, Wasser, Saft?"

„Danke, gern ein Wasser."

Er öffnete eine kleine Flasche, drehte ein Glas um und stellte beides vor Maja ab.

„Hast du einen Plan, wie du vorgehst?"

„Ja, hab ich. Am besten wäre es, wenn ich mir alles ansehen könnte, um einen Eindruck zu bekommen, und anschließend würde ich erste Fotos machen und ein Konzept schreiben. Ich denke, dass du in zwei Wochen mit einem fertigen Ergebnis rechnen kannst."

„Brauchst du mich beim Rundgang?"

„Wenn ich überall reindarf, dann nicht. Bis auf den Wellnessbereich. Den sollten wir separat fotografieren, wenn keine Gäste drin sind."

Kai blickte zur Uhr.

„Um diese Zeit ist da nichts los. Ich sage Marie Bescheid, sie geht mit dir runter."

„Gut, dann starte ich mit dem Wellnessbereich."

Kai griff zum Hörer und instruierte Marie.

Drei Stunden später waren die Bilder im Kasten und ein Termin für Teamfotos abgesprochen.

„Möchtest du noch zu Mittag essen?", fragte Kai. „Du bist eingeladen."

„Da sag ich nicht Nein."

„Dann komm mit."

Maja folgte Kai in einen kleinen Raum, der sich neben der Küche befand.

Er legte die Karte vor ihr ab. „Nimm alles, was du möchtest."

„Ich glaube, der Shrimpssalat reicht mir", entgegnete sie lachend.

„Gute Wahl, der ist richtig gut."

„Isst du mittags immer hier?"

„Ja."

„Das nenn ich mal Luxus."

„Das ist es auch, ich weiß das echt zu schätzen. Wie ist das Leben in deiner Unterkunft? Alles okay?"

„Ja, alles bestens. Ich fühl mich wohl dort, und die Situation hat sich entspannt."

„Das freut mich für dich. Sollte es aber irgendwie blöd für dich werden, dann bist du hier jederzeit willkommen."

„Das ist nett, aber ich denke, das wird nicht nötig sein. Ich fühle mich wohl. Tante Fine ist der Wahnsinn. Sie ist eine herzensgute Frau."

„Kümmert sie sich jetzt um die Wohnungen?"

„Ja und nein. Ich bin die einzige Gästin und kümmere mich selbst ums Putzen."

„Oh, das ist ja eine sehr spezielle Art der Gastfreundschaft", bemerkte er etwas abschätzig.

„Ach, das macht mir nichts. Es fühlt sich so gar nicht nach Urlaub an, sondern echt heimelig. Außerdem bekocht sie mich, und glaub mir, das ist Erholung pur für mich. Ich habe in meinem Leben noch nie so gut gegessen."

„Dann warte mal ab, bis du unseren Shrimpssalat probiert hast", erwiderte er mit einem angedeuteten Zwinkern. „Bist du sozusagen der Startschuss für die beiden, die Wohnungen zukünftig wieder zu vermieten?"

„Keine Ahnung, also Fine würde das sicherlich gern, aber Bent scheint es nicht zu wollen. Es geht mich eigentlich auch nichts an. Ich kenne die zwei ja erst seit Kurzem."

„Hat die Familie schon mal darüber nachgedacht, die Wohnungen zu verkaufen?"

„Oh, keine Ahnung."

„Manchmal empfindet man solch einen Besitz ja als Ballast und ist froh, wenn man ihn los ist."

„Ich kann mir nicht vorstellen, dass Fine verkaufen würde. Bei Bent bin ich mir nicht sicher. Es macht reichlich Arbeit, und gerade scheint es, dass es ihm zu viel ist. Aber gut, das geht uns wirklich nichts an."

„Ist ja auch unwichtig ...", winkte er lächelnd ab.

„Fine und ich, wir haben einen kleinen Plan", verriet Maja dann doch. „Vielleicht können wir Bent überzeugen, noch mal über die Wohnungen nachzudenken."

Interessiert zog er die Augenbrauen hoch. „Und wie sieht der Plan aus?"

„Das ist streng geheim."

„Streng geheim?", wiederholte er und lehnte sich mit verschränkten Armen zurück.

„Ja, genau", sagte sie und setzte eine gespielt geheimnisvolle Miene auf.

„Dann wünsch ich euch viel Erfolg bei eurem streng geheimen Plan."

„Vielen Dank", erwiderte Maja und griff lächelnd nach der Speisekarte.

Einen köstlichen Shrimpssalat später stieg Maja ins Auto und fuhr in Richtung Antiquitätengeschäft, um den reservierten Sessel abzuholen. Sie hoffte nur, dass er ins Auto passte.

Wie schwierig dieses Unterfangen werden würde, offenbarte sich, als sie gemeinsam mit Frieda mehrere Anläufe brauchte, um ihn auf der umgeklappten Rückbank zu verstauen.

„Ich schieb jetzt noch mal, Maja. Bei drei?"

„Okay. Eins … zwei … drei!"

Maja zog, und Frieda schob. Kurz darauf war der Sessel verstaut.

„So, das hätten wir", triumphierte Frieda und rieb sich die Hände.

„Danke, vielen Dank."

„Jederzeit wieder. Wäre ja auch gelacht gewesen … Dann viel Spaß noch beim Dekorieren. Vielleicht sieht man sich noch mal?"

„Ich komme bestimmt noch das eine oder andere Mal vorbei. Du hast echt schöne Dinge hier im Laden."

„Vielen Dank, das freut mich."

„Bis demnächst", sagte Maja noch, bevor sie ins Auto stieg und den Motor startete.

Was sie allerdings nicht bedacht hatte, war, dass sie den Sessel ja auch irgendwie wieder aus dem Auto rauskriegen musste. Und so stand sie kurze Zeit später hilflos vor der geöffneten Heckklappe und begutachtete den Inhalt.

„Selbst ist die Frau", sprach sie sich Mut zu und begann, an dem Sessel zu ziehen. Doch immer wieder verkantete er sich an den Seiten. Außerdem würde sie so womöglich noch die Stoßstange zerkratzen.

Jemand musste von oben schieben und jemand anderes von unten anheben, damit man ihn ohne Schäden aus diesem Auto bekam.

Maja schlug die Heckklappe zu und beschloss, erst einmal über eine Lösung nachzudenken. Bent schien nicht da zu sein, deshalb war der Moment eigentlich sehr günstig, die karierte Schönheit inkognito in die Wohnung zu schaffen.

Noch während sie dastand und auf das Auto starrte, kam Fine um die Ecke.

„Ist mit dem Auto alles okay, Maja? Du siehst es an, als wäre es ein Geist."

„Mit dem Auto schon, aber mit dem Inhalt nicht."

Demonstrativ öffnete sie den Kofferraum.

„Der ist aber schön", schwärmte Fine augenblicklich.

„Ja, schön schwer. Den krieg ich allein nicht aus dem Auto. Ich habe echt nicht nachgedacht."

„Ich helfe dir."

„Auf gar keinen Fall, Fine."

„Wieso? Bis auf meine Hüfte bin ich in Topform."

„Fine, ich werde mit Sicherheit nicht zulassen, dass du dir den Rücken verhebst. Wir brauchen eine andere Lösung."

Das Geräusch von rollenden Reifen auf dem Schotter ließ Fines Augen aufblitzen. Ein gelbes Auto fuhr auf den Hof.

„Herbert", rief Fine sofort, kaum dass der Postbote aus dem Auto gestiegen war, „fasst du kurz am Sessel an?"

„Aber klar, Fine", entgegnete er und war direkt zur Stelle. Dank seiner Hilfe hatte das gute Stück es dann zehn Minuten später in Wohnung Nummer zwei geschafft.

Maja war rundum zufrieden mit sich, als sie das Möbelstück betrachtete. Das Mohnbild würde sich perfekt an der Wand über ihm machen. Es fehlte nur noch ein kleiner Beistelltisch und eine Leselampe, aber das zu finden, dürfte kein Problem sein.

Was Maja etwas Sorgen bereitete, war der Zustand der Wände. Sie waren okay, aber einen Anstrich könnten sie durchaus gebrauchen. Ihr war nur leider klar, dass das ohne Bents Zustimmung nicht machbar war.

„Wie findest du es?", fragte sie in Fines Richtung.

„Toll, der Sessel ist toll."

„Ich habe ein Bild dazu besorgt und kümmere mich jetzt noch um einen Beistelltisch und eine Leselampe. Küche und Schlafzimmer nehme ich mir in den nächsten Tagen vor."

„Ich weiß gar nicht, wie ich dir danken soll … Weißt du, dass wieder Leben in diesen Wohnungen ist, das macht mich wirklich glücklich."

Fines Augen glänzten.

„Weinst du?", fragte Maja sanft.

„Papperlapapp, ich weine doch nicht. Mir ist eben der Wind in die Augen gepfiffen."

„Ist aber auch ein strenger Wind auf Rügen."

„Wenn nicht sogar der strengste." Fine legte kurz ihre Hand auf Majas Schulter. „Es ist schön, dass du hier bist", bemerkte sie leise und sanft.

„Ich find's auch schön", erwiderte Maja ebenso leise und hätte die alte Dame jetzt gern einmal fest an sich gedrückt.

Am Abend machte Maja vor dem Abendessen einen kleinen Abstecher in die Scheune, um nachzusehen, ob der Bilderrahmen schon fertig war. Bent war nicht da, und Maja sah sich um. Und dann entdeckte sie es: das Mohnbild, eingefasst in einen geschmackvollen Holzrahmen. Sie ging hin und betrachtete es aus der Nähe. Die Kombi aus Blume und Treibholz sah wunderschön aus.

„Gefällt es dir?"

Bents tiefe Stimme drang in den Raum. Er stand am Scheunentor.

„Oh, tut mir leid, ich hoffe, es ist okay, dass ich einfach so hier reingegangen bin."

„Klar, kein Problem."

„Es ist superschön."

„Danke, ich habe mir auch extra viel Mühe gegeben."

„Darf ich ehrlich sein?"

Er nickte.

„Ich finde den Rahmen noch schöner als die, die du für die Ferienwohnungen gemacht hast."

„Deinen habe ich so gemacht, wie ich ihn machen würde, und die anderen habe ich so gemacht, wie der Kunde sie haben wollte."

„Du solltest Tausende von diesen Rahmen machen und sie verkaufen. Du könntest bestimmt davon leben."

Bents Blick veränderte sich schlagartig. „Hast du Hunger? Das Essen ist fertig, das wollte ich dir sagen."

„Okay", entgegnete Maja verunsichert. Was hatte sie Falsches gesagt? Er war Schreiner durch und durch. Das hatte sie gestern schon gedacht, als er die Rahmen gefertigt hatte. Sein Blick, während er an dem Holz arbeitete, sprach Bände. Trotzdem würde sie das Thema erst mal nicht mehr ansprechen, denn offensichtlich machte es ihm zu schaffen.

Das Abendessen verlief aufgrund des Vorfalls in der Werkstatt wieder einmal ziemlich wortkarg. Fine versuchte permanent, gute Miene zu machen, was so offensichtlich war, dass Bent immer wieder tief durchatmete.

„Wer möchte Nachtisch?", fragte sie dann im Tonfall einer Erzieherin, die versuchte, ihre Kindermeute aufzumuntern.

„Danke, Fine, aber ich bin pappsatt."

„Ich auch", antwortete Bent.

„Gut, bewahren wir ihn für morgen auf."

Bent rieb sich über die Augen. „Ich bin erledigt, ich gehe nach oben", sagte er, während er sich vom Tisch erhob. Auf dem Weg zur Küchentür stellte er Teller und Schüssel auf der Arbeitsfläche ab.

„Schlaf gut", sagte Maja noch.

„Ebenso", antwortete er und verschwand im Flur.

MAJA konnte ihr Glück kaum fassen. Die Stehlampe und der Beistelltisch würden einfach perfekt neben den kleinen Sessel passen. Sie hatte die beiden Schätzchen in einem Secondhandladen für Möbel gefunden. Es hatte sie zwar ein wenig Fahrtzeit gekostet, aber das war ihr egal. Fine wieder so glücklich zu sehen, würde jeden Kilometer wert sein.

Die Leuchte hatte Maja in zwei Teile zerlegt, und auch der Tisch war klein genug, sodass die Sachen problemlos ins Auto passten. Und heute würde sie auch alles allein rausschaffen können.

Sie ließ die Landschaft an sich vorbeiziehen. Der Himmel war grau bedeckt, was den Charakter der Insel ein wenig veränderte. Es machte ihn nicht schlechter, ganz und gar nicht, sondern einfach nur anders. Die Farben waren weniger intensiv, aber auf eine angenehme Art und Weise sorgte das in Maja für Ruhe. Ohne ihre kräftigen Farben wirkte die Insel still und zurückhaltend.

Maja bog auf den schmalen Asphaltweg ab, der direkt zu ihrem Ferienhaus führte. Schon von Weitem konnte sie den Hof erkennen. Und in diesem Moment fühlte es sich an, als wäre sie ihr Leben lang nie einen anderen Weg gefahren, um nach Hause zu kommen. Ihr Herz zog sich sanft zusammen. Dass ein Fleckchen Erde vom ersten Augenblick an so nach Heimat schmecken konnte, das hatte sie nicht erwartet. Aber vielleicht war es genauso wie bei der Liebe auf den ersten Blick. Die erwartete man schließlich auch nicht, und sie traf einen unverblümt und dann mitten ins Herz.

Maja war sich sicher: Sie hatte ihren Sehnsuchtsort gefunden. Und sie würde jedes Jahr wiederkommen müssen, um diese Sehnsucht zu stillen.

Nachdem sie das Auto geparkt hatte, sah sie sich um. Sie musste sichergehen, dass Bent nicht da war, denn sie hatte sich vorgenommen, heute etwas länger in Wohnung Nummer zwei zu werkeln. Gardinen waren definitiv ein Muss, und dafür würde sie heute Maß nehmen und nach Stoffen suchen. Und das Bett im Schlafzimmer würde sie gern verrücken, und zwar so, dass man beim Aufwachen direkt aus dem Fenster schauen konnte.

Um sich zu vergewissern, dass Bent nicht in der Werkstatt war, ging Maja einmal ums Haus herum. Die Luft schien rein zu sein. Also beförderte sie ihre Errungenschaften aus dem Auto und stellte sie neben der Wohnungstür ab. Hektisch kramte sie in ihrer Hosentasche auf der Suche nach dem Schlüssel, und schließlich erwischte sie ihn in der Gesäßtasche. „Da bist du ja", murmelte sie und steckte ihn ins Schloss.

„Das ist die falsche Wohnung."

Maja zuckte zusammen. Bent stand hinter ihr und blickte ungläubig und gleichzeitig charmant grinsend drein.

„Ach Mensch, stimmt, wo bin ich nur mit meinen Gedanken!"

Verlegen nahm sie den Schlüssel wieder an sich.

„Maja, ich weiß, was ihr hier treibt."

„Treiben?", hakte sie leise nach.

„Ja, treiben. Und bitte, vergiss, was ihr geplant habt, okay?" Das Lächeln in seinem Gesicht wich einer ernsteren Miene.

Maja räusperte sich. „Bent, ich verstehe nicht, warum du deiner Tante diesen Gefallen nicht tust. Sie macht das echt glücklich. Ich meine, diese Wohnungen, so viel Arbeit ist das …"

„Halt dich raus", unterbrach er sie harsch.

„Wow, das war deutlich!"

„Das hoffe ich doch."

„Es ändert aber nichts daran, dass ich es nicht verstehe. Du nimmst deiner Tante ein Stück Lebensinhalt, und das ist …"

„Du hast keine Ahnung, wovon du redest", unterbrach er sie aufs Neue scharf. „Du kennst weder mich noch Tante Fine. Wie lange bist du jetzt hier? Drei Tage? Und du meinst, mir erklären zu müssen, wie meine Tante denkt und was sie braucht? Ist dir aufgefallen, dass sie Dinge vergisst? Hast du bemerkt, dass ihr jeder Schritt wehtut? Hast du einmal deinen Kopf angeschaltet und überlegt, ob sie überfordert ist mit dieser Arbeit? Was glaubst du? Habe ich wohl über all das monatelang nachgedacht? Nach Lösungen gesucht? Am besten fährst du zurück an den Ort, von dem du gekommen bist, und missionierst im eigenen Umfeld", herrschte er sie an.

Majas Herz schlug ihr bis zum Hals. „Hier!" Barsch drückte sie ihm den Schlüssel in die Hand. „Danke für die drei Tage Gastfreundschaft. Obwohl, dafür müsste ich eigentlich Fine danken. Du bist mit Abstand der unfreundlichste Mensch, der mir je begegnet ist. Ich hoffe, dass ich niemals in meinem Leben so verbittert sein werde wie du."

„Wenn du weiter deine Nase in das Leben anderer steckst statt in dein eigenes, brauchst du dir da keine Sorgen zu machen", brummte er, drehte sich um und stapfte zum Auto.

Mit Tränen in den Augen blieb Maja zurück. Er hatte sie getroffen. Keines seiner Worte hatte sein Ziel verfehlt.

Sie hastete zu ihrer Wohnung, die Leuchte und den Tisch ließ sie einfach stehen. Sie hörte noch, wie Bent vom Hof fuhr.

In der Wohnung katapultierte sie den Inhalt des Kleiderschranks in ihren Koffer. Sie würde keine Sekunde länger hierbleiben. Sie war nicht willkommen, das hatte dieser Mann ihr deutlich zu verstehen gegeben.

Strandhotel Baabe oder kompletter Abbruch der Rügenaktion? Majas Kopf rumorte. Genauso wie ihr Bauch.

Sie verschloss den Koffer und setzte sich auf ihn.

Mit einem tiefen Atemzug machte sie sich dann schlussendlich auf den Weg, um sich von Fine und anschließend von Rügen zu verabschieden.

„Fine?", rief Maja, als sie an die Tür klopfte.

Sie wartete, doch niemand antwortete. Wahrscheinlich war Fine im Gemüsegarten. Maja ging zurück über den Hof und schaute um die Ecke.

„Fine?", rief sie wieder, doch im Gemüsebeet war sie ebenfalls nicht. Also suchte Maja weiter, klapperte das komplette Grundstück inklusive der Werkstatt ab, doch die alte Dame war nirgends zu finden. Dass sie zu Fuß unterwegs war, schloss Maja aus. Also versuchte sie noch einmal ihr Glück am Haus.

„Fine", rief sie nun so laut, dass sie beinahe selbst erschrak. Vorsichtig drückte sie schließlich die Klinke hinunter und öffnete langsam die Tür.

„Fine?", rief sie wieder.

„Maja?", hallte es aus dem Obergeschoss.

„Fine, wo bist du?"

„Oben, im Schlafzimmer. Ich glaube, ich könnte Hilfe gebrauchen", erklang eine schrille und wackelige Stimme.

Maja hastete die Treppen hinauf. Das erste Zimmer, in das sie stürmte, war nicht Fines Schlafzimmer, aber an der zweiten Tür hatte sie Glück.

Fine lag auf der Seite mit verzerrtem Gesicht am Boden, neben ihr ein umgekippter Stuhl und eine heruntergerissene Gardine. Man musste kein Kriminologe sein, um den Vorfall zu rekonstruieren.

„Was machst du denn für Sachen?" Maja beugte sich zu der alten Dame hinunter. „Du kannst nicht aufstehen, oder?"

„Meine Hüfte will nicht."

„Tut dir was weh?"

„Der Knöchel und die Hüfte natürlich, aber die tut ja immer weh."

„Ich ruf einen Krankenwagen."

„Auf gar keinen Fall." Hätte Fine die Fähigkeit gehabt, mit Pfeilen aus ihren Augen zu schießen, wäre das jetzt ein Warnschuss gewesen, so deutlich war ihr Blick.

„Wir müssen dich hier runter kriegen und wissen, ob etwas gebrochen ist. Das muss geröntgt werden."

„Auf gar keinen Fall fahre ich mit einem Krankenwagen. Achtzig Jahre lang habe ich das verhindert. Und ich werde jetzt nicht damit anfangen. Schluss und aus."

„Ach, Fine, was sollen wir denn dann machen? Ich krieg dich nicht aufgesetzt."

„Ruf Bent an."

„Muss das sein?", hakte Maja genervt nach, bemerkte aber schon während sie es aussprach, dass Befindlichkeiten gerade fehl am Platz waren.

„Okay, ich rufe ihn an."

„Habt ihr gestritten?"

„Wie kommst du darauf?"

„Bis vor fünfzehn Minuten habe ich noch auf diesem Stuhl gestanden und hatte einen perfekten Blick auf euch beide. Freundlich wart ihr nicht zueinander."

„Lass uns das gleich besprechen. Ich möchte dich jetzt erst mal beim Arzt wissen."

„Bents Nummer hängt unten an der Pinnwand in der Küche."

„Gut, ich bin sofort wieder da."

Maja rannte die Treppe hinunter. Im Vorbeigehen schnappte sie sich das Telefon vom Flurschränkchen und scannte in der Küche die übervolle Pinnwand nach Bents Nummer ab, bis sie unter einem alten Kassenbon fündig wurde.

Sie wählte, und das Freizeichen ertönte.

„Rubarth?"

Majas Herz schlug schnell. „Bent? Ich bin's, Maja. Fine ist gestürzt. Ich habe sie gerade in ihrem Schlafzimmer gefunden. Sie ist so weit okay, kann aber nicht aufstehen. Einen Krankenwagen darf ich nicht rufen."

„Ich bin sofort da", entgegnete er und legte auf.

Maja lief die Treppen wieder hinauf. „Es ist schlimm für mich, dich da so liegen zu sehen", bemerkte sie, als sie im Zimmer ankam und sich neben Fine setzte.

Fine sah sie an und nahm ihre Hand. „Wir sind aufgeflogen, oder?"

„Ja, er hat uns durchschaut und ist echt sauer geworden. Ich denke, es ist besser, wenn ich abreise."

„Das wäre sehr, sehr schade. Er wird sich beruhigen, glaub mir."

„Er hat schon gemeine Sachen gesagt."

„Er macht sich nur Sorgen um mich. Er ist so ein guter Mensch, der sich einfach immer viel zu viele Sorgen macht."

„Den guten Menschen versteckt er aber ziemlich perfekt vor anderen."

„Er hat es nicht leicht gehabt im Leben. Ich will keine Plaudertasche sein, aber so, wie er sich im Moment gibt, ist er selbst mir fremd." Fine verzog ihr Gesicht.

„Tut es weh?"

„Ja, etwas."

„Ach Mann, ich würde dir jetzt so gern helfen."

„Das tust du doch."

„Ich sitze hier, das ist keine Hilfe."

„O doch, das ist mehr Hilfe, als viele andere alte Menschen erfahren."

Das Poltern von Schuhen auf Treppenstufen kündigte Bents Ankunft an.

„Was machst du denn, Fine?" Bent kam ins Zimmer gestürzt und hockte sich neben sie. Maja stand auf und stellte sich ein wenig abseits.

„Pass auf, Doktor Willow ist unterwegs. Sie sieht sich das fürs Erste an. Wenn sie sagt, dass du ins Krankenhaus musst, dann wirst du heute diese Premiere ohne Murren und Knurren hinnehmen."

„Bent, ich fahre nicht."

„Tante Fine, und ob du mit dem Krankenwagen in ein Krankenhaus fahren wirst, wenn es notwendig ist. Heute werde ich mich nicht weichkochen lassen. Du kannst dir deinen tödlichen Blick sparen. Ich trage eine Schutzweste."

Maja schmunzelte, fühlte sich aber trotzdem unwohl. Sollte sie ihre Hilfe anbieten, oder würde sie sich damit wieder zu sehr einmischen?

„Ähm, ich denke, ich gehe dann besser … wenn ihr keine Hilfe mehr braucht", bemerkte sie leise. Es schien ihr in diesem Moment die beste Lösung.

„Ich möchte mich aufsetzen", warf Fine ein.

„Könntest du vielleicht kurz dabei helfen, Maja?", fragte Bent mindestens genauso unsicher, wie Maja sich fühlte. Er sah sie an.

„Klar."

Sie machte ein paar Schritte nach vorn und hockte sich neben Fine.

„Und wenn ein Wirbel gebrochen ist?", erwähnte Maja zaghaft. Sie wollte um jeden Preis verhindern, altklug zu wirken.

„Ich habe mir doch keinen Wirbel gebrochen!", empörte sich Fine.

„Und wenn meine Tante sagt, dass sie sich keinen Wirbel gebrochen hat, dann hat sie auch keinen gebrochen, selbst wenn er gebrochen sein sollte", murmelte Bent in Majas Richtung.

„Werd nicht frech", ermahnte Fine ihn lächelnd. „Wenn es euch beruhigt, ich kann alle Zehen bewegen." Wellenförmig ließ sie die Zehen unter dem Sandalenriemen tanzen. „Niemand kann solche Dinge mit seinen Zehen tun, wenn er einen Wirbel gebrochen oder gequetscht hat. Außerdem bin ich direkt auf der verfluchten linken Hüfte gelandet."

„Gut, ich würde unter die linke Schulter packen und du unter die rechte?" Bent blickte fragend zu Maja, und als sie nickte, beförderten sie Fine sanft in Sitzposition.

„Geht es?", erkundigte sich Bent und legte seinen Arm um die Schulter seiner Tante, um sie abzustützen.

„Ja, geht gut."

In diesem Moment klingelte es an der Tür.

„Soll ich aufmachen?", fragte Maja.

„Ja, das ist bestimmt Doktor Willow."

Maja ging hinunter und ließ die Ärztin ein.

Doktor Willow schien sehr vertraut mit Fine und ihrer Aversionen gegen Krankenwagen und -häuser. Nach eingehender Untersuchung konnte sie fürs Erste Entwarnung geben, trotzdem würde Fine um einen Röntgentermin nicht herumkommen.

„Als Kompromiss schlage ich einen Abstecher ins Krankenhaus ohne Krankenwagen vor", sagte Doktor Willow lächelnd, wenn auch bestimmt. Ihr schien klar zu sein, dass keine zehn Pferde diese robuste alte Dame auf einer Trage aus diesem Zimmer bringen würden.

Fine stand mittlerweile schon wieder auf beiden Beinen, hatte aber Mühe mit dem Laufen.

„Wenn wir alle gemeinsam anpacken, kriegen wir das hin", bemerkte die Ärztin zuversichtlich.

Nicht lange danach saß Fine tatsächlich in Bents Auto.

„Gute Fahrt", wünschte Doktor Willow und klopfte dabei auf das Autodach.

„Vielen Dank", erwiderte Fine.

„Kein Problem." Die Ärztin hob winkend die Hand und stieg schließlich in ihr Auto.

Maja knibbelte an ihrem Daumennagel. Noch immer fühlte sie sich unwohl.

„Bleibst du, bis ich wiederkomme?", wollte Fine wissen.

„Ich, ich weiß nicht ...", entgegnete Maja und blickte unsicher zu Bent hinüber.

„Vielleicht wäre es gut, wenn du so lange bleibst", antwortete er leise, lächelte kurz und startete den Motor. Maja stand da und sah den beiden nach, wie sie vom Hof fuhren.

- 10 -

MAJA kramte in ihrem Kulturbeutel. Sie war sich sicher, ihre Kette dort verstaut zu haben, aber sie war unauffindbar. Sie zog den Reißverschluss zu und legte den Beutel auf ihre Tasche. Bis auf die Kette hatte sie ihr Gepäck zusammen. Gerade, als sie den Koffer im Flur abstellte, fiel ihr ein, wo sie das Schmuckstück abgelegt hatte.

Sie ging ins Schlafzimmer und öffnete das Nachttischchen. Und da lag sie. Maja nahm sie heraus und legte sie um ihren Hals. Und dann streifte ihr Blick den Kirschbaum vor dem Fenster. Sie würde ihn vermissen, genauso wie die frische Luft am Morgen, wenn sie beide Fensterflügel öffnete, um einen Atemzug zu nehmen. Sie wäre gern geblieben. Nicht nur wegen des Kirschbaums und der Aussicht, sondern auch wegen Fine und dem Gefühl, das sie ihr gab. Bei ihr war sie willkommen, und egal, wie verrückt das nach so kurzer Zeit klingen mochte, Maja fühlte sich geborgen, weil sie es einfach nicht gewohnt war, dass abends das Essen auf dem Tisch stand. Dass man sich am Tisch unterhielt und sich austauschte über den Tag und über das Leben. Maja war eine Einzelkämpferin, schon immer. Und vom Tag der Trennung ihrer Eltern an hatte sie aufgehört, sich wirklich auf Menschen einzulassen. Nur einmal hatte ein Mann es in ihr Herz geschafft, und so war Mikki die einzige Konstante in ihrem Leben. Mikki war da, inzwischen fast das ganze Leben lang.

Mit einem tiefen Seufzen stand Maja auf und ging auf die Terrasse. Noch einmal saugte sie den Blick auf, und jetzt war sie wirklich traurig. So hatte sie es sich nicht vorgestellt. Diese vier Wochen sollten etwas ganz Besonderes werden. Und sie hatten so schön begonnen. Nicht perfekt, aber definitiv erinnerungswürdig. Und wie sie so dasaß, mit dem Meer vor Augen und dem Wind im Gesicht, wurde ihr klar, dass sie die Insel eigentlich noch nicht verlassen wollte. Sie würde also gleich einen Anruf riskieren. Kai hatte ihr angeboten, dass sie bei ihm einziehen konnte. Und sie würde nun darauf zurückkommen, schließlich hatte die Insel auch noch andere schöne Seiten, die es zu entdecken gab.

Sie ging zurück in das Ferienhaus, verstaute kurz darauf ihr Gepäck im Auto und blickte dann auf ihre Armbanduhr. Bent und Fine waren nun seit drei Stunden weg. Langsam befürchtete sie, dass Fines Verletzungen vielleicht doch ernster waren als angenommen. Sie holte ihr Smartphone aus der Tasche und suchte Kais Nummer heraus. Gerade, als sie anrufen wollte, hörte sie ein Auto auf den Schotter rollen. Als sie sich nach dem Geräusch umdrehte, sah sie sofort, dass Fine mit an Bord war.

„Ein Glück", murmelte sie in sich hinein und stopfte das Handy zurück in ihre Tasche.

Bent parkte das Auto und stieg aus.

„Kann ich behilflich sein?", fragte Maja, während sie sich langsam in Bents Richtung bewegte.

Er öffnete die Beifahrertür. „Hinein und hinaus schaffen wir mittlerweile ganz gut, oder Fine?"

„Sogar sehr gut. Es ist lange her, dass ein Mann mich auf Händen getragen hat."

Bent quittierte den Kommentar mit einem Lächeln und hievte Fine aus dem Auto. Maja fühlte sich wie Beiwerk. Am liebsten wäre sie jetzt einfach gefahren.

„Danke, dass du auf mich gewartet hast, Liebes", ächzte Fine beim Versuch, den ersten Schritt zu machen. Bent bot ihr seinen Unterarm als Gehhilfe an, und seine Tante griff beherzt zu.

„Gern, ähm, das habe ich echt gern gemacht."

„Kommst du mit in die Küche?", fragte Fine.

„Ja, mache ich", entgegnete Maja ein wenig unschlüssig und folgte den beiden langsam in Richtung des Hauses. Man konnte Fine deutlich die Mühen ansehen, die ihr jeder Schritt bereitete.

„Geht es dir gut?", erkundigte Bent sich. Und in diese Frage war so viel Fürsorge gelegt, dass Maja unweigerlich an Fines Worte von eben denken musste: „Er ist so ein guter Mensch, der sich einfach immer viel zu viele Sorgen macht."

Als sie schließlich in der Küche ankamen, nahm Maja wieder das Ticken der Wanduhr wahr. Und den Geruch, der diesen Raum dezent durchströmte: diese Mischung aus altem Holz, aus Kräutern und Gewürzen und dem Duft nach Kerzenwachs. Sie mochte, wie es hier roch.

„Möchtest du etwas trinken?", fragte Bent an Maja gewandt.

„Ein Wasser", antwortete sie. „Was haben sie im Krankenhaus gesagt?"

„Ich bin aus gutem Holz geschnitzt. Nichts ist gebrochen, aber vieles geprellt."

„Was schmerzhafter sein kann als ein Bruch", ergänzte Bent und stellte das Wasserglas vor Maja ab.

„Ich werde ein paar Tage außer Gefecht sein. Das heißt, die Halbpension muss ruhen, so leid es mir tut."

Fine schien nicht davon überzeugt zu sein, dass Maja wirklich abreisen würde. Bent schwenkte gedankenverloren sein Glas. Seine Augen wirkten müde.

„Fine", begann Maja und schluckte schwer, „ich werde, also, ich brauche keine Halbpension, weil ich …"

„Ich dachte mir, dass du auch ohne klarkommst. Hauptsache, du kommst mich trotzdem in meinem Kämmerchen hier besuchen", unterbrach die alte Dame sie einfach.

Maja atmete tief durch. Bent war offensichtlich klar, was sie eigentlich hatte sagen wollen, und quittierte ihren gescheiterten Beichtversuch mit einem undurchdringlichen Blick. Und plötzlich unterdrückte er ein Grinsen, das konnte sie deutlich erkennen. Es amüsierte ihn offenkundig, wie seine Tante die Situation händelte. Stattdessen sollte er sie besser unterstützen, Fine zu sagen, dass sie abreisen würde! Sie würde gleich Klartext mit ihm reden, wenn Fine außer Hörweite war. Und wenn alles geklärt war, würde sie sich von Fine verabschieden. So leid es ihr auch tat.

„Ihr Lieben, ich bin sehr geschafft und möchte mich hinlegen."

„Was willst du denn essen?", fragte Bent.

„Erst mal nichts. Ich bin so vollgepumpt mit Schmerzmitteln, die schlagen mir auf den Magen."

„Gut, ich koche was Magenschonendes. Der Hunger kommt bestimmt gleich. Ich würde gern dein Bett im Wohnzimmer aufstellen, damit du nicht immer die Treppen hinaufmusst. Legst du dich jetzt für den Moment aufs Sofa?"

Ohne ein Widerwort von sich zu geben, nickte Fine.

„Dann los", sagte er.

Wieder reichte er seiner Tante den Unterarm, den sie sofort umfasste.

Maja sah den beiden nach, wie sie im Zeitlupentempo aus der Küche schlurften.

Sie hatte gerade ihr Wasserglas geleert, als Bent zurück in die Küche kam.

„Schmeckt das Wasser?", fragte er.

„Das ist eine blöde Frage."

„Okay, durchschaut, ich wollte einfach nur Konversation machen."

Bent stand inzwischen am Tisch und sah sie an. Maja atmete tief ein, bevor sie loslegte:

„Bent, du hast mir heute deutlich zu verstehen gegeben, dass ich abreisen soll. Ich habe die Koffer bereits im Auto. Denkst du, du könntest mich dabei unterstützen, es Fine beizubringen?"

„Auf gar keinen Fall", erwiderte er mit einer Mischung aus Ernsthaftigkeit und offenkundigem Amüsement.

„Wieso? Du willst, dass ich gehe."

Langsam ließ er sich auf den Stuhl, der direkt neben ihm stand, gleiten. „Willst du etwa bleiben?", fragte er ungläubig, stellte die Ellbogen auf der Tischplatte ab und stützte sein Kinn auf den gefalteten Händen ab.

„Nein, natürlich nicht. Du hast fiese Sachen gesagt ... dass ich mich einmische und so."

„Und du hast mich verbittert genannt, was auch nicht so nett war." Verschmitzt dreinschauend hob er seinen Kopf wieder an und richtete den Oberkörper auf.

„Gut, das mit dem verbittert war eine Affektaussage. Und eventuell tut sie mir leid."

„Eventuell?", fragte er mit herausforderndem Blick.

„Gut, sie tut mir leid."

Er lächelte. „Okay, dann tut mir leid, dass ich dich für die Schandtaten meiner Tante verantwortlich gemacht habe. Ich hätte wissen müssen, dass sie die Haupttäterin war. Glaub mir, sie ist meistens die Haupttäterin."

„Schließen wir gerade Frieden?"

„Keine Ahnung ...", entgegnete er lächelnd.

„Wie geht es jetzt weiter mit Fine?"

Bent seufzte lauter, als er wahrscheinlich wollte. Dann stand er auf und schloss die Küchentür.

„Offen gesagt, habe ich keine Ahnung", erwiderte er, während er zurück zum Tisch kam. „Ich habe den Terminkalender bis an den Rand gefüllt mit Aufträgen. Ein paar davon kann ich schieben, aber bei den meisten geht das nicht. Fine wird noch ein paar Tage Aufsicht benötigen. Ich denke, ich werde einen Pflegedienst beauftragen." Die Falten auf seiner Stirn unterstrichen die offensichtlichen Sorgen, die er sich machte. Tief durchatmend nahm er wieder Platz.

„Glaubst du, das geht so schnell?", wollte Maja wissen.

„Ich weiß es nicht, ich werde morgen bei der Krankenkasse anrufen."

„Also, ich könnte, ich meine, wenn es dir recht ist, ich könnte bleiben und dir ein wenig helfen. Ich muss ja sowieso arbeiten, und das tue ich eh von hier. Wir könnten uns absprechen." Unsicher ließ Maja ihre Finger über die Tischdecke gleiten. Sie hatte Angst, zu viel anzubieten und am Ende wieder übergriffig zu wirken.

„Das kann ich nicht annehmen. Wir kriegen das schon hin, wir ..." Fahrig ging Bent sich mit den gespreizten Fingern durch die Haare.

„Ich biete es dir wirklich gern an, Bent", erklärte Maja dann, denn sie hatte das Gefühl, sich erklären zu müssen, „aber ich werde mich nicht aufdrängen. Ich bin weit davon entfernt, ein Helfersyndrom zu haben, auch wenn ich diesen Eindruck vielleicht vermittelt habe. Fine hat mich sofort beeindruckt, und ich habe mich wohlgefühlt bei ihr. Sie hat mich direkt gehabt ... Verstehst du?"

„Darin ist sie gut", entgegnete er und lächelte dabei verschmitzt.

„Ziemlich gut", pflichtete Maja ihm bei.

„Okay, also wenn ich ehrlich bin, wäre ich dir dankbar, wenn du bleiben würdest", antwortete er dann leise und blickte ihr dabei für einen Moment in die Augen. Maja schluckte, weil dieser Blick sie berührte. Bent war wirklich dankbar.

„Dann bleibe ich gern", entgegnete sie lächelnd.

„Danke, echt … Und noch mal, es tut mir leid, was ich gesagt habe."

„Mir auch, und ich helfe gern. Fine ist eine tolle Frau."

„Ja, das ist sie. Übrigens stehen vor Wohnung Nummer zwei noch ein Tisch und eine Stehleuchte. Beides sehr schön …"

„Ja, oder?"

„Der Tisch könnte etwas Öl vertragen und vielleicht ein wenig Schleifpapier." Jetzt war Bent es, der mit seinen Fingerspitzen das Blumenmuster auf der Tischdecke nachzeichnete.

„Kennst du einen Schreiner, der das übernehmen könnte?"

„Ich kenne da einen, der würde das sicher gern übernehmen." Er stoppte die Bewegung seines Fingers und blickte auf.

„Fragst du ihn?"

„Habe ich schon", erwiderte er und deutete dabei mit seinem linken Auge ein kaum wahrnehmbares Zwinkern an. Aber es war deutlich genug, dass es Maja ein Lächeln entlockte.

„Und?", fragte Maja.

„Er macht es."

„Netter Schreiner."

Er grinste, und plötzlich geschah etwas mit seinem Gesicht. Fast war es, als würde es sich mit einem Mal völlig entspannen. Gleich darauf stand er auf und ging zur Tür, drehte sich aber sofort wieder zu ihr um.

„Möchtest du gleich mitessen? Ich mache Salat."

„Immer her damit."

„Okay, dann in einer Stunde hier in der Küche", sagte er und verschwand zur Tür hinaus.

Kurze Zeit später stand Maja vor ihrem Kofferraum und hievte ihr Gepäck heraus.

„Warte, ich helfe dir." Bent kam um die Ecke und dann geradewegs auf sie zu. Er griff nach dem Koffer, berührte dabei für den Bruchteil einer Sekunde ihre Hand.

„Tut mir leid", entschuldigte er sich wegen dieser zufälligen Berührung.

„Das macht doch nichts", entgegnete Maja, während er den Koffer anhob.

„Der hat übrigens Rollen", erwähnte Maja grinsend.

Bent lachte. „Ich denke, ich werde ihn über den Schotter lieber tragen. Die Rollen rollen erfahrungsgemäß nicht so gut auf diesem Untergrund."

„Hast wohl Erfahrung mit Rollkoffern?"

„Ja, besonders mit diesem Modell."

Maja sah ihn an. „Bent, das Mohnbild, es war nicht für mich, sondern für die Wohnung. Tut mir leid, ich habe geflunkert."

„Du passt ziemlich perfekt zu meiner Tante. Solche abgekarteten Spielchen sind ihr Spezialgebiet."

„Meins eigentlich nicht …"

„Das beruhigt mich, weil ich sonst jetzt echt nervös geworden wäre. Zwei Menschen von Fines Kaliber auf diesem Hof hätten mich wahrscheinlich umgebracht."

„Bist du eigentlich hier aufgewachsen?", fragte sie, während sie hinter ihm herging.

„Ja, das ist mein Zuhause."

„Und Fine wohnt auch schon immer hier?"

Bents Atem stockte, das konnte sie an seinem Rücken erkennen.

„Nein, ist eine lange Geschichte. Erzähle ich dir mal in Ruhe, okay?"

„Klar, wie du möchtest."

„So, einmal der Koffer." Mit einer einladenden Handbewegung wies er auf die Haustür. „Herzlich willkommen zum Zweiten", sagte er freundlich und hielt dann kurz inne.

„Maja, eines noch", fing er mit fester Stimme erneut an zu sprechen, „du bist nicht für Fine verantwortlich. Ich will, dass du das weißt. Ich werde jetzt alle Termine schieben, bei denen das möglich ist. Du sollst schließlich die Insel kennenlernen und am Strand liegen." Sein Blick war ernst und trotzdem voller Fürsorge, was Maja seltsam berührte.

„Ach, um den Strand geht es mir gar nicht so sehr. Mehr um Ruhe und Ankommen und Wohlfühlen und so."

„Und denkst du, dass du ankommen kannst?", fragte er mit leicht nach oben gezogenen Mundwinkeln.

„Wenn du mich nicht rausgebracht hättest, wäre ich es längst", erwiderte sie, ebenfalls schmunzelnd. „Das hier ist ein magischer Ort. Ich habe es schon tausendmal gesagt, aber es ist echt besonders."

„Ich werde versuchen, dich nicht mehr rauszubringen. Versprechen tue ich es nicht, aber ich gebe mir Mühe", sagte er, die Hand bereits um den Griff der Haustür gelegt.

„Das ist gut", entgegnete sie. „Aber sag noch mal eben, wie dein Plan für morgen aussieht … dann kann ich auch planen."

„Ich müsste schnell meinen Kalender holen", antwortete er.

„Mach das, ich sitze auf der Terrasse."

Bent zog die Tür hinter sich zu, und Maja ging schon mal durch das Wohnzimmer hinaus. Fünf Minuten später saßen sie zu zweit am Terrassentisch.

„Okay, also morgen muss ich in zwei Ferienwohnungen Reparaturen vornehmen. Das kann nicht warten, das heißt, wenn du da nicht kannst, muss es natürlich warten. Aber wenn du kannst, dann …"

„Hey, alles gut, Bent, ich habe morgen früh nichts vor. Ich kann Bilder bearbeiten, und das geht auch in Fines Küche. Übermorgen habe ich allerdings einen Fototermin, da müssten wir schauen."

„Wow, direkt einen Kunden an Land gezogen?"

„Ja, und ich freue mich drauf."

„Herzlichen Glückwunsch."

„Danke."

„Okay, dann werde ich übermorgen vormittags hier sein. Und morgen Nachmittag. Danach ist es noch sehr wirr …"

„Keinen Stress, die nächsten Tage kriegen wir auch hin."

„Das Doofe ist, dass viele Aufträge sehr spontan kommen."

„Das ist echt kein Problem. Wir schaffen das."

Bents Gesicht entspannte sich nun gänzlich, begleitet von einem tiefen Seufzer.

„Danke, Maja", flüsterte er dann.

„Dafür nicht", entgegnete sie und blickte über die Felder hinüber zum Meer.

- 11 -

MAJA stand im Türrahmen, während Fine mit erhöhtem Oberkörper in ihrem Bett lag. Bent hatte es gestern offensichtlich noch im Wohnzimmer aufgebaut. Ein Stapel bunt zusammengewürfelter Kissen diente ihrem Rücken als Stütze, und ein beinahe ebenso großer Stapel Zeitschriften brachte etwas Ablenkung.

„Kann ich dir was Gutes tun, Fine?"

„Du könntest Unkraut im Gemüsebeet zupfen."

„Klar, kann ich machen."

Fine zog die Augenbrauen hoch. „Das war ein Scherz, Maja. Glaubst du allen Ernstes, dass ich dich zum Jäten ins Gemüsebeet schicken würde?"

„Wieso nicht?", entgegnete Maja achselzuckend. „Könnte doch lustig werden."

„Ich bin wunschlos glücklich und sehr dankbar, dass du dir Zeit für mich nimmst. Ich kann das gar nicht wieder gutmachen."

„Ich kümmere mich um das Unkraut. Ja, echt. Habe ich noch nie gemacht, aber das wäre mal was Meditatives."

„In erster Linie ist es was, was Rückenschmerzen macht", feixte Fine.

„Egal, die habe ich eh. Erkenne ich, was Unkraut und was Gemüse ist?"

„Ja, mittlerweile ist es eindeutig. Du zupfst nur die Dinge raus, die grün und höchstens drei Zentimeter hoch sind. Oder wie Löwenzahn aussehen und bestenfalls dann auch Löwenzahn sind. Du kennst Löwenzahn?", witzelte sie weiter.

„Klar kenne ich Löwenzahn. Ha, das wird super. Ich bearbeite noch ein paar Bilder, und danach gehe ich zum Gärtnern in die Sonne. Perfekt!"

„Schön, wenn die einfachen Dinge im Leben glücklich machen."

„Ich würde gern meine Nummer in deinem Telefon einspeichern. Dann kannst du mich anrufen, wenn du etwas brauchst."

Fine nickte, und Maja tippte ihre Nummer in den Hörer des Mobilgerätes.

„Ich bringe dir noch schnell Wasser."

Alles lief super, nur ein wenig angespannt war Maja noch wegen Fines unweigerlich irgendwann folgenden ersten Toilettengangs. Zwar hatte Bent ihr erklärt, dass es reiche, sie bis zur Tür zu begleiten, den Rest, hatte er gemeint, schaffe seine Tante gut. Nun hoffte Maja nur, dass es heute auch so sein würde. Und als wäre Fine gerade in Majas Kopf unterwegs gewesen, fragte sie auch schon:

„Könntest du mich kurz bis zur Toilette begleiten? Keine Panik, nur bis vor die Tür, alles andere schaffe ich allein, so wahr ich Fine Rubarth heiße!"

„Aber klar", entgegnete Maja lächelnd und half Fine auf.

Fünf Minuten später lag Fine wieder unversehrt auf dem Sofa und lächelte zufrieden. „Die Firma dankt", bemerkte sie und schnappte sich eine Zeitschrift.

Maja ging zurück in die Küche, brachte die Fotobearbeitung zum Abschluss und suchte gleich darauf den Gemüsegarten auf.

Die Beete waren mit einem weißen Holzzaun vom Rest des Gartens abgetrennt. Neben einem kleinen Tor hing ein Korb mit Gartengeräten.

Maja hockte sich zwischen die Pflanzen und machte sich direkt an die Arbeit. Irgendwann versank sie auf eine wunderbar erdende Art und Weise in dieser Aufgabe, und immer wieder atmete sie tief und genussvoll die frische Luft ein.

„Hat Fine dich ans Jäten gekriegt?" Bent stand hinter dem Gartenzaun und lächelte Maja zu.

„Auch, wenn es schwer zu glauben ist, ich mache das tatsächlich freiwillig."

„Wirklich schwer zu glauben."

Maja erhob sich. „Oh, mein Rücken, verflixt." Mit schmerzverzogener Miene griff sie sich in den unteren Rücken.

„Geht es?"

„Ja, tut es. Das ist die Strafe für jahrelange Sportabstinenz."

„Ich hatte kurz Panik, dass ich jetzt zwei Pflegefälle hier zu betreuen habe", bemerkte er flapsig.

„Keine Sorge, ist schon wieder alles im Lot, aber ich sollte wirklich etwas mehr Sport treiben. Das Fahrradfahren tut echt gut, ich komme allerdings jetzt in das Alter, in dem man was für den Körper tun muss, bevor der Zug abfährt."

„Aha, und ab wann ist dieses Alter da?"

„Dreiunddreißig."

„Oh, dann ist bei mir der Zug wohl abgefahren."

„Mist, sind es viele Jahre zu spät?"

„Ich schätze mal, ja."

„Heißt?"

„Fünf."

„So viele Jahre sind das nun auch nicht, und zum Anfangen ist es nie zu spät."

Er legte kurz seine Stirn in Falten. „Wenn du willst, zeig ich dir die Insel …", schlug er dann vor. „Zu Fuß oder mit dem Rad. Auf diese Weise hätten wir zwei Fliegen mit einer Klappe geschlagen. Wir werden sportlich, und du lernst die Insel kennen. Allerdings müsste Fine dafür erst ein bisschen fitter werden."

Maja lächelte, denn so ein Angebot ausgerechnet von Bent hatte sie nun nicht erwartet.

„Wie wär's Sonntag? Das sind noch drei Tage, und bis dahin geht es Fine vielleicht etwas besser, und sie kann ein paar Stunden allein sein. Und wenn nicht, dann nächste Woche", schlug er vor.

„Ja, Sonntag passt gut."

„Gut, halten wir das so fest. Ich überlege mir was Schönes. Mehr Touristin oder mehr authentisches Inselleben?"

„Definitiv authentisches Inselleben."

„Kennst du Hiddensee?"

„Ich war noch nie dort", antwortete Maja.

„Dann sollten wir da auf jeden Fall auch irgendwann mal hinfahren." Kurz stockte er, als wundere er sich selbst über seine Worte. „Ich find's wunderschön dort, vor allem außerhalb der Saison beziehungsweise, wenn man außerhalb der Fährzeiten rüberfährt", ergänzte er.

„Also nachts?" Maja lachte.

„Ziemlich früh morgens oder am späten Nachmittag. Dann brechen die letzten Touristen auf, und die Insel wird so unfassbar ruhig, das ist echt unbeschreiblich."

„Ich bin dabei", entgegnete Maja und rieb sich dabei die Erde von ihren Fingerkuppen. Was genau war mit Bent passiert? Er war nett, richtig nett …

„Dann schaue ich jetzt mal eben nach Fine. War alles okay heute?"

„Ja, alles bestens. Sie ist gut drauf."

„Das ist schön. Ich bleibe den Rest des Tages hier. Also falls du was unternehmen möchtest …?"

„Ich glaube, ich fahre gleich nach Baabe und lege mich an den Strand. Baabe kenne ich nämlich schon, und so laufe ich nicht in Gefahr, dir deine Planung zu ruinieren."

„Dass ich dir Baabe zeige, kann ich definitiv ausschließen. Lieber zeig ich dir Berlin", erwiderte er mit ernstem Blick.

„Okay, Baabe scheint nicht der place to be für die Ureinwohner von Mönchgut zu sein, richtig?"

„Wer es mag, kann es mögen …" Und dann tauschte er seine ernste Miene gegen ein offenes Lächeln. „Viel Spaß in Baabe. Der Strand ist toll."

„Danke, Bent."

„Was ist mit deiner flexiblen Halbpension?", wollte er dann noch wissen.

„Die liegt mit Prellungen im Wohnzimmer."

„Ich übernehme."

„Echt?"

„Unter einer Bedingung."

„Und die wäre?"

„Keine Negativbewertung im Internet!", erklärte er grinsend.

„Das krieg ich hin."

„Dann bis heute Abend."

„Ja, ich freu mich drauf", entgegnete Maja und sah Bent noch einen Moment nach, als er in Richtung des Hauses verschwand.

Zwei Stunden später lag Maja ganz tourimäßig am Strand und ließ sich die Sonne auf Bauch und Unterschenkel scheinen. Für einen Bikini war ihr heute nicht warm genug. Trotzdem wollte sie die weißen Stellen ihres Körpers der Sonne wenigstens ein wenig preisgeben und hatte zu diesem Zweck ihr T-Shirt und die Hose nach oben geschoben. Sie schaute kurz in den Himmel, schloss dann aber die Augen und lauschte dem Rauschen des Meeres und dem Rufen der Möwen. Eine ganze Weile lag sie so da, bevor sie sich wieder aufsetzte, um sich gleich darauf erneut hinzulegen.

„Das ist doch Zeitverschwendung", sagte sie laut zu sich selbst, setzte sich wieder auf und kramte ihre Kamera aus dem Rucksack.

„Rumliegen kann ich auch noch, wenn ich alt bin", ergänzte sie und beschloss, noch ein paar Schnappschüsse für die Website reinzuholen. Sie setzte den Rucksack auf den Rücken, und mit der Kamera um den Hals stapfte sie los durch den Sand und hielt Ausschau nach einem passenden Motiv. Und dann erhaschte sie den perfekten Winkel auf das Strandhotel Baabe. Das Licht war ideal, und sie drückte ab.

Das Ergebnis begutachtete sie direkt im Display.

„Das ist richtig gut", lobte sie sich und versuchte es gleich aus einem zweiten Winkel, dieses Mal aber näher dran am Hotel. Auch dieses Bild wirkte authentisch und einladend. Da sie gerade so in Fahrt war, beschloss sie, den Eingangsbereich jetzt noch einmal abzulichten, denn das Foto, das sie bereits bearbeitet hatte, überzeugte sie nicht hundertprozentig.

Also stellte sie sich vor das Hotel, lotete die verschiedenen Perspektiven aus, und gerade, als sie in die Hocke ging, hörte sie ein Klopfen an einer der Fensterscheiben. Rechts neben dem Eingang stand Kai am Fenster und winkte ihr freundlich zu. Er gab ihr mit einer Geste zu verstehen, dass sie warten solle, und kam eine Minute später durch die Eingangstür.

„Hey, Maja, schon wieder bei der Arbeit?"

„Ungeplant, aber das Licht war gerade genau das richtige, um natürliche Fotos zu machen, da musste ich schnell abdrücken. Eigentlich wollte ich mich nur an den schönen Strand legen …"

„An den schönsten Strand Rügens!", erklärte er mit erhobenem Zeigefinger.

„Da werdet ihr Insulaner wahrscheinlich alle unterschiedlicher Meinung sein."

„Unmöglich, dieser Strand ist der schönste."

„Also, Bent ist schon mal kein Fan von Baabe."

„Bent?"

„Ja, mein Vermieter. Er scheint eher zum Team Hiddensee zu gehören."

„Ah, okay, aber Hiddensee ist ja nicht Rügen."

„Trotzdem mag er Baabe nicht."

Im ersten Moment runzelte Kai die Stirn. „Hat nicht jeder einen guten Geschmack hier", erwiderte er dann lächelnd. „Fühlst du dich noch immer wohl dort?"

„Du meinst bei Fine und Bent?"

Er nickte.

„Ja, sehr wohl. Fine ist gestern leider gestürzt."

„Oh, ist alles okay mit ihr? Ist sie verletzt?"

„Nur ein paar Prellungen."

„Dann ist es ja gut", entgegnete er und wirkte aufrichtig erleichtert.

„Jetzt helfe ich Bent ein wenig und kümmere mich um Fine, wenn er keine Zeit hat."

„Als Hotelmanager hört sich das alles etwas seltsam an. Du bist ja Gast und …"

„Ach, das ist wirklich total in Ordnung. Ich bin so froh, an diesem Ort gelandet zu sein. Und wie gesagt, sie vermieten die Wohnungen ja eigentlich gar nicht mehr."

„Weißt du mittlerweile, was sie damit vorhaben?"

„Keine Ahnung."

Und plötzlich fiel Maja etwas auf.

„Bleib mal genauso stehen … Und jetzt ein kleines Lächeln und in die Linse schauen. Perfekt."

Sie hielt ihm die Kamera hin. „Schau mal, Bild eins der Teambilder ist fertig."

Kai betrachtete das Foto einen Moment. „Du hast echt ein verdammt gutes Auge", sagte er schließlich.

„Danke, das ist das schönste Kompliment, das eine Fotografin bekommen kann."

„Und dann auch noch ernst gemeint."

„Ja, das ist natürlich noch besser."

„Bleibt es denn trotzdem bei morgen?"

„Ja, ich bin um zehn Uhr hier und starte mit der Rezeption und dem Küchenteam. Das geht schnell. Sie müssen auch gar nicht unterbrechen. Ich würde sie gern bei der Arbeit fotografieren."

„Okay, dann freue ich mich auf morgen, Maja."

„Ich mich auch."

„Und jetzt ab an den schönsten Strand Rügens."

„Wird gemacht", entgegnete Maja lachend und hob die Hand, um sich zu verabschieden.

Am frühen Abend stand sie gerade unter der Dusche, als ihr Handy klingelte. Sie hastete aus der Duschkabine, schwang sich oberflächlich ein Handtuch über und tapste mit nassen Füßen, die bei jedem Schritt einen Abdruck auf dem Holzboden hinterließen, ins Schlafzimmer und schnappte sich das Handy vom Bett.

„Mikki, wie schön, dass du anrufst."

„Ich freue mich so über diesen Auftrag, wirklich, so richtig."

„Das habe ich mir gedacht."

„Aber sag, wie geht es dem Menschen, der heute auf den Tag genau seit dreißig Jahren an meiner Seite ist?"

„Haben wir Jahrestag?"

„Ja, heute vor dreißig Jahren bin ich in deine Nachbarschaft gezogen, und du hast mit mir auf dem Spielplatz dein letztes Apfelstück geteilt."

„Diese Geschichte ist aber auch jedes Jahr aufs Neue anrührend."

„O ja, und zu allem Überfluss ist sie auch noch eine Erfolgsgeschichte. Also, Maja, danke für deine Freundschaft, du weltbeste Fotografin und Geschäftsfrau. Du hast das Angebot ja mal echt verdammt hoch angesetzt."

„Jepp, das habe ich. Und danke zurück, du weltbeste Freundin und Filmemacherin und Instagrammerin."

„So, genug Süßholz geraspelt. Wie war dein Tag, was hast du noch vor?"

Maja erzählte ausführlich von ihrem Tag, von Fines Sturz und Bents harter Schale, die langsam zu bröckeln begann.

„Wie alt war dieser Bent noch mal?"

„Achtunddreißig."

„Warum ist er Single?"

„Keine Ahnung …"

„Ist er hässlich? Hat er eine fette Warze auf der Nase? Hat er überhaupt eine Nase?"

Maja musste lachen. „Nein, er ist ganz und gar nicht hässlich und hat eine wohlgeformte Nase. Er sieht gut aus."

„Und dieser Kai?"

„Der hat ein Kind und ist wahrscheinlich verheiratet."

„Sieht er gut aus?"

„Ja, ziemlich."

„Das heißt, du hast dort auf Rügen gerade engen Kontakt zu zwei gut aussehenden Männern?"

„Von denen einer wahrscheinlich verheiratet und unser Kunde und der andere irgendwie nicht ganz im Lot ist."

„Wie dem auch sei. Ich befürchte, ich muss sehr zeitnah vorbeikommen, um die Lage unter die Lupe zu nehmen. Hast du schon angefangen, dein Herz freizuräumen?"

„Ähm, morgen, okay?"

„Gut, ich werde das kontrollieren."

„Okay." Maja blickte zur Uhr. „Mikki, ich stehe hier noch nackt und werde in fünf Minuten mit Bent und Fine essen. Ich müsste mich etwas beeilen."

„Vergiss nicht, dir was anzuziehen", scherzte Mikki.

„Danke für den Tipp. Bis dann."

„Ja, bis dann."

Maja schlüpfte in ihre Klamotten, kämmte schnell die Haare durch und machte sich auf den Weg zum Abendessen, umhüllt von einem wohlig warmen Rügengefühl.

- 12 -

DER Parkplatz des Hotels war gut gefüllt an diesem Morgen. Maja drehte nun schon die zweite Runde, den Blick umherschweifend auf die Autoreihen gerichtet. Und dann sah sie eine gerade frei werdende Parklücke. Zumindest den Versuch in diese Richtung. Denn der Fahrer oder die Fahrerin hatte offensichtlich große Mühe, den SUV aus der Lücke hinauszumanövrieren. Maja stellte sich etwas abseits, setzte den Blinker und wartete geduldig ab. Beim vierten gescheiterten Versuch stieg sie aus und winkte freundlich durch die Scheibe des überdimensionierten Autos. Die Fensterscheibe glitt nach unten.

„Soll ich Sie rauslotsen?"

Die Frau im Inneren des Wagens sah sie dankbar an. „Oh, das wäre super. Ich weiß, das wirkt hier nach *Frau kann nicht ausparken*, aber eigentlich bin ich echt gut darin. Nur diese Karre ist dermaßen groß und sperrig, und ich hasse sie. Wirklich, ich hasse sie."

„Warum fahren Sie sie dann?", hakte Maja vorsichtig nach.

„Weil mein Mann dieses Auto liebt und meines in der Werkstatt ist. Es würde mich also echt beruhigen, wenn Sie mir raushelfen würden. Hier piept zwar alles, und diese Kamera soll mich rauslotsen, aber mich macht das wahnsinnig."

Maja erhaschte einen Blick ins Innere des Autos und dachte, sie sei in einem Flugzeug gelandet.

„Was will man mit den ganzen Knöpfen?", fragte sie.

„Keine Ahnung. Okay, dann versuche ich es noch mal."

„Wenn Sie einmal gerade rausfahren und danach etwas mehr vorwärts nach links, müsste es mit dem Winkel klappen. Ich stelle mich nach hinten und winke."

„Gut, denn ich werde mir auf keinen Fall die Blöße geben, zu scheitern und meinen Mann zu fragen."

Die Frau setzte zurück und befolgte Majas Tipp. Kurze Zeit später war das Auto heile aus der Parklücke gelenkt.

„Vielen, vielen Dank."

„Sehr gern."

„Wissen Sie, was mich am meisten ärgert?"

Maja schüttelte den Kopf.

„Dass mein Mann dieses Auto immer aus purer Faulheit in diese Lücken quetscht. Hinten haben wir einen Privatparkplatz, aber der ist weiter vom Aufzug unseres Hotels entfernt."

„Ach, dann sind Sie die Frau von Kai?"

„Ja, die bin ich", entgegnete die Fahrerin leicht verwundert.

„Ich bin Maja, die Fotografin."

„Fotografin?" Verwundert schüttelte Kais Frau den Kopf.

„Sind Sie gleich gar nicht beim Termin dabei?"

„Sollte ich?"

„Ich weiß nicht, wenn Sie ein familiengeführtes Hotel betreiben, dann wäre es schön, wenn ich Sie auch mit auf den Bildern hätte."

„Kai hatte gar nichts in diese Richtung erwähnt ..."

„Ach, das können wir auch noch nachholen. Ich bin ja noch länger auf Rügen. Soll ich das gleich mit ihm besprechen?"

„Äh, nein, das mache ich schon."

„Okay, also falls Sie es schaffen ... Ich bin jetzt circa drei Stunden hier vor Ort."

„Gut, ich versuche, es hinzukriegen."

„Dann vielleicht bis gleich", sagte Maja noch.

„Ja, und danke noch mal für Ihre Hilfe."

„Kein Problem."

Bepackt mit allerlei Fotoequipment erreichte Maja kurze Zeit später die Lobby. Kai stand an der Rezeption und schien bereits auf sie zu warten. In seinem engen Hemd und der Anzughose wirkte er wie aus dem Ei gepellt.

„Hallo, Maja", rief er ihr entgegen.

„Hallo, Kai. Seid ihr startklar?"

„Ja, das sind wir. Alle wissen Bescheid, und es kann losgehen. Warte, ich helfe dir beim Tragen." Hastig kam er auf sie zu und nahm ihr die Tasche aus der Hand. Ein angenehmer dezenter Geruch von Aftershave streifte ihre Nase.

„Ich würde dann einfach hier rumwuseln und Schnappschüsse einfangen."

„Gut, ich bin gespannt auf das Ergebnis."

„Das kannst du auch sein", erwiderte Maja lächelnd. „Ich starte in eurem Essenstempel, okay?"

„Wie du magst."

„Gut. Bis gleich."

„Bis gleich und *gut Foto*, oder wie sagt man?"

Maja lachte. „Ich glaube, dafür gibt es keinen Ausdruck."

„Dann einfach gutes Gelingen."

„Danke."

Maja ging als Erstes zur Küche und schob vorsichtig die Tür zur Seite. Sofort schlug ihr reges Treiben entgegen. Dampf, das Zischen von Fett und das Klirren von Geschirr waren die Hintergrundmusik.

„Nicht erschrecken", rief sie.

Ein Koch hob seine Hand zum Gruß und lächelte kurz, aber ansonsten ließen sie sich nicht aus ihrem Arbeitsfluss bringen. Das scheinbar hektische Tun wirkte beim zweiten Blick eingespielt und gut arrangiert. Maja huschte wie auf Katzenpfötchen durch den Raum, um nicht zu stören, stellte sich immer nur abseits des Geschehens auf.

„Danke", rief sie in den Küchendunst hinein, als sie fertig war.

Wieder hob ein Koch die Hand, und Maja schob die Tür hinter sich zu. Sie ging zum Aufzug, um in die unterste Etage zu fahren.

Der Wellnessbereich war das Kontrastprogramm zum Gewusel in der Gastroküche. Nun war Maja bemüht, die Ruhe nicht zu stören. Dezent fotografierte sie eine Mitarbeiterin des Massagebereichs und konnte dies sogar tun, während sie einer Frau den Rücken massierte. Die Urlauberin hatte gern zugestimmt, als Massagemodell auf der Website zu erscheinen.

„Vielen Dank", flüsterte Maja, als sie fertig war, und verließ den Raum.

Zwei Stunden später war sie bereits gut vorangekommen. Es fehlte eigentlich nur noch ein Foto von Kai in Arbeitsposition, bestenfalls am

Schreibtisch. Und von seiner Frau. Sie würde ein fantastisches Modell abgeben. Sie war bildschön und hatte eine warme Ausstrahlung. Dunkle Haare und gebräunte, makellose Haut.

„Ist Herr Löwenich in seinem Büro?", fragte Maja die Frau an der Rezeption.

„Ich sehe nach." Sie stand auf und ging um die Ecke.

„Nein, ist er gerade nicht. Möchten Sie warten?"

„Äh, nein, ich mach inzwischen noch ein paar Bilder."

„Gut, er wird gleich zurück sein."

„Danke."

Maja ging den Flur entlang, der sich am Ende in zwei Richtungen gabelte. Und dann hörte sie Stimmen von der rechten Seite.

„Du hättest mir sagen können, dass du Bilder machen lässt."

„Es tut mir leid, ich habe es vergessen."

„Vergessen? Du informierst das ganze Team, und ausgerechnet mich vergisst du?"

„Ich weiß nicht, warum mir das passieren konnte."

„Ich schon. Weil ich kein Teil dieses Teams für dich bin. Alles, was ich für dich bin, ist die Mutter deines Kindes."

Maja verspürte den deutlichen Impuls umzudrehen. Aber irgendwie siegte in diesem Moment die Neugier.

„Das ist so ein Nonsens."

„Du hältst mich klein", zischte sie.

„Das stimmt nicht."

„Ich hätte meine Träume leben sollen, anstatt alles für dich aufzugeben."

„Jetzt wird es heftig. Können wir das bitte woanders besprechen?"

„Nein, hier ist es genau richtig. Wann überschreibst du mir denn meinen Teil, Kai?"

Das Lauschen wurde Maja jetzt selbst unangenehm. Sie drehte sich um und entfernte sich schnellen Schrittes. Unauffällig schaute sie zurück, um abzuchecken, ob Kai oder seine Frau hinter ihr waren. Aber der Flur war leer.

Maja ging zurück zur Rezeption, um dort auf den Hotelchef zu warten, und es dauerte gar nicht lange, als er um die Ecke kam.

„Maja, bist du schon fertig?"

„Nicht ganz. Ich möchte noch ein Bild von dir am Schreibtisch machen. Was meinst du?"

„Äh, ja, klar, können wir machen. Komm mit."

Kai ging zu seinem Büro, und Maja folgte ihm.

„Möchtest du eigentlich das Image als Familienbetrieb forcieren?", fragte sie.

Er blieb stehen und drehte sich um. „Nein, ich denke nicht. Mein Unternehmen umfasst weit mehr als dieses Hotel. Wenn es nur das eine Haus wäre, fände ich so ein Image gut. Aber da wir sehr viel größer sind, passt das nicht."

„Okay, ich habe nämlich deine Frau heute Morgen kennengelernt. Ich dachte anfangs, dass es schön sein könnte, wenn sie mit auf den Bildern ist. Aber dann weiß ich Bescheid darüber, welchen Schwerpunkt du wünschst."

Kai nahm am Schreibtisch Platz.

„Tu so, als wäre ich nicht da", wies sie ihn an.

„Das fällt mir schwer", erwiderte er und sah ihr dabei kurz und intensiv in die Augen.

„Versuch es einfach", entgegnete Maja lächelnd.

„Okay, ich gebe mir Mühe."

Er senkte seinen Kopf und begann, in einem Ordner zu blättern. Er wirkte aufrichtig konzentriert, gar nicht so, als würde er eine Rolle spielen. Maja musste lächeln, denn es war nicht selbstverständlich, dass ihre Kunden so schnell und auf so natürliche Weise ihre Anweisungen umsetzten. Es dauerte gar nicht lange, da war sie auch schon fertig.

„Perfekt, ich habe alles im Kasten. Und wie gesagt, Anfang übernächster Woche stehen die Bilder, und ich zeige dir, welches ich für welche Seite vorgesehen habe. Dann können sie eingebaut werden."

„Vielen Dank für die professionelle Umsetzung."

„Jederzeit wieder."

„Und irgendwann treffen wir uns, um alles zu besprechen?"

„Genau."

„Das ist schön. Vielleicht können wir das mit einem Essen verbinden? Ich meine, mit einem Geschäftsessen?"

„Sehr gern." Maja lächelte, und Kai schien sich über ihre Antwort zu freuen.

„Dann bis bald."

„Bis bald", erwiderte sie und machte sich auf den Weg zurück zu ihrer Bleibe.

Vor dem Haus saßen Bent und Fine und spielten Karten. Maja ging auf sie zu.

„Hi, ihr beiden. Wer gewinnt?"

„Fine, aber nur, weil sie in einer Tour mogelt."

Fine grinste. „Hast du Beweise?", fragte sie herausfordernd.

Bent verdrehte die Augen.

„Setz dich zu uns", forderte Fine sie auf.

Maja folgte der Einladung und setzte sich neben Fine auf die Bank.

„Schön, dass das Sitzen so gut klappt", stellte Maja fest.

„Ja, das funktioniert sehr gut. Aber nach diesem Spiel sollte ich wieder in die Waagerechte."

„Das ist löblich … Musst du noch arbeiten?", fragte Maja dann in Bents Richtung.

„Falls du jetzt sowieso hier bist, könnte ich zwei Termine wahrnehmen."

„Ja, ich bin hier, du kannst ruhig fahren."

„Das ist echt toll, danke."

Mit einem Lächeln auf den Lippen verfolgte Fine den Dialog zwischen ihnen.

„Letzte Karte", rief sie schließlich aus.

„Okay, du hast gewonnen."

Zufrieden legte sie die Karten zu einem Stapel zusammen.

„Bringst du mich rüber, Bent?"

„Na klar. Darf ich bitten?"

Sie hakte sich bei ihm ein und humpelte mit ihm ins Haus, während Maja noch einen Moment sitzen blieb und den Blick auf die gegenüberliegenden Bäume genoss. Irgendwann kam Bent zurück und blieb neben ihr stehen.

„Die Idee mit dem Ausflug … Sonntag könnte es vielleicht klappen. Zumindest eine kleine Tour wäre drin, denke ich. Elli, eine alte Bekannte, hat sich auf einen Krankenbesuch angemeldet und würde so lange bleiben, bis wir wieder da sind." Bents unsicherer Blick entging Maja nicht.

„Das ist toll. Ich freue mich drauf."

Jetzt lächelte er. „Dann haben wir Sonntagnachmittag einen Termin." Er strich sich durch die Haare. „Ach, einen Tipp noch: Falls du mal mit Fine Karten spielen solltest, zwing sie, ihre Ärmel auszuschütteln. Sie bunkert Joker."

Maja lachte. „Oh, das werde ich mir merken." Sie nahm den Stapel Karten zur Hand und mischte sie. „Ich konnte früher ziemlich gute Mischtricks. Meine Mutter hat immer vermutet, dass ich irgendwann in einem Spielcasino arbeiten werde." Während sie erzählte, mischte sie gekonnt die Karten durch.

„Hast wohl nichts verlernt."

„Wie man's nimmt." Sie hob den Kopf an und legte die Karten zur Seite. „Soll ich vielleicht heute Abend das Essen vorbereiten? Dann hast du nicht so einen Stress."

Einen Moment schwieg er. So, als müsse er diese Frage einmal durch seinen Kopf schicken, um eine Antwort darin zu finden.

„Also, wenn das für dich okay ist, klar. Aber nur, wenn du wirklich Zeit dafür hast …", entgegnete er dann.

„Ich würde es sonst nicht anbieten. Zwar beschränken sich meine Kochkünste auf Spaghetti mit Tomatensoße, die sind allerdings ziemlich gut."

„Wir lieben Spaghetti."

„Glück gehabt."

„Fine ist im Übrigen eine sehr geduldige Kochlehrerin. Also wenn du dein Repertoire erweitern möchtest, hättest du in diesem Urlaub die Gelegenheit dazu."

„Keine so schlechte Idee …"

„Sie hat mir schon früh das Kochen beigebracht."

„Dann warst du als Kind viel bei ihr?"

„Zwangsläufig, ja. Wir haben zusammengewohnt."

„Oh, wow, wart ihr so eine richtige Großfamilie?"

„Sie und mein Onkel haben mich großgezogen, nachdem meine Eltern gestorben waren."

Maja schluckte. So eine Antwort hatte sie nicht erwartet. „Das tut mir sehr leid."

„Ist lange her, und Fine hat mir ein zweites Zuhause gegeben. Das werde ich ihr nie vergessen."

„Darf ich fragen, was mit deinen Eltern passiert ist?"

„Ich erzähle es dir in Ruhe, okay?"

„Na klar, so wie du willst."

Sie sahen einander an, und für einen Augenblick war es ganz still zwischen ihnen. Bents Blick war auf eine warme Art tief.

„Ich würde dann losfahren", unterbrach er diesen seltsam schönen Moment schließlich.

„Bis heute Abend, Bent."

Während er zum Auto lief, stand Maja auf und ging ins Haus.

„Fine?", rief sie.

„Im Bett!", ertönte es aus dem Wohnzimmer. Und richtig, da lag Fine, der die Müdigkeit ins Gesicht gezeichnet war.

„Mona", hauchte die alte Dame.

„Maja", berichtigte Maja sanft und mit einem Augenzwinkern.

„Ach ja, die Biene."

„Ja, die Biene", erwiderte Maja lächelnd.

„Setz dich zu mir." Fine klopfte zaghaft mit der rechten Hand auf die Bettdecke.

Maja setzte sich auf die Bettkante, bemüht, nicht zu viel Platz einzunehmen. Sie musterte Fines Gesicht. Zu wissen, dass sie Bent einst ein zweites Zuhause gegeben hatte, ließ sie noch liebevoller wirken.

„Du tust ihm gut", erwähnte Bents Tante mit ruhiger Stimme.

„Wie meinst du das?"

„Es tut ihm gut, nicht allein zu sein. Du hast ihn spüren lassen, dass man Hilfe annehmen darf und nicht jeder Mensch es schlecht mit einem meint. Bent hat viel durchgemacht."

„Ich weiß."

„Ja?" Interessiert setzte Fine sich ein Stück aufrechter hin.

„Er hat mir eben erzählt, dass seine Eltern gestorben sind und du ihn großgezogen hast."

„Das hat er dir erzählt?"

„Ja."

„Er redet nur selten darüber …"

„Er hat nicht viel erzählt …"

„Aber dass er es überhaupt getan hat, ist schön zu hören."

„Ich muss zugeben, dass ich ihn anfangs echt unfreundlich fand. Aber er wird echt immer netter."

„Glaub mir, in ihm steckt so viel … Ich habe immer gesagt, dass diejenige, der er sich irgendwann wieder öffnet, den besten Mann bekommt, den eine Frau sich wünschen kann. Er ist so loyal, Maja, und wenn sein Herz bereit ist, dann liebt er auf so vertrauensvolle und freie Art, wie ich es mir für jeden Menschen wünschen würde."

„Das hast du schön gesagt."

Fine lächelte. „Ich halte viel von ihm, und das nicht nur, weil er mein Ziehsohn ist."

„Warum ist er allein?"

„Weil die Liebe nicht immer fair ist und Vertrauen nicht immer belohnt wird", antwortete sie, nahm Majas Hand und drückte sie.

- 13 -

DIE Sonne schien ins Zimmer. Maja lag im Bett und beobachtete die Gardine, die sich am geöffneten Flügelfenster mit jedem Luftzug hin- und herbewegte. Sie ließ ihre Gedanken schweifen. Eine Woche war sie jetzt hier. Eine unperfekt perfekte Woche lang. Besonders die letzten drei Tage waren einfach schön gewesen. Sie stand auf und ging in die Küche. Als ihr Blick auf die angebrochene Packung Spaghetti, die noch immer auf der Arbeitsplatte lag, fiel, musste sie schmunzeln.

Fine hatte ihr aus vollem Herzen die weltbesten Spaghetti Napoli bescheinigt. Und Bent war auf die glorreiche Idee gekommen, dass Maja einfach ein italienisches Restaurant auf Rügen eröffnen sollte. Kleine Karten seien schließlich angesagt.

Maja füllte Kaffeepulver in die Filtertüte und stellte die Maschine an. Sofort war der ganze Raum von feinstem Kaffeearoma erfüllt.

Sie schaute aus dem Küchenfenster. Das Wetter schien wundervoll zu werden an diesem Ausflugssonntag. Der Himmel war strahlend blau, und es waren angenehme vierundzwanzig Grad angekündigt. Als hätte Bent das Wetter extra für sie bestellt.

Mit einer Tasse Kaffee in der Hand ging sie etwas später barfuß und im kurzen Nachthemd auf die Terrasse. Und dort stand sie und atmete tief ein. Wie unterschiedlich sich das Leben doch anfühlen konnte. Niemals hatte sie am Phoenixsee so auf ihrer Terrasse gestanden. Einfach nur dagestanden und geatmet. Wenn sie in Dortmund auf das Wasser des Sees hinuntergesehen hatte, dann war es nie ruhig in ihr gewesen. Immer herrschte Hektik. Unten am See und oben in ihr drin. Doch hier, an diesem Ort, da empfand sie tiefe Stille, und selbst die Arbeit fühlte sich nicht nach Arbeit an.

Ein lautes Motorengeräusch riss sie aus ihren Gedanken. Sie zuckte zusammen. Ein Rasenmähertrecker düste um die Ecke. Obendrauf ein sichtlich gut gelaunter Bent.

Er drehte den Kopf zur Seite, und das Motorengeräusch verstummte.

„O Gott, entschuldige, es ist Sonntag, und ich mache so einen Krach. Es gibt hier keine Nachbarn, diese soziale Isolation macht etwas stumpf", bemerkte er.

Maja sah ein wenig verlegen an sich hinunter. „Schon okay, ich war eh wach. Sieht nach Spaß aus", mutmaßte sie und zeigte auf den Mäher.

„Sieht nicht nur nach Spaß aus. Willst du's ausprobieren?"

„So?" Sie blickte noch einmal an sich runter. „Im Nachthemd?"

„Das geht auch im Nachthemd, und wie gesagt, es gibt keine Nachbarn, die dich sehen könnten."

Aber es gibt dich, dachte sie.

Bent allerdings schien die Tatsache, dass sie halb nackt vor ihm stand, nicht im Geringsten zu irritieren. Er stieg vom Trecker ab, überließ ihr den Platz, und Maja stapfte durch die noch feuchte und kühle Wiese.

„Einfach setzen?", fragte sie.

„Einfach setzen", bestätigte er grinsend.

Als Maja Platz nahm, streifte die nackte Haut ihres Oberarmes kurz Bents Arm. Mit einem verstohlenen Seitenblick zu ihm stellte sie dann ihre Füße, an denen jetzt unzählige Grashalme klebten, auf den Pedalen ab und zupfte ihr Nachthemd zurecht.

„Links Gas, rechts Bremse", erklärte Bent, dessen Arm noch immer spürbar nahe an Majas Haut weilte. Wie ein zarter Windhauch touchierte seine Wärme die unzähligen kleinen blonden Härchen dort. Für Sekunden schloss sie ihre Augen, dann drückte sie das Gaspedal durch, und der Mäher setzte sich in Bewegung.

„Haha", rief sie in das laute Motorengeräusch hinein. „Du kannst das Ding in einer Stunde wieder abholen, dann ist der Rasen gemäht."

„Das war mein Ziel", erwiderte er lachend. Bent stand einfach da und sah ihr zu, während sie Runde um Runde drehte. Irgendwann allerdings wurde es ihr zu kalt in ihren Spaghettiträgern, und sie kehrte um.

„Du bist noch nicht fertig!", feixte er.

„Aber fast erfroren", antwortete sie und wies auf die Gänsehaut auf ihren Armen.

„Der Preis wäre natürlich zu hoch."

„Definitiv. Aber das nächste Mal bin ich angezogen, und dann bringe ich es zu Ende."

„Also habe ich jetzt dein Wort, dass du das nächste Mal den Rasen mähst?"

„Wenn ich dafür dieses Gefährt benutzen darf, ja."

Er streckte ihr seine Hand entgegen. „Abgemacht." Seine Hand umschloss ihre, und er drückte kurz zu.

„Abgemacht", bestätigte sie. Ihre Hände verharrten einen Augenblick, bis er sich vorsichtig, fast bedächtig löste.

„Dann werde ich jetzt mal zu Ende mähen", bemerkte er und schaute dabei noch einmal wie nebenbei auf ihre Hand. Und plötzlich fuhr sein Blick hoch – direkt zu Majas Augen.

„Viel Spaß dabei", entgegnete sie ein wenig verunsichert.

„Danke", sagte er nur. Noch immer standen sie da und schauten einander an.

„Äh, gut", erklärte Bent schließlich. „Ich werde das jetzt mal wirklich zu Ende bringen."

Er setzte sich auf den Trecker und startete ihn.

„Wann geht es heute los?", rief sie noch.

„Passt vierzehn Uhr?"

„Ja, das passt gut. Bis gleich."

Er hob seine Hand und fuhr los. Maja stand noch einen Moment da und sah ihm nach.

Um vierzehn Uhr lehnte sie an ihrer Haustür und wartete auf Bent, der kurz darauf auch schon auftauchte. Mit einem Rucksack auf dem Rücken kam er auf sie zu.

„Wird das 'ne größere Wanderung?", erkundigte sie sich.

„Auf jeden Fall so groß, dass wir Getränke mitnehmen sollten."

Maja wies auf ihren Rucksack. „Alles drin", erklärte sie und hob ihn dabei demonstrativ an. „Wo gehen wir hin?", fragte sie anschließend.

„Wir werden auf jeden Fall in Mönchgut bleiben. Erst mal rauf zur Dorfkirche von Groß Zicker, und von dort aus machen wir eine Rundwanderung zum Nonnenloch."

„Nonnenloch? Hört sich verrückt an."

„Ich erzähle dir mehr, wenn wir da sind. Wir gehen erst die Straße rauf." Er zeigte auf den Weg rechts vom Hof. „Da müssen wir lang."

Sie setzten sich in Bewegung. Zunächst hatte Bent seinen Stechschritt aufgelegt, bemerkte aber offensichtlich ziemlich schnell, dass er sein Tempo ein wenig drosseln musste, damit Maja nicht gänzlich aus der Puste kam. Und sie war heilfroh über diese unaufgeforderte Rücksichtnahme.

„Also machen wir heute sozusagen sportliche Aktivitäten inklusive kultureller Bildung?", stellte sie fragend fest und versuchte dabei, nicht zu sehr außer Atmen zu wirken.

„Ja, und ein bisschen Seemannsgarn obendrauf. Wenn du hier aufgewachsen bist, verschwimmen irgendwann Fakten und Mythenerzählungen. Mein Onkel war ein elender Geschichtenerzähler. Kennst du Käpt'n Blaubär?"

„Na klar."

„Dann kennst du jetzt auch meinen Onkel. Seine Geschichten musste man immer um mindestens die Hälfte des Inhaltes kürzen, damit man annähernd an die Wahrheit herankam. Er hat das Erzählen geliebt."

„Du hast Glück, dass man dir Geschichten erzählt hat, als du ein Kind warst."

„Jeden Tag! Dir nicht?"

„Nee, nie. Ich kann mich nicht erinnern, dass mir irgendwer mal vorgelesen, geschweige denn sich die Mühe gemacht hätte, sich eine Geschichte für mich auszudenken."

„Also bist du jeden Abend ohne Geschichte eingeschlafen?", fragte er ungläubig.

„Ich habe mir selbst welche erzählt. Ich habe mir eines meiner unzähligen Bücher geschnappt und mir eigene Geschichten zu den Bildern ausgedacht. Bücher hatte ich im Überfluss. Meine Eltern wollten wahrscheinlich ihr schlechtes Gewissen beruhigen. Aber vielleicht bin ich deshalb schlussendlich Fotografin geworden. Jedes Bild habe ich mir bis in den letzten Winkel angesehen und eingeprägt. Und jedem Detail habe ich eine Geschichte entlockt."

„So ist am Ende vieles im Leben für irgendetwas gut", entgegnete Bent und blieb stehen. „Es tut mir leid, dass man dir nie vorgelesen hat", sagte er dann leiser als zuvor.

„Ach, halb so wild. Was du nicht kennst, vermisst du ja auch nicht wirklich."

„Hast du es wirklich nicht vermisst?"

„Schon, aber ich hatte ja keine Wahl."

„Mir tut das auf jeden Fall leid."

Maja winkte ab. „Muss es echt nicht, Bent, es gibt wirklich Schlimmeres."

Er atmete tief ein. „Guck, dahinten", sagte er dann, „da kannst du die Kirche von Groß Zicker schon sehen."

Es war wirklich nicht mehr weit, und das Ziel so dicht vor der Nase zu haben, ließ Bent das Tempo wieder etwas anziehen. Maja hielt Schritt.

Kurz darauf waren sie angekommen. Ein Weg aus rotem Kopfsteinpflaster führte zu der kleinen Dorfkirche, die sich mit ihren roten Backsteinen, dem roten Dach und dem holzverkleideten Kirchturm unauffällig in die Landschaft einbettete. Kreuze und Grabsteine standen auf der Wiese rund um Weg und Kirche.

„Sind das Gräber?"

„Ja, Rasengräber. Ist für diejenigen, die sich nicht intensiv um die Grabpflege kümmern können."

Maja blieb stehen, nahm den Rucksack von den Schultern und kramte die Kamera hervor.

„Gehst du immer als Fotografin durchs Leben?"

„Ich kann nicht anders", antwortete sie, den Blick dabei durch den Sucher der Kamera auf eines der Rasengräber gerichtet. Bent blieb geduldig neben ihr stehen und wartete, bis sie ihre Bilder geschossen hatte.

„Möchtest du die Kirche von innen sehen?"

„Auf jeden Fall."

Also gingen sie zum Eingang, Bent öffnete die Tür, und sie betraten einen hellen Kirchraum. Ein schwarz-weiß gefliester Boden, weiße

Steinwände und helle Holzbänke ließen ihn ausgesprochen einladend wirken.

„Es ist sehr schön hier. Von außen wirkt es weniger freundlich, finde ich."

„Ist vielleicht wie bei manchen Menschen", bemerkte er leise und ging den Mittelgang entlang in Richtung Altar. Vor einem kleinen Schrank aus altem Massivholz und schwarzen Eisenscharnieren blieb er stehen und strich über die Oberfläche.

„Ich liebe den Charakter von altem Holz. Holz bleibt einfach für immer lebendig, egal, in was du es verwandelst."

„Immer als Schreiner unterwegs?", fragte Maja lächelnd.

„Ich kann nicht anders", erwiderte er und lächelte ebenfalls.

Maja setzte die Kamera vors Auge und drückte ab.

Bent sah sie überrascht an. „Bin ich da jetzt drauf?"

Maja ging zu ihm und hielt ihm die Kamera hin.

„Okay, ist nicht so schlimm wie gedacht."

„Kein Fotomodell?", fragte sie.

„Auf gar keinen Fall."

„Ich wette, ich könnte eines aus dir machen."

„Niemals."

„Doch, könnte ich."

„Ein Jammer, dass wir das nie rausfinden werden, Maja."

Sie musste lachen.

„Sollen wir weiter?", fragte er.

Maja nickte, legte den Fotoapparat zurück in den Rucksack und schwang ihn über die Schulter.

„Cooler Rucksack", bemerkte er im Gehen.

„Danke, er ist alt, aber mein Lieblingsrucksack."

„Kann ich verstehen. Ich hatte mal einen ähnlichen. Dieses Modell ist übrigens wieder aufgelegt worden."

„Ich weiß, meine Freundin Mikki wollte ihn schon austauschen und mir den neuen zum Geburtstag kaufen. Der hat nämlich als Upgrade Fächer innen, was eine sehr große Steigerung meinem Modell gegenüber ist. Aber ich werde diesen hier nicht hergeben, bevor er komplett auseinandergefallen ist."

„Hört sich nach ideellem Wert an."

Maja atmete tief durch. „Irgendwie schon. Keine Ahnung, es war ein Geschenk meiner Eltern, und es war außerdem das erste Mal, dass ich mir etwas von Herzen gewünscht und auch bekommen habe. Ich hatte das Gefühl, dass sie mir einmal in meinem Leben wirklich zugehört hatten."

Maja ging neben Bent her und musterte ihn unauffällig von der Seite. Und dann realisierte sie, wie offen sie gerade mit ihm sprach und dass es von ganz allein passiert war. Sie hatte nicht vorgehabt, etwas von sich preiszugeben, trotzdem erzählte sie hier gerade Dinge, die sie nicht vielen Menschen anvertraute. Und irgendwie war das schön.

„Du hast aber Kontakt zu deinen Eltern, oder?", fragte er.

„Ja, aber keinen ausgeprägten. Es war nie intensiv zwischen uns, und das wird es auch nicht werden." Sie stockte. „Es tut mir leid, für dich muss sich das seltsam anhören und undankbar."

„Nur weil meine Eltern tot sind, verlierst du ja nicht das Recht darauf, die Beziehung zu deinen Eltern schwierig zu finden."

„Schwierig, ja, das trifft es."

„Das tut mir leid für dich."

„Ach, halb so wild. So bin ich immerhin selbstständig geworden und brauche niemanden, um glücklich zu sein."

Bent entgegnete nichts, sondern blickte gedankenverloren über die tiefgrüne Wiesenlandschaft, die links von ihnen lag.

„Du hast mal Berlin erwähnt. Bist du öfter dort?", fragte Maja nun, und Bent hielt inne.

„Eigentlich habe ich bis vor knapp einem Jahr dort gelebt. Als mein Onkel gestorben ist, kam ich zurück, um meine Tante zu unterstützen", erklärte er und räusperte sich dabei, als würde es ihm schwerfallen, darüber zu sprechen.

„Aber du wirkst so, als wärst du wirklich zu Hause auf diesem Hof …"

Und dann fiel Maja die Website ein. Das Kunsthandwerk, seine Möbelwerkstatt. Irgendwas musste passiert sein, etwas, was ihn nach Berlin getrieben hat.

„Es war immer ein Zuhause für mich. Und ist es natürlich immer noch. Dieses Gefühl verschwindet ja nicht … Du hast recht, dieser Ort ist magisch, und ich bin wirklich gern dort."

„Vermietest du deshalb die Wohnungen nicht mehr? Also weil du eigentlich in Berlin lebst?"

„Es ist ein bisschen kompliziert, Maja. So eine verworrene Familiengeschichte."

„Damit kenne ich mich aus", scherzte sie.

„Mein Onkel Wilhelm war ein toller Mann, und er hat Fine bei der Arbeit mit den Ferienwohnungen unterstützt. Sein Tod kam plötzlich. Herzinfarkt. Er war bis dahin echt fit. Natürlich kann man mit so etwas rechnen, er war achtundsiebzig Jahre alt, aber ich hatte keine Zeit, all das vorzubereiten. Ich wusste nur, dass Fines Kopf nachlässt, also bin ich erst mal hergekommen, um ihr beizustehen und dann eine Lösung zu finden. Sie hängt so sehr an diesem Hof und an der Arbeit, dass ich es einfach nicht übers Herz bringe, sie da rauszuholen."

„Würdest du den Hof verkaufen?"

Er seufzte. „Was glaubst du, wie oft ich mir diese Frage schon gestellt habe? Verkauft man sein Zuhause?"

„Es kommt darauf an, was man vorhat mit seinem Leben. Wenn ein Zuhause nur Ballast ist und man an einem anderen Ort ein Zuhause gefunden hat, ich glaube, dann darf man es auch verkaufen."

„Stellt sich nur die Frage, an wen."

„Wie meinst du das?"

„Ach, ist auch eine lange Geschichte. Ich habe einen Cousin, der würde sich sofort den Hof unter den Nagel reißen."

„Aber dann bliebe er doch in der Familie?"

„Ja, als platt gewalztes Irgendwas. Er hat schon versucht, an diesen Hof zu kommen, auf so verdrehte Art und Weise, das ist echt heftig. Leider hat er ein Vorkaufsrecht, sodass ich ohne seine Zustimmung gar nicht verkaufen kann. Entweder an ihn oder mit seinem Okay. Es ist ausgeschlossen, dass er den Hof bekommt. Absolut ausgeschlossen! Lieber verschenke ich ihn an jemanden, der ihn zu schätzen weiß."

„Und dass du bleibst? Ist das auch ausgeschlossen?"

Er zuckte mit den Schultern.

„Gab es denn einen Grund, dass du fortgegangen bist?"

Jetzt blieb er stehen und sah sie an. Sie konnte sehen, wie er schluckte.

„Ja, den gab es. Aber ich will nicht darüber reden." Mit einem angedeuteten Lächeln versuchte er offenbar, der Aussage ein wenig Milde beizumischen.

„Okay, das musst du natürlich auch nicht …"

„Es ist nicht böse gemeint, aber ich erzähle gerade schon ziemlich viel für meine Verhältnisse über diese Geschichte und über mich und überhaupt … Das ist irritierend genug."

„Irritierend?", fragte sie unsicher.

„Ja, weil ich nicht vorhatte, auf dieser Wanderung einen Seelenstriptease hinzulegen."

„Ich aber auch nicht", erwiderte Maja und kaute dabei auf ihrer Unterlippe.

„Gut, dann werde ich uns beide jetzt aus dieser Nummer rausholen und dir alle Mythen und Fakten rund ums Nonnenloch aufsagen."

„Ich bin gespannt wie ein Flitzebogen", entgegnete sie grinsend und lenkte ihren Blick auf die Nelken, die den Wegesrand zierten.

„DAS Nonnenloch ist eine tiefe Grube im Swantegard. Er wird auch *die heilige Gegend* genannt. Als es in der Stadt Berge noch ein Nonnenkloster gab, wurden die Nonnen, die sich nicht benehmen konnten, hierhergebracht."

„Sich nicht benehmen konnten … hört, hört."

„Ja, auf Rügen lebten seit jeher die schönsten und stärksten Männer, denen die Nonnen regelmäßig verfallen sind."

„Ist das jetzt noch Faktenwissen oder schon Seemannsgarn?", fragte Maja lachend.

„Ich kann es dir nicht sagen … Ich bin ja bekannterweise hier aufgewachsen und gebe nur das wieder, was man mir mein ganzes Leben lang erzählt hat. Gut, weiter im Text: Eigentlich war es üblich, solch abtrünnige Nonnen einzumauern, bei lebendigem Leibe, versteht sich, aber hier wurden sie in die Grube geworfen. Man hat natürlich versucht, das heimlich im Schutze der Dunkelheit zu tun, aber die Menschen aus der Umgebung haben irgendwann das Klagen aus der Gruft gehört und sogar die umherwandelnden Gestalten beim Mondschein höchstpersönlich gesehen … So war all das natürlich kein richtiges Geheimnis und der Name Nonnenloch auch damals schon die Bezeichnung für diesen Ort, an dem es der Erzählung nach heute noch spukt."

„Hat man dir solche Geschichten zum Einschlafen erzählt? Dann bin ich nämlich gerade das erste Mal froh, dass ich nicht in diesen Genuss gekommen bin."

„Ja, klar, das war mein Ding. Je gruseliger, desto besser. Wovon handelten die Geschichten, die du dir ausgedacht hast?"

„Von Feen, Prinzessinnen, Einhörnern, und ein Warzenschwein kam auch vor."

Bent lachte. „Wie um alles in der Welt hat das Warzenschwein es in die Reihe der Feen, Einhörner und Prinzessinnen geschafft?"

„Ich hatte große Sympathien für Warzenschweine, es gab nämlich ein Buch, in dem ein Warzenschwein die Hauptrolle gespielt hat. Und es sah auf jedem Bild so traurig aus. Als sei es auf der Suche nach irgendwas oder irgendwem. Als würde es nirgendwo dazugehören. Am liebsten wäre ich in das Buch gekrabbelt und hätte das Schwein feste an mich gedrückt. Na ja, und dann habe ich ihm eine Welt gezaubert, in der es eine Prinzessin wurde, von allen geliebt und angehimmelt.“

„Und du hast nie erfahren, was es mit dem Schwein in der Geschichte auf sich hatte? Welches seine richtige Geschichte war?“

„Nein, als ich endlich selbst lesen konnte, hatten meine Eltern sämtliche meiner alten Bücher durch neue ersetzt. *Polly findet das Glück* oder so ähnlich hieß es. Immerhin haben sie sich die Zeit genommen, mir den Titel vorzulesen, so wusste ich, wie das Schwein hieß“, erklärte Maja lächelnd, bevor sie sich umschaute. Bent und sie waren auf einer Anhöhe angekommen.

„Wow“, sagte sie.

„Von hier oben aus hast du eine wunderschöne Sicht auf fast das gesamte Mönchgut. Und wenn du dort rüberschaust, dann kannst du die Inseln Vilm und Ruden sehen.“ Bent ließ seinen Zeigefinger umherschweifen.

Der Blick war einfach fantastisch, die Weitsicht unbeschreiblich, und Maja machte ein paar Bilder. Bent stand dabei und blickte in die Ferne. Irgendwann betrachtete sie ihn von der Seite und musterte unauffällig sein Gesicht: die feinen Bartstoppeln, die seine Wangen und sein Kinn bedeckten, der markante Adamsapfel, die Seitenpartie seiner dunklen Haare. Schließlich wandte er sich ihr zu.

„Ich war lange nicht mehr hier“, sagte er leise.

„Und ist es schön für dich?“

Er sah wieder in die Landschaft. „Als Kinder sind wir oft hergekommen. Und für erste Dates eignet sich dieser Platz auch ziemlich gut. Der Sonnenuntergang ist spektakulär … äh, also nicht, dass das hier ein Date wäre oder ich mich da besonders gut auskennen würde … Gott, was rede ich?“, ergänzte er hektisch.

Maja grinste. „Das ist schade.“

„Was ist schade?“

„Ich dachte, das hier wäre ein Date.“

Maja konnte sehen, wie die Farbe aus seinem Gesicht verschwand.

„Das war ein Scherz, Bent."

„Oh, gut, Scherz ist gut. Ähm, wir müssen jetzt noch ein Stück da rüber, und von dort aus können wir zum Nonnenloch absteigen", sagte er dann, setzte sich in Bewegung, und Maja folgte ihm.

„Wäre ein Date mit mir so schlimm?", fragte sie irgendwann, und auch das meinte sie nicht ganz ernst.

Bent blieb stehen und drehte sich zu ihr. „Natürlich nicht, aber ich brauche im Moment keine Dates", antwortete er.

„Na, da bin ich ja beruhigt", entgegnete sie. „Ich nämlich auch nicht."

Sie blickten einander kurz an und setzten dann ihren Fußweg fort. Bald erreichten sie einen Wald und irgendwann eine Treppe.

„Hier geht's zum Strand", erklärte Bent.

Sie stiegen die steile Treppe hinab. Das Schlagen der Wellen war inzwischen deutlich zu hören.

Kaum unten angekommen, fiel Maja ein riesiger Stein in den Blick, was Bent offensichtlich nicht entging.

„Dieser Findling ist rund zwei Milliarden Jahre alt. Er wurde mit den Gletschern der letzten Eiszeit aus der Region Uppland in Mittelschweden hierhergeschleppt."

„Seemannsgarn oder Faktenwissen?"

„Frag Google", entgegnete er zwinkernd.

Maja setzte sich auf einen Stein und beobachtete das Wasser, während Bent ein wenig abseits Platz nahm, um ebenfalls aufs Meer zu blicken. Irgendwann mischten sich Stimmen in das Geräusch von Wind und Wellen. Eine Gruppe von Urlaubern kam die Treppe zum Strand hinab.

Bent blickte auf die Armbanduhr. „Sollen wir uns auf den Rückweg machen?", fragte er.

„Ja", entgegnete Maja.

Sie warteten, bis die Treppe frei war, und gingen dann hinauf.

„Das war schön", sagte sie etwas außer Atem, als sie oben angekommen waren.

Bent lächelte.

Als sie zu Hause ankamen, saß eine sichtlich erfreute Fine auf der Bank vor dem Haus und winkte ihnen überschwänglich entgegen. Ihr Krankenbesuch erhob sich vom Stuhl, wahrscheinlich hatte sie schon auf ihre Ankunft gewartet.

„Ich hoffe, ihr hattet einen schönen Tag. Fine und ich hatten jedenfalls viel Spaß", bemerkte sie. „Mach's gut, Fine", sagte sie noch. „Und ihr beiden natürlich auch."

„Bis bald", erwiderte Bent und hob seine Hand.

„Hattet ihr denn Spaß?", fragte Fine und klopfte mit der Hand auf die linke Seite der Bank. Eine Einladung zum Gespräch.

„Es war toll", antwortete Maja, während sie sich setzte. „Bent hat mir die sagenumwobene Gegend rund ums Nonnenloch gezeigt."

„Sehr gut, dann wirst du bei diesem Aufenthalt ja noch zu einer richtigen Rügenexpertin."

„Ja, Bent sollte ernsthaft darüber nachdenken, touristische Führungen anzubieten. Es liegt ihm im Blut."

„Machst du dich lustig über mich?", fragte er mit hochgezogener Augenbraue.

„Nein, ich mein das ernst."

„Gut, dann lass ich es mal so stehen. Was haltet ihr davon, wenn wir heute einfach mal eine Pizza bestellen?"

„Sehr gute Idee", entgegnete Fine. „Holst du die Karte?"

Bent nickte und verschwand im Haus.

„War er nett zu dir?"

„Ja, sogar sehr nett. Es war wirklich schön mit ihm."

Ein seliges Lächeln breitete sich auf Fines Gesicht aus, und Maja konnte nicht anders, als das mit einer krausen Stirn zu quittieren.

„Wieso lächelst du bei dem Gedanken daran, dass ich den Tag mit ihm schön fand?"

„Ich lächle einfach viel und gern. Das hält die Seele jung."

„Aha."

In diesem Moment kam Bent zurück. „Einmal die Pizzakarte", sagte er und hielt sie Maja hin.

„Ich muss nicht reinschauen, ich nehme eine Margherita", sagte sie.

Bent sah sie irritiert an.

„Du musst nicht so gucken, ich mag eine Margherita einfach am liebsten. Kein Belag dieser Welt konnte mich bislang vom Gegenteil überzeugen."

„Alles gut, ich sag ja gar nichts ..."

Nun nahm Fine die Karte zur Hand und studierte sie ausgiebig. „Die mit Spinat und Zwiebeln nehme ich", erklärte sie schließlich, und Bent nahm sein Handy und gab die Bestellung auf.

Eine Dreiviertelstunde später waren die Pizzen da.

„Fast so gut wie deine Spaghetti, Maja", lobte Fine, und Maja lachte.

„Ich habe sie echt oft gekocht in meinem Leben. Es wäre schlimm, wenn sie nicht schmecken würden."

„Ich sag immer, nur wer die einfachen Gerichte schmackhaft hinbekommt, der kann wirklich kochen."

„Wir müssen morgen Nachmittag übrigens zum Arzt, Fine", warf Bent ein. „Einmal Kontrolle, ob alles okay ist."

„Ich weiß, ich hatte es sogar notiert."

„Du müsstest dann um sechzehn Uhr bereit sein zur Abfahrt, ich komme direkt von der Arbeit und würde dich nur schnell einladen."

„Das hört sich ein bisschen so an, als wäre ich ein Gepäckstück ...", scherzte Fine.

„Das wertvollste Gepäckstück, das ich habe, Tante Fine", entgegnete er und lächelte.

Später saß Maja bei einem Glas Wein auf der Terrasse und sah der Sonne zu, die sich langsam vom Tag verabschiedete. Nur ein hämmerndes Geräusch, das aus Bents Werkstatt kam, störte ein wenig ihre Ruhe. Das Weinglas in der Hand stand sie auf und ging hinter das Haus in Richtung der Geräuschquelle. Das Tor der Werkstatt war nicht ganz verschlossen, sodass Maja durch einen kleinen Spalt hineinsehen konnte. Das schlagende Geräusch hatte mittlerweile aufgehört, Bent stand da und feilte an einem Holzstück. Die letzten Lichtstrahlen des Tages fielen durch das Fenster. Beinahe liebevoll bearbeitete er das Werkstück, die Gesichtszüge komplett entspannt. Maja verharrte und unterdrückte den Impuls, das Tor zur Seite zu schieben. Und dann trafen sich ihre Blicke.

„Muss ich mich beobachtet fühlen?", fragte er.

Maja schob die Tür nun doch vorsichtig auf.

„Ich fürchte, ja. Ich habe auf der Terrasse gesessen, und das Hämmern war sehr laut und …"

„Tut mir leid, ich komm echt nicht klar damit, dass du hier bist. Ich denke nicht darüber nach. Fine stört es nicht und …"

„Mich stört es auch nicht", unterbrach sie ihn. „Woran arbeitest du?"

„An einem Schrank." Er zeigte nach rechts.

„Wow, der ist wunderschön."

„Danke. Das hier werden kleine Schubladen für die Seiten."

„Machst du viele Arbeiten mit den Händen? Ich meine ohne Maschinen?"

„Gerade beim Schleifen kleiner Teile finde ich es leichter. Du hast mehr Kontrolle, mehr Nuancen. Du kannst die Intensität selbst bestimmen und steuern. Wann immer es geht, bevorzuge ich die eigenen Hände."

„Darf ich es probieren?"

„Klar."

Maja trank einen großen Schluck Wein und stellte das Glas auf der Fensterbank ab. Mittlerweile war es fast dunkel im Raum. Bent drückte den Knopf einer kleinen Tischleuchte, dann hielt er ihr den Schleifklotz und das Werkstück hin.

„Bitte schön", sagte er und Maja fing an, das Schleifpapier über das Holz zu bewegen.

„Immer längs zur Maserung", erklärte er, legte seine Hand um ihre und führte sie. Sein Atem streifte ihren Nacken und malte eine Gänsehaut auf ihren Körper. Sie schluckte kaum merklich und versuchte, leise zu atmen.

„Okay, so in etwa", sagte er, hob seine Hand von ihrer und ging einen Schritt auf Distanz.

Während sie ihre Arbeit fortsetzte, nahm auch Bent ein Schleifpapier zur Hand und bearbeitete ein anderes Holzstück.

„Wie viel soll ich schleifen?", fragte sie nach einer Weile.

„Du bist schon beim Feinschliff. Wenn es gleichmäßig glatt ist, dann ist es genug. Zeig mal."

Sie hielt ihm das Holz hin, und er strich mit seiner Hand darüber.

„Ich denke, es ist fertig", bemerkte er, und sie legte das Schleifpapier zur Seite.

„Für wen ist der Schrank?"

„Für mein Glück", antwortete er und lächelte.

„Wieso machst du nicht häufiger solche Arbeiten?"

„Weil die Zeit fehlt. Du siehst ja, es klappt nur spät abends."

Maja ging zur Fensterbank und nahm das Weinglas in die Hände.

„Du warst mal selbstständig, oder?"

„Woher weißt du das?"

„Ich hatte für Fines und mein Geheimprojekt nach Kunstobjekten im Netz gesucht. Und dann bin ich auf deine Website gestoßen."

Bent kam zu ihr und setzte sich auf die Fensterbank. „Das war mein Traum, und es war perfekt. Ich hatte diese kleine Möbelmanufaktur und das Kunstatelier. Ich konnte hier leben, bei Fine und Onkel Wilhelm sein, meine eigene Familie gründen und beruflich genau das machen, was ich liebe", erzählte er und räusperte sich leise.

„Wieso bist du nach Berlin? Was war so wichtig, dass du dafür deinen Traum aufgegeben hast?", fragte sie sanft.

Sie stand nah vor ihm, ihr Oberschenkel streifte sein linkes Knie.

„Die Frage ist eher, was so wehgetan hat, dass ich ihn nicht mehr leben konnte", erwiderte er und sah ihr dabei in die Augen.

„Erzähl es mir", flüsterte sie.

Noch immer sah er sie an. Eine ganze Weile sagte er nichts. Dann schluckte er und holte tief Luft.

„Ich habe jemanden sehr geliebt, und ich dachte, es wäre für immer. Es war leicht mit ihr. Ich hatte das Gefühl, ich selbst sein zu können, und ich dachte, dass auch sie sie selbst war. Ich habe das nie infrage gestellt und nie vermutet, dass sie nicht ehrlich war. Tja, sie hat mich verarscht, so richtig. Deshalb bin ich hier weg, weil ich ihr nicht mehr begegnen konnte. Es ist eine lange, komplizierte Geschichte. Könnte man ein Buch drüber schreiben. So, und damit du das jetzt nicht kommentierst und wir annähernd gleich viel voneinander wissen, frage ich dich jetzt, warum eine Frau wie du ganz allein für vier Wochen nach Rügen kommt."

Maja lächelte. „Eine Frau wie ich? Ist das irgendeine Kategorie?"

„Vielleicht …", entgegnete er verstohlen.

„Wegen der Liebe", antwortete sie. „Ebenfalls etwas kompliziert und auch eine nicht so ehrliche Sache, allerdings von vornherein zum Scheitern verurteilt. Ich hab das Gefühl, eine Rolle gespielt zu haben … Und jetzt bin ich hier, um den Resetknopf zu drücken für mein Liebesleben."

„Und denkst du, dass dir das gelingen wird?"

„Ich glaube, ich bin auf einem guten Weg", entgegnete sie lächelnd und leerte das Weinglas in einem Zug. „Gute Nacht, Bent", sagte sie dann, drehte sich um und ging zum Tor.

„Schlaf gut, Maja", erwiderte er, hüpfte von der Fensterbank und fuhr fort, das Holz zu bearbeiten.

- 15 -

AM nächsten Morgen war Maja früh auf den Beinen, obwohl sie noch lange wach gelegen und über das Gespräch mit Bent in der Werkstatt nachgedacht hatte. Sie schlüpfte in ihre Sandalen, um zu Fine hinüberzugehen. Heute früh würde sie den Finedienst übernehmen, damit Bent seine Termine wahrnehmen konnte. Ihr Tagesziel war es, einen Großteil der Bilder vom Strandhotel Baabe zu bearbeiten, damit sie am Ende der Woche ein hoffentlich zufriedenstellendes Ergebnis vorweisen konnte.

Maja schwang ihren Rucksack über die Schulter und ging aus der Haustür. Kühle Morgenluft strömte ihr entgegen. Sofort traf ihr Blick auf Bent, der mit einer jungen Frau auf dem Hof stand.

„Es tut mir leid, aber wir vermieten die Wohnungen nicht. Sie sind ganz umsonst um diese Uhrzeit gekommen."

„Das ist schade, dieser Hof hat eine fantastische Lage, absolut traumhaft. Ursprünglich und echt. Viele Urlauber suchen mittlerweile genau das", entgegnete sie und schob ihre Sonnenbrille vom Kopf zurück auf ihre Nase.

Maja ging langsam an den beiden vorbei. „Guten Morgen", grüßte sie.

„Guten Morgen", entgegnete die Frau.

„Morgen", sagte Bent, streifte mit seinem Blick ihr Gesicht und lächelte kurz.

„Wie gesagt, Sie hätten nicht viel mit allem zu tun, Sie würden uns Provision zahlen, und wir übernehmen den Rest. Und natürlich investieren wir auch jederzeit in vielversprechende Immobilien." Die Stimme der Frau wurde mit jedem Schritt, den Maja in Richtung Haus ging, leiser, bis sie irgendwann nichts mehr verstehen konnte.

Sie klopfte an Fines Tür und öffnete sie. „Fine? Ich bin es."

„Komm rein, ich sitze in der Küche."

„Dir geht es ja schon wieder richtig gut", stellte Maja fest, nachdem sie eingetreten war. Fine saß am Tisch und löste Kreuzworträtsel.

„Viel besser auf jeden Fall, aber das Gehen fällt mir noch schwer. Möchtest du Tee? Bent hat Brennnesseln getrocknet und daraus einen leckeren Tee gemacht."

„Gern, danke."

„Du weißt ja, wo alles steht. Fühl dich wie zu Hause."

Maja ging zum Schrank, holte eine Tasse heraus und füllte sie mit Tee.

„Was will denn die Frau da draußen?", fragte sie, als sie sich an den Tisch setzte.

„Ich weiß es nicht, irgendwas mit Tourismus und Immobilien besprechen", antwortete Fine und blickte aus dem Fenster. „Ich mag diese Frau nicht."

„Kennst du sie?", fragte Maja.

„Das muss ich nicht, da reicht ein Blick aus dem Fenster. Ihre Sonnenbrille ist größer als ihr Gesicht. Das kann schon nichts sein", erklärte Fine und senkte ihren Blick wieder auf ihr Kreuzworträtsel.

„Französisch für Straße mit drei Buchstaben?", fragte sie dann.

„Rue."

In diesem Moment kam Bent durch die Küchentür und setzte sich an den Tisch.

„Wie schreibt man das?", hakte Fine nach.

„R U E", antwortete er.

„Konntest du die Frau abwimmeln?", wollte Fine wissen.

„Ja, keine Ahnung, was sie wollte. War wahrscheinlich eine Fehlinformation."

Irgendetwas in der Art, mit der er Maja ansah, ließ sie aufmerken, und aus einem Impuls heraus sagte sie: „Ich habe noch was in der Wohnung vergessen. Ich hole es mal eben."

Sie stand auf und ging hinaus. Als sie durch die Tür getreten war, merkte sie, dass ihr Impuls richtig gewesen war, denn Bent kam ihr nach.

„Können wir kurz reden?", fragte er.

„Deshalb bin ich rausgegangen", erwiderte Maja lächelnd.

„Ich war mir nicht sicher …"

„Dein Blick hat gereicht, Bent."

„Die Frau, die eben hier war, sie hat Interesse an einer Zusammenarbeit."

„Und kommt das für dich infrage?"

„Ich weiß es nicht." Achselzuckend stand er da.

„Wie sähe diese Zusammenarbeit aus?"

„Ich hätte die Möglichkeit, alle Pflichten in Bezug auf die Ferienwohnungen gegen eine Provision an ihre Gesellschaft zu übertragen. Sie habe mehrere Ferienwohnungen unter Vertrag, und ich hätte dann nichts mehr damit zu tun."

„Und du müsstest nicht verkaufen."

Bent schluckte.

„Oder willst du verkaufen?"

„Ich habe keine Ahnung, was ich will …"

„Musst du dich denn schnell für irgendwas entscheiden?"

„Nein, das muss ich nicht. Die wollen ja was von mir."

„Dann nimm dir Zeit", schlug Maja vor und legte kurz ihre Hand auf seinen Unterarm. „Denk über alles nach, und hör auf dein Herz. Du musst heute nichts entscheiden und morgen auch noch nicht. Ich weiß nicht, was damals mit dieser Frau passiert ist … Aber vergiss nicht, dass Wunden ja auch heilen. Irgendwann tut es weniger weh, und vielleicht wärst du dann gern wieder hier."

Bent sagte nichts, ließ die Worte offensichtlich erst einmal sacken. „Okay", stellte er schließlich fest, „ja, ich sollte einfach darüber nachdenken."

„Genau, du musst nichts entscheiden in diesem Moment."

„Danke, Maja", sagte er leise.

„Wofür?"

„Fürs Raten und Zuhören."

„Gern", antwortete sie und fühlte die Bedeutung dieses Wortes dabei überdeutlich.

Etwas später saß Maja bei Fine in der Küche und bearbeitete die Bilder. Ein lautes Motorengeräusch gepaart mit dem Sound rollender

Reifen auf Kies weckte ihre Aufmerksamkeit, und sie blickte aus dem Fenster.

Ein quietschgrüner Van parkte auf dem Hof. Als die Tür geöffnet wurde, konnte sie nicht fassen, wer da gerade ausstieg. Sie sprang auf und hastete aus der Haustür.

„Was machst du denn hier? Und was ist das für ein Auto?"

Mit einer schwungvollen Armbewegung drückte Maja Mikki an sich.

„Ich hatte schon nach einer Woche Sehnsucht nach dir. So viel zur ersten Frage. Und um deine zweite ebenfalls zu beantworten: Das ist mein neuer Van, den ich nach und nach in ein mobiles Büro mit Wohnung umbauen werde." Mikki stand da, in einem bunten Kleid und mit einem Strahlen, das für zwei reichte.

„Hast du ernsthaft innerhalb von einer Woche dieses Gefährt gekauft? Mikki, du hast echt einen Knall."

„Das ist mir durchaus bewusst, aber der Gedanke, dass wir in ganz Deutschland … ach, was rede ich, europaweit Aufträge annehmen und von überall aus arbeiten können, das war zu genial. Es ist so tief in mich hineingeschossen, ich musste das nun endlich umsetzen. Und dieses Schätzchen wartete schon was länger auf eine Käuferin wie mich. Nicht jeder steht so wie ich auf Grün, und nun sind wir vereint, und ich werde mich gemeinsam mit Piet an den Innenausbau wagen."

Sie schob die Schiebetür zur Seite.

„Es ist alles in die Jahre gekommen, aber wenn wir ihn etwas renovieren, wird das fantastisch. Es ist alles funktionsfähig, das Klo ist sogar neu."

Noch einmal drückte Maja ihre Freundin an sich. „Schön, dass du da bist."

„Ich freue mich auch." Mikki blickte sich um. „Ich kann verstehen, dass du so geschwärmt hast am Telefon. Es ist wundervoll hier."

„Warte, bis du den Blick von meiner Terrasse siehst."

„Guten Tag!" Fine stand mit Krückstock in der Haustür.

„Fine, warte, ich helfe dir." Maja hastete zu ihr und hielt ihr den Unterarm hin.

„Mikki, komm mal rüber, ich möchte dir wen vorstellen."

Strahlend gesellte sich Mikki zu ihnen.

„Das ist Fine, die netteste Achtzigjährige, die es gibt auf der Welt, und die beste Köchin noch obendrauf."

„Na, jetzt werde ich noch rot auf meine alten Tage." Gespielt verlegen strich Bents Tante über ihre Wange und hielt sich gleich darauf wieder an Majas Unterarm fest.

„Ist nur die Wahrheit. Und Fine, das ist Mikki, die beste, schlaueste und verrückteste Freundin, die man sich nur wünschen kann."

„Jetzt werde ich ebenfalls rot", bemerkte Mikki.

„Und mit einem großartigen Geschmack. Dieses grüne Auto ist toll", sagte Fine und starrte dabei auf den Van. „Kannst du da drin wohnen?", wollte sie dann wissen und zeigte mit ihrem Stock auf das Gefährt.

„Ja, möchtest du es sehen?"

Mikki und Fine hatten das Höflichkeitsstadium offensichtlich konsequent übersprungen und waren direkt beim Du gelandet.

„Ich will damit fahren", stellte Fine trocken fest.

„Dann nehme ich dich doch einfach mit auf eine Tour."

„Das würdest du machen?"

„Klar."

Maja erhob die Hand. „Äh, Stopp, bevor ihr beiden jetzt direkt eine Weltreise macht, solltest du vielleicht erst mal wieder laufen können, Fine."

„Spielverderberin", entgegnete die alte Dame zwinkernd.

„Aber wenn du wieder fit bist, lade ich dich auf ein Abenteuerwochenende im Van ein, abgemacht?", schlug Mikki vor.

„Abgemacht, und ich komme darauf zurück. Das ist ein lang gehegter Traum von mir."

„Echt?", fragte Maja und legte ihre Hand auf Fines, die noch immer ihren Unterarm umfasste.

„Ja, aber Wilhelm konnte sich nicht dafür begeistern. Ich wäre sofort losgefahren."

„Also steht es hiermit fest. Fine und ich werden eine Deutschlandtour zusammen machen. Und wenn du magst, Maja, du natürlich auch", erklärte Mikki und grinste über beide Ohren.

„Dann werde ich mich jetzt brav ausruhen, damit ich schnell wieder fit bin."

„Sehr löblich, Fine. Ich bringe dich ins Bett. Wartest du hier?", fragte Maja in Mikkis Richtung.

„Klar, ich bin gekommen, um zu bleiben."

Als Maja zurück auf den Hof kam, saß Mikki bei geöffneter Tür auf der Einstiegskante des Vans und strahlte.

„Fine ist toll, das merkt man direkt", rief sie Maja entgegen.

„Das Gleiche hat sie mir gerade über dich gesagt."

„Das ehrt mich aber jetzt."

Maja lächelte und setzte sich neben ihre Freundin. „Du hast dieses Mobil tatsächlich gekauft, oder?", wollte sie dann sichergehen.

„Ja, echt. Ich meine das ernst. Ich finde diese Idee so charmant. Ich habe die Autobörsen durchforstet und endlich Nägel mit Köpfen gemacht. Piet ist auch ganz begeistert."

„Fine lässt übrigens fragen, ob du in einer der Wohnungen unterkommen möchtest."

„Das ist total lieb, aber ich möchte Kermit einweihen."

„Kermit ist echt semioriginell, meine Liebe."

„Ja, weiß ich, aber es passt", erwiderte Mikki selig grinsend.

Mit einem leichten Klaps auf Mikkis Oberschenkel sagte Maja: „Komm, ich zeige dir die Wohnung und den Blick von meiner Terrasse."

Dort angekommen, ließ ihre Freundin den Blick schweifen. „Wow, das ist echt der Wahnsinn. Gib mir einen Moment."

Sie atmete so laut ein und aus, dass Maja schmunzeln musste. Nach einiger Zeit des Durchatmens schaute sie zu Maja, die mittlerweile am Tisch saß.

„Ich verstehe, was du mit magisch gemeint hast. Dieser Ort ist es tatsächlich", sagte sie und setzte sich zu ihr.

„Möchtest du einen Kaffee?", fragte Maja.

„O ja, Kaffee mit Blick, das ist jetzt genau das Richtige."

Maja streifte kurz mit ihren Augen das Handydisplay, um sich zu vergewissern, dass mit Fine alles okay war. Dann ging sie in die Küche, um den versprochenen Kaffee zuzubereiten.

„Darf ich die Wohnung sehen?" Mikki war ihr gefolgt, stand im Wohnzimmer und sah sich um.

„Klar, ich zeig dir alles", sagte Maja und führte ihre Freundin durch die Räume.

„Echt schön. Wirklich. Ein Jammer, dass es nicht mehr vermietet wird."

Maja brachte Mikki während des Rundgangs auf den neuesten Stand, bevor sie sich wieder auf die Terrasse setzten.

„Und Bent ist jetzt also so richtig nett?"

„Ja, wir haben gestern einen Ausflug zusammen gemacht, und es war wirklich schön."

„Funkeln deine Augen etwa?"

„Quatsch, da funkelt nichts. Er will keine Dates und …"

„Ach, Maja, ich weiß, dass dir emotionale Dinge nicht so liegen, aber ist dir schon mal aufgefallen, dass du immer wegläufst, wenn es anfängt, tiefer zu gehen? Oder schwierig zu werden?"

„Sven hat mich betrogen, das ist ja wohl Grund genug."

„Ja, aber du hast dich doch nie wirklich auf ihn eingelassen. Ich hatte den Eindruck, dass du froh warst, einen Grund zu haben, es zu beenden. Dass du mal wieder die Erste warst, die abhauen konnte. Du hast eine Rolle gespielt bei Sven. Dein Kopf war die ganze Beziehung lang der Hauptdarsteller."

Maja atmete tief ein und sah ihrer Freundin in die Augen. „Du hast recht."

„Ja?", fragte Mikki erstaunt.

„Ich habe eine Rolle gespielt. Genau das habe ich Bent gestern Abend erzählt."

„Ach, das hast du Bent erzählt? Ihr erzählt euch aber interessante Dinge."

„Das war Zufall und kam so aus dem Kontext heraus zustande. Das hatte nichts zu bedeuten. Rein gar nichts. Er ist nett."

„Und heiß", flüsterte Mikki und verschluckte sich dabei beinahe, ob an ihren eigenen Worten oder an dem Schluck Kaffee in ihrem Mund, wusste Maja nicht zu sagen. Dann aber drehte sie Kopf und Oberkörper und blickte direkt in Bents Augen.

„Hi, darf ich stören?"

„Du störst nicht", antwortet Mikki und starrte ihn wenig dezent an.

„Fine liegt in ihrem Bett und schwärmt in einer Tour von einem bevorstehenden Roadtrip. Wisst ihr da was drüber? Ich bin übrigens Bent." Er streckte Mikki seine Hand entgegen.

„Ich bin Mikki und werde in näherer Zukunft mit deiner Tante und Kermit diesen Roadtrip unternehmen. Träume leben und solchen Kram, du verstehst, was ich meine?"

„Ähm, Bent, Mikki ist meine beste Freundin und zu Besuch bei mir."

„Okay, und ich nehme an, Kermit ist dieser ziemlich grüne Sprinter auf unserem Hof?"

„Ganz genau."

„Aha … gut. Maja, ich bin wieder hier und jetzt für Fine da. Danke fürs Kümmern."

„Du musst dich nicht immer bedanken."

„Doch, muss ich. Ich wäre aufgeschmissen gewesen ohne dich in den letzten Tagen."

„Ich mache das gern."

Er lächelte. „Okay, dann bis gleich mal oder irgendwann. Ciao, Mikki." Er drehte sich um und verschwand um die Hausecke.

„Möchtest du vielleicht etwas Popcorn?", fragte Maja ihre Freundin.

„Wieso Popcorn?"

„Du hast gestarrt, als wärst du im Kino."

„Tut mir leid, aber das hättest du mir nicht verschweigen dürfen."

„Was genau?"

„*Wie* gut er aussieht."

„Ich habe doch gesagt, dass er gut aussieht."

„Das hat sich mehr nach einer Sieben angehört. Aber der kratzt die Zehn."

„Ach, Mikki, ich finde ihn nett, mehr nicht, okay?"

„Jaja, alles okay. Du bist die Chefin deines Liebeslebens“, entgegnete sie grinsend und trank die Kaffeetasse in einem Zug leer.

- 16 -

MIKKI hielt ihre Füße genau so weit in Richtung des Wassers, dass jede Welle nur ihre Zehen umspielte.

„Wenn du einmal die richtige Position gefunden hast, wird nur der halbe Fuß nass", erklärte sie mit einem seligen Lächeln auf den Lippen. Sie war auf einem kleinen Campingplatz in Lobbe, nicht weit von Majas Wohnung entfernt, untergekommen. Der Strand war schmal, aber leer, und Maja genoss die Stille um sich herum.

„Erzähl mir vom Stand des Auftrages, den du an Land gezogen hast."

„Das Hotel liegt in Baabe, habe ich schon erzählt, oder? Ein großes, echt luxuriöses Ding. Die Bilder sind gemacht, ich bearbeite sie gerade und suche passende für die Website aus. Und dann braucht es noch ein Konzept für Insta und Facebook, wenn du Lust hast, kannst du dir ja mal Gedanken machen."

„Denkst du, unsere Agentur soll die Seiten pflegen?"

„Keine Ahnung, es wird ja schwierig, wenn ich wieder abgereist bin. Vielleicht kann ich die Frau von Kai einbinden. Sie sah so gut aus, die hat bestimmt Geschmack und ein Auge für Fotos. Texten könnten ja wir."

„Zeigst du mir morgen mal die Bilder?"

„Klaro. Wie lange bleibst du eigentlich?"

„Bis übermorgen, dann habe ich Termine in Dortmund und Bochum. Wir haben übrigens den Auftrag von der Versicherung bekommen."

„Das sagst du erst jetzt?", rief Maja begeistert aus. „Das ist der mit Abstand größte Auftrag unserer Karriere!"

„Ich weiß, wir sind dick im Geschäft", entgegnete Mikki, untermalt von einem unterdrückten Quieken.

„Das muss ich erst mal sacken lassen. Habe ich die Mail überlesen?", hakte Maja nach.

„Sie ist gestern Abend angekommen. Am Sonntag, verrückte Welt da draußen."

„Wir sollten das feiern heute Abend", schlug Maja vor.

„Aber so was von … Hast du den ganzen Wein schon weggetrunken?"

„Das waren acht Flachen, Mikki. Wenn die weg wären, hätte ich eventuell ein Problem."

„Ach was, Urlaub zählt nicht beim Alkoholkonsum. Die kannst du in der Jahresbilanz unter den Tisch fallen lassen."

„Sagt wer?"

„Ich."

„Na, dann wird das wohl so stimmen."

„Ganz genau. Wo feiern wir?"

„Mir egal, möchtest du zu uns auf den Hof kommen? Du könntest dir den spektakulären Sonnenuntergang ansehen."

„Zu uns auf den Hof", wiederholte Mikki grinsend.

„Was ist daran so komisch?"

„Nichts, nichts", entgegnete sie mystisch.

„Ich fühle genau, dass du mir eine Liebesgeschichte andichten willst."

„Nichts läge mir ferner."

„Es liegt dir nah, Mikki, sehr, sehr nah."

„Tut mir leid, aber jetzt, wo ich diesen Bent in natura gesehen habe, wäre eine Liebesgeschichte echt nicht verkehrt. Oder wenigsten ein heißer Urlaubsflirt. *Ein Sommer voller Leidenschaft* oder *Eine Rügenromanze* … Guck, für einen Filmtitel reicht es schon."

Maja verdrehte die Augen. „Du hast zu viel Fantasie."

„Wenn man euch beide nebeneinander sieht, braucht es nicht viel Fantasie. Du bist schön, er ist schön, du bist Single, er ist Single."

„Und du bist ganz schön oberflächlich, meine Liebe!"

„Ich bin einfach ein sehr visueller Typ, wenn etwas optisch harmoniert, sehe ich das direkt."

„Er könnte aber auch ein Arschloch sein, dann hätte ich nichts von seinem Aussehen."

„Ist er denn eines?"

„Was?"

„Ein Arschloch."

„Ich kenne ihn kaum, aber nein, er wirkt nicht wie eines."

„Und jetzt mal dir das mal weiter aus. Stell dir vor, dieser Mann wäre humorvoll, treu, loyal, liebevoll, freiheitsliebend und gleichzeitig verbindlich und … wunderschön!"

„Wunderschön? Mikki, du machst mich fertig."

„Malst du es dir aus?"

„Nein."

„Dann tue ich es für dich."

„Lass es, okay?"

„Okay, ich lasse es."

Sie legte ihre Hand auf Majas.

„Ich wünsche dir einfach nur, dass du glücklich wirst und irgendwann den Einen findest, der dich verdient und den du verdienst", sagte sie mit ruhiger Stimme und sanftem Blick.

„Das weiß ich doch, aber es ist wichtig, dass ich auch allein glücklich sein kann, denn vielleicht begegne ich dem Einen nie. Und mein Leben ist jetzt. Ich will es nicht mit Suchen verschwenden."

„Das ist auch gut so. Ich möchte nur nicht, dass du Chancen verpasst, weil dein Kopf dir im Weg steht."

„Keine Sorge, ich passe schon auf, dass mein Herz von mir gehört wird."

Mikki lächelte. „Das ist gut. Versprich mir, dass du es wirklich zu Wort kommen lässt."

„Versprochen!"

„Gut, ich komme heute Abend zu euch auf den Hof. Um neunzehn Uhr?"

„Perfekt, das passt."

Maja blickte auf ihre Armbanduhr. „Dann mache ich mich jetzt auf den Weg und hole noch ein paar Knabbereien. Ich freu mich, bis gleich."

„Bis gleich", antwortete Mikki und schob ihre Zehen weiter nach vorn, sodass die nächste Welle ihren kompletten Fuß umspülte.

Um achtzehn Uhr saßen sie zu dritt beim Abendessen. Maja kratzte die Reste vom Teller und legte anschließend Messer und Gabel auf dem Rand ab.

„Hast du Lust, heute Abend ein Glas Wein mit uns zu trinken? Mikki kommt gleich, und wir wollen auf einen Vertragsabschluss anstoßen", fragte sie in Bents Richtung.

Er kaute und schluckte, bevor er antwortete: „Ähm, danke für die Einladung, aber …"

„Aber er kommt gern", unterbrach Fine ihn.

„Fine, ich kann …"

„… gut für dich selbst antworten, das weiß ich, stimmt nur nicht immer", unterbrach Fine ihn zum zweiten Mal.

Maja musste grinsen. „Du kannst es dir einfach überlegen", sagte sie dann. „Wir sind ja nicht weit weg."

„Danke, ich überlege es mir", entgegnete Bent und lächelte dabei zaghaft.

„Der Salat war übrigens sehr lecker", erwähnte Maja.

„Den habe heute ich gemacht. Es geht bergauf. Ihr glaubt gar nicht, wie nutzlos ich mich die letzten Tage gefühlt habe. Rumsitzen ist wie lebendig tot zu sein, und das ist gar nichts für mich. Wirklich gar nichts."

„Ich würde gern jetzt gleich rübergehen, bevor Mikki ankommt. Ist es okay, wenn ich schon mal abspüle?"

„Ich mach das", entgegnete Bent.

„Es ist überhaupt kein Problem für mich, noch eben zu helfen."

„Ich mach das", wiederholte er freundlich, aber bestimmt.

„Gut, dann vielen Dank für das Essen. Schlaf gut, Fine."

„Danke, das werde ich."

Maja stand auf und ging zur Tür. Dort blieb sie stehen, um sich noch einmal kurz umzudrehen. „Vielleicht bis gleich, Bent", sagte sie und verließ die Küche.

In ihrer Ferienwohnung hüpfte sie schnell unter die Dusche und bereitete dann ein paar Snacks vor, die sie zuvor aus dem Supermarkt mitgebracht hatte. Sie freute sich auf Mikki und ein bisschen auch auf

Bent, der hoffentlich über seinen Schatten springen und bald dazustoßen würde.

Um Punkt neunzehn Uhr kam ihre Freundin samt Fahrrad um die Hausecke gebogen.

„Man muss ja ganz schön bergauf trampeln, dafür, dass das hier eine Insel ist", berichtete sie völlig außer Atem.

„Vielleicht liegt es auch einfach an deiner Kondition?"

„Das schließe ich aus. Ich stehe seit Monaten im Saft."

„Dann liegt es an den überdimensionalen Bergen von Rügen."

„Ja, so sehe ich das auch."

Mikki lehnte das Rad an die Hauswand und kam rübergeschlendert. „Hi! Ich freue mich so auf diesen Abend", sagte sie und drückte Maja an sich.

„Und ich mich erst. Wir haben die letzten Monate einfach viel zu viel gearbeitet und viel zu wenig gefeiert. Und deshalb auch direkt meine Frage: Wein oder Wein?"

„Hast du auch Wein?", fragte Mikki lachend.

„Klar, ich hole welchen."

Maja ging ins Haus, kam gleich darauf mit einer Flasche Weißwein zurück und setzte sich.

„Das Licht ist echt phänomenal", bemerkte Mikki mit Blick über die Felder.

„Ja, warte mal ab, bis die Sonne am Horizont verschwindet. Ich kann mich nicht sattsehen daran."

Mikki begann, Maja gründlich zu mustern.

„Was?", fragte sie.

„Du wirkst glücklich", erklärte Mikki.

„Ja, das bin ich auch. Ich bin immerhin im Urlaub."

„Nein, anders glücklich."

„Komm mir jetzt nicht mit Bent."

„Nein, ich meine nicht wegen Bent. Du wirkst so gelöst, so leicht."

„Noch mal: Ich bin im Urlaub, da ist man doch in der Regel so drauf."

„Aber das hier ist ja kein richtiger Urlaub, du arbeitest schließlich."

Maja ließ die Worte ihrer Freundin ein paar Runden durch ihren Kopf drehen. „Fine, sie macht was mit mir …", sagte sie irgendwann leise.

Mikki griff nach ihrer Hand.

„Sie ist wie eine Oma für mich. Das ist verrückt. Ich kenne sie seit neun Tagen, und es fühlt sich an, als wäre sie ein Teil meines Lebens geworden."

„Es gibt Menschen, die berühren dich von der ersten Sekunde an."

„Ja, sie und dieser Ort lassen mein Herz ruhiger schlagen."

Mit ihrem Daumen strich Mikki sachte über Majas Handrücken.

„Und um ehrlich zu sein, habe ich mit Bent in den letzten Tagen eine Art des Umgangs gefunden, die sich auch immer selbstverständlicher anfühlt. Ich weiß nicht, wie ich es beschreiben soll."

„Ihr seid auf einer Wellenlänge?"

„Ja und nein, keine Ahnung. Ist auch egal. Jedenfalls habe ich eine verdammt gute Zeit hier. Ich bin für mich, aber nicht einsam. Ich habe Unterhaltung und fühle mich trotzdem frei."

Mikki lächelte und ließ den Wein in ihrem Glas kreisen. Dann blickte sie Maja in die Augen und setzte ein Strahlen auf, das seinesgleichen suchte.

„Wir werden heiraten", flüsterte sie.

„Sag das noch mal laut!"

„Wir werden heiraten!"

Maja sprang auf und zog Mikki in ihre Arme. „O mein Gott, das ist ja wunderbar. Und es wurde echt Zeit. Wie lange seid ihr zusammen?"

„Fünfzehn Jahre", antwortete sie lächelnd.

„Hast du Piet gefragt?"

„Nein, er mich. Vorgestern beim Abendessen. Deshalb bin ich hier, ich wollte es dir persönlich sagen."

„Ihr seid so toll, ihr beiden, wirklich", flüsterte sie ihrer Freundin ins Ohr.

„Ich weiß", entgegnete Mikki mit deutlich hörbarem Grinsen. Und dann löste sie sich aus der Umarmung und sah Maja an.

„Es gibt da etwas, das ich gern mit dir besprechen würde", sagte sie mit ernsterer Miene als noch Sekunden zuvor.

„Dann raus damit", erwiderte Maja.

„Setz dich, okay?"

„Okay …", wiederholte Maja vorsichtig und nahm direkt neben ihrer Freundin Platz.

„Kermit, es könnte sein, dass er tatsächlich früher zum Einsatz kommt als gedacht. Piet und ich, wir überlegen, nach der Hochzeit ein Jahr oder länger auf Tour zu gehen."

Mikkis Worte polterten in Majas Kopf hinein. Ihr Herz schlug schnell. „Du steigst aus der Agentur aus? Heißt es das?"

Maja wollte sich nicht schlecht fühlen, aber sie konnte gerade nicht anders, was sich in ihrer Stimmfarbe widerspiegelte.

„Tut mir leid, ich weiß, das kommt plötzlich …"

„Versteh mich nicht falsch, ich freue mich für dich, aber ich muss das sacken lassen." Sie schluckte.

„Es steht noch nicht fest, es ist nur ein Gedanke. Und ich muss natürlich arbeiten. Es ist ja noch gar nicht konkret. Ich will nicht aussteigen aus der Agentur." Sie griff nach Majas Händen, als wollte sie sie damit besänftigen.

„Aber wie soll das gehen?", fragte Maja und beobachtete dabei, wie Mikkis Finger ihre Handoberfläche streichelten.

„Wir finden bestimmt Lösungen."

Ausweichend blickte Maja zur Seite.

„Du bist sauer, oder?", fragte Mikki und drückte ihre Hände ein kleines bisschen fester.

„Sauer ist das falsche Wort. Überrumpelt?" Sie atmete tief durch und sah ihre Freundin nun wieder an.

„Jetzt habe ich uns den Abend versaut", stellte Mikki traurig fest.

„Gib mir fünf Minuten, okay?"

Maja stand auf und ging ins Badezimmer. Auf das Waschbecken gestützt versuchte sie, ihre Gedanken zu ordnen. Ohne ihre beste Freundin wäre die Agentur nicht mehr das, was sie war. Aber vielleicht hatte Mikki recht, und es gab Lösungen dafür. Und dann kam jener Gedanke zum Vorschein, der der eigentliche Grund für ihr schlechtes Gefühl war: Ein Jahr ohne Mikki, das wäre nicht nur zu viel für die Agentur, sondern auch für Maja selbst.

Sie fuhr sich übers Gesicht, blickte sich einen Moment im Spiegel an und ging schließlich zurück auf die Terrasse.

„Alles okay?", fragte Mikki unsicher.

„Nein. Du wirst mir fehlen. Echt, ein Jahr ohne dich, das wird lang …"

„Dann komm mit."

„Scherzkeks, als würde ich mit dir und Piet gemeinsam im Wohnmobil für ein Jahr durch die Welt reisen und euer Flitterjahr sprengen." Resigniert ließ sie sich auf den Stuhl plumpsen.

„Doch, das könntest du."

„Ich weiß, dass du das für mich tun würdest, aber das sollen Piets und deine Erinnerungen werden, nur eure, da habe ich nichts verloren." Mit verschränkten Armen saß Maja da.

Sichtlich nervös pulte Mikki an ihrem Nagelbett herum. „Denkst du, dass wir es trotz dieser Info schaffen, an diesem Wochenende Erinnerungen nur für uns zu kreieren?", fragte sie unsicher.

Maja nickte. „Ich verdränge einfach für die nächsten zwei Tage diese Info, im Verdrängen bin ich ja gut."

Und in diesem Moment war sie das erste Mal so richtig genervt von Mikkis Spontanität. Sonst zog ihre Freundin sie damit durchs Leben, wenn sie selbst nicht vorankam oder wenn der Kopf zu laut war, aber jetzt fühlte sie sich einfach überrannt.

In einem Zug leerte Mikki das Weinglas.

„Ich traue mich gar nicht, zu fragen, aber wann wollt ihr heiraten? Also nicht, dass ich dich nicht so schnell wie möglich im Brautkleid sehen will, aber die Vorstellung, dass du bald weg bist …"

„Diesen Sommer." Mikki spuckte die Worte förmlich aus.

„Wir haben fast Sommer."

„Jetzt hörst du dich verzweifelt an."

Maja schluckte.

„Komm, lass uns schnell Alkohol trinken, dann geht es gleich", schlug Mikki vor.

Doch Maja hatte keine Lust mehr auf einen lustigen Abend, ihre Stimmung war völlig gekippt.

Mikki sah sie forschend an. „Du brauchst jetzt Zeit für dich, oder?"

Maja nickte nur.

„Hey, das verstehe ich. Soll ich morgen einfach zum Frühstück kommen?"

Wieder nickte sie.

„Dann lass es sacken, ja?"

Statt zu antworten, nickte sie noch immer.

„Ich hab dich lieb, Maja, okay?"

„Ich weiß! Ich dich auch. Und ich freu mich riesig für dich wegen eurer Hochzeit."

„Ich weiß", entgegnete Mikki sanft, stand auf, drückte Maja, die nach wie vor saß, kurz von hinten an sich, bevor sie mit dem Fahrrad um die Hausecke verschwand.

17

„HEY." Bent stand vor ihr und blickte ein wenig unsicher über die Terrasse, die Hände tief in seinen Hosentaschen vergraben. „Ist die Party schon zu Ende?"

„Sie hat gar nicht erst angefangen."

„Oh, das tut mir leid. Ist alles okay?"

Maja zog die Schultern hoch und ließ sie wieder fallen. „Weiß nicht, glaube nicht."

„Möchtest du drüber reden?"

„Weiß auch nicht. Möchtest du einen Wein?"

„Weiß nicht", entgegnete er vorsichtig lächelnd.

„Setzen?", fragte sie.

Bent nickte und setzte sich.

„Ich habe auch Bier."

„Bier bekommt ein sicheres Ja von mir."

„Ich hole dir eins."

Sie stand auf und ging in die Küche. „Euer Kühlschrank ist mehr ein Gefrierschrank", bemerkte sie, als sie ihm kurz darauf die eiskalte Flasche überreichte.

„Hast du mal am Rädchen gedreht?"

„Ja, da ändert sich nichts."

„Ich sehe es mir morgen an, okay?"

„Kein Stress, schlimmer wäre es, wenn er nicht kühlen würde."

Zurückgelehnt lauschte sie einen Moment dem Zwitschern der Vögel.

„Ich höre dir zu", sagte Bent schließlich mit fester Stimme.

Maja sah ihn an, und dann, vollkommen unerwartet, zog sich ihr Herz zusammen. Ein sanftes Ziehen, fremd und noch nie gefühlt. Sie schluckte. Lag es daran, wie er es gesagt hatte? Dass sein Blick dabei so sehr bei ihr war, dass es keine Frage danach gab, ob er es ernst meinte oder es vielleicht nur aus Höflichkeit gesagt hatte? Er wäre jetzt da für sie, ganz und gar, genau das sagte ihr sein Blick in diesem stillen Moment.

„Ja, ich würde gern darüber reden", antwortete sie leise und gegen die laute Stimme in ihrem Kopf, die sie eigentlich davon abbringen wollte, zu viel von sich preiszugeben.

„Mikki heiratet", fing sie an, und Bent lauschte still ihren Worten. „Das ist natürlich supersuperschön ...", fuhr sie fort. „Die beiden sind seit einer Ewigkeit zusammen und einfach toll miteinander. Sie ist meine beste Freundin, und ich wünsche ihr tausend Kinder und ein glückliches Leben. Von ganzem Herzen."

„Aber?" Bents Gesicht strahlte in diesem Moment eine solche Wärme aus, dass Maja schon wieder ihr Herz spürte.

„Wir haben ja die Agentur zusammen, und Mikki wird im Sommer dann mit Kermit und Piet eine große und ziemlich lange Reise unternehmen. Ein Jahr oder auch länger."

„Das ist eine schöne Idee", bemerkte er.

„Ja, ich finde es auch toll und nachvollziehbar, aber unsere Agentur werden wir so nicht weiterführen können."

„Dafür gäbe es bestimmt Lösungen, oder?"

„Ja, bestimmt, aber keine guten."

Maja atmete tief ein. Das Zirpen der Grillen erfüllte die Luft.

„Hört man Grillen nicht eigentlich erst im Hochsommer?", fragte sie unvermittelt.

„Das ist die Feldgrille, die hat im letzten Jahr schon im April Konzerte für uns veranstaltet."

Lächelnd und ein wenig gedankenverloren griff sie nach dem Weinglas.

„Hast du Angst?", fragte er plötzlich.

Maja sah ihn überrascht an. „Wovor?"

„Vor dem Alleinsein?"

„Oh, das ist eine ziemlich direkte und sehr persönliche Frage."

„Tut mir leid, ich dachte nur, weil du erzählt hast, dass der Kontakt zu deinen Eltern eher mau ist, und Geschwister hast du auch nie erwähnt, dann die Trennung, und jetzt Mikki ..."

„Ich kann gut allein sein", bemerkte Maja resoluter, als sie eigentlich wollte.

„Aber bislang warst du ja nicht wirklich allein, du hattest immer Mikki. Ihr habt doch wahrscheinlich jeden Tag miteinander verbracht."

„Ja, also fast …" Eine ganze Weile saß sie da und schwieg, den Blick auf den Sonnenuntergang gerichtet.

„Vielleicht hast du recht", sagte sie irgendwann. „Mir ist klar, dass sie mir fehlen wird, das habe ich ihr eben auch gesagt. Aber dass ich Angst vorm Alleinsein haben könnte, darüber habe ich noch nie nachgedacht."

„Muss ja auch nicht so sein, war nur so eine Idee."

„Unsere Freundschaft ist was ganz Besonderes, sie ist schon immer Teil meines Lebens. Es ist diese eine Freundschaft, die alles überdauert."

„Dann schafft ihr das jetzt auch."

„Daran zweifle ich gar nicht."

„Und woran zweifelst du?"

Majas Augen füllten sich mit Tränen, die sie schnell wegdrückte. Auf keinen Fall wollte sie vor Bent weinen.

„Dass ich es ohne sie schaffe", antwortete sie dann mit tränenschwerer Stimme.

„Hey, ich wollte dich nicht zum Weinen bringen", bemerkte er unsicher und legte für den Bruchteil einer Sekunde seine Hand auf ihre.

„Ich weine doch gar nicht", entgegnete Maja und räusperte sich. „Hast du einen besten Freund?", fragte sie dann, um von sich und ihren Tränen abzulenken.

„Womit wir bei meinem wunden Punkt wären."

„Du musst nichts erzählen, wenn du nicht möchtest."

„Das weiß ich, aber du hast gerade geweint und …"

„Hab ich nicht", unterbrach Maja stoisch.

„Gut, jedenfalls hast du gerade ja auch schon viel von dir erzählt, da ist es nur fair, wenn ich ausgleiche. Also, mein bester Freund Leo hat mir die Liebe meines Lebens ausgespannt."

„Oh, das ist heftig."

„Genau genommen war er nicht nur mein bester Freund, sondern auch mein Cousin, der übrigens wahnsinnig gern diesen Hof kaufen würde. Womit wir dann bei der komplizierten Familiengeschichte wären. Wir waren eine Clique, seit Kindheitstagen. Lara, Leo, Rasmus und ich. Lara und ich, wir sind ein Paar geworden, als wir siebzehn waren … Und es hat gehalten. Heiratsantrag inklusive. Wir hatten Pläne und wollten den Hof restaurieren. Lara ist Psychologin, und sie hätte gern Seminare für gestresste Menschen hier angeboten, für Menschen, die dringend runterkommen müssen. Ich hätte wahrscheinlich als Teil des Therapieprogramms mit ihnen geschnitzt", mutmaßte er, gewürzt mit einer Prise Sarkasmus. „So war der Plan. Dann wurde sie schwanger. Ich konnte es nicht fassen, es war nicht geplant, aber mit jedem Tag habe ich mich mehr und mehr an den Gedanken gewöhnt, Vater zu werden. Und irgendwann habe ich mich nur noch gefreut."

„Bis jetzt klingt es noch nach vollkommener Lovestory", bemerkte Maja leise.

„So hat es sich für mich auch angefühlt. Aber dann hat Lara mir gebeichtet, dass das Kind wahrscheinlich von Leo ist. Und sie hatte richtig vermutet. Es war wirklich sein Kind. Lara hat sich für ihn entschieden, den Karrieremann mit Kohle und Biss und, na ja, schlussendlich auch für den Vater ihres Kindes …"

„Oha, das ist eine heftige Geschichte, du hast mich gerade um Längen eingeholt, also von wegen ausgleichen und so."

Bent seufzte leise. „Ist eine richtige Scheißgeschichte. Wir waren echt gute Freunde, und ich hätte nie, nie gedacht, dass Leo und Lara so etwas machen. Leo ist smart und weiß, wie er Menschen dahin kriegt, wo er sie haben will. Er ist ein manipulativer Egomane. Im Rückblick hat sich schon früh angedeutet, was da eigentlich für ein Mensch in ihm steckt. Er hat sich mit den Jahren immer mehr zu einem Arschloch gemausert, vollkommen auf Karriere aus, ohne Rücksicht auf Verluste. Hat sich darüber amüsiert, dass ich nach dem Abi *nur* Schreiner geworden bin. Mir tat er eigentlich leid, weil er Glück immer mehr am Geld gemessen hat. Dass Lara das für ihr Leben wollte, das konnte ich nicht glauben, weil unsere Träume so anders waren."

„Und dann bist du nach Berlin?"

„Ja, ziemlich Hals über Kopf. Fine und Wilhelm haben es verstanden, und zu dem Zeitpunkt ging es Fine noch gut, und Wilhelm war ja auch noch da."

„Wie lange ist das alles her?"

„Über drei Jahre … Zwei davon lebte ich in Berlin, und seit nicht ganz einem Jahr bin ich wieder hier und genau genommen auch ziemlich allein. Bis auf Fine muss ich echt keinen sehen auf dieser Insel."

„O Mann, und ich tauche hier auf und besetze euer Haus. Es tut mir leid, ich hätte mich nie einmischen dürfen in eure Ferienwohnungsangelegenheit."

„Das war so ziemlich das Beste, was mir im letzten Jahr passiert ist", murmelte er.

„Was hast du da gerade gesagt?", fragte Maja nach, denn sie war sich nicht sicher, ob sie ihn richtig verstanden hatte.

„Es war gut, dass das passiert ist", entgegnete er und sah sie an. Mittlerweile war es fast dunkel, nur ein Windlicht auf dem Holztisch gab ein wenig Licht.

„Ich find's auch schön", sagte sie und schluckte.

„Fine mag dich sehr", sagte er.

„Ich sie auch", entgegnete sie in diesen ruhigen Moment hinein. Und dann meldete ihr Herz sich zum dritten Mal an diesem Abend. Und ihr Bauch, der sich anfühlte, als würden ganze Armeen von Ameisen durch ihn hindurchwuseln. Das Zirpen der Grillen, der Hauch von Wind, der ihre Haut streifte, Bents Gegenwart und seine Stimme, es fühlte sich gut und auf eine unbekannte Art richtig an.

„Es ist schön, dass du hier bist", sagte er dann.

Majas linke Hand lag auf dem Tisch. Ihre Fingerspitzen waren nur Millimeter von Bents entfernt.

„Ich helfe dir gern mit Fine", entgegnete sie.

Er lächelte.

Und jetzt konnte sie sie fühlen, Bents Fingerspitzen, die die Außenseite ihrer Hand berührten. Und dieser Hauch erzeugte eine Gänsehaut bei ihr. Zum zweiten Mal schon.

„Ich, ich bin auch echt gern hier bei dir, also hier, meine ich, bei euch", stammelte sie.

Vorsichtig zog sie die Hand zurück, die Berührung verwirrte sie zu sehr. Ihr Körper machte Sachen, die er nicht machen sollte. Bent sah sie noch immer an.

„Hast du am Wochenende schon was vor?", fragte er.

„Nein, du?"

„Kommt darauf an, ob du Lust hast, mit meinem Boot nach Hiddensee rüberzufahren."

Maja grinste. „Dann hast du wohl jetzt was vor", entgegnete sie.

„Wir sollten um fünfzehn Uhr losfahren, dann legt bald schon die letzte Fähre wieder ab, und wir haben die Insel quasi für uns."

„Das hört sich nach einem ausgereiften Plan an."

„Mal sehen, wie ausgereift", erwiderte er lachend.

Maja gähnte.

„Müde?", fragte er.

„Ja, irgendwie geschafft."

„Möchtest du schlafen?", fragte er sanft.

„Ehrliche Antwort?"

„Auf jeden Fall!"

„Das wäre der Hammer", antwortete sie lachend.

Lächelnd erhob er sich vom Stuhl. „Schlaf gut, Maja."

„Du auch, Bent."

Er drehte sich um, und noch bevor er um die Ecke ging, sagte sie: „Danke fürs Zuhören und für diesen schönen Abend."

„Es war mir ein Vergnügen", erwiderte er, und gerade, als er sich wieder in Bewegung setzen wollte, flüsterte sie so laut, dass er es hören konnte:

„Es ist schön hier."

Bent lächelte und verschwand nun wirklich hinter der Hausecke. Maja lehnte sich zurück, legte ihre Hand auf ihr Herz, auf das sie stolz war in diesem Moment, genauso stolz, wie Mikki es wäre, wenn sie sie gerade erlebt hätte.

Am nächsten Morgen stand Maja vor ihrem Fahrradkorb und nahm eine Tüte mit Brötchen heraus. Es war noch früh, und sie hoffte, dass Bent noch keine besorgt hatte. Sie ging zur Tür und hängte sie an die Klinke. Gerade, als sie weiterwollte, klopfte jemand an die Fensterscheibe, und Fine öffnete die Flügelfenster.

„Guten Morgen! Hast du uns gerade Brötchen an die Tür gehängt?"

„Ja, das habe ich."

„Vielen Dank, aber dann kannst du doch auch mit uns frühstücken?"

„Danke, das ist lieb, aber Mikki kommt jetzt gleich vorbei."

„Mikki?", hakte Fine mit krausgezogener Stirn nach.

„Ja, meine Freundin. Sie war gestern hier, erinnerst du dich?"

Fine schüttelte verständnislos den Kopf.

„Das grüne große Auto, Fine …"

„Ah, jetzt weiß ich. Genau, der Ausflug. Jaja, eine nette junge Frau war das, wirklich nett. Wo bin ich nur manchmal mit meinen Gedanken? Dann frühstückt schön, ihr beiden."

„Danke. Ist Bent schon unterwegs?"

„Nein, der schläft noch. Das ist sehr ungewöhnlich, aber ich freue mich, dass er mal zur Ruhe kommt."

„Das ist doch schön. Bis später", rief sie aus und schob ihr Fahrrad samt zweiter Brötchentüte rüber zu ihrem Ferienhaus.

Kurz darauf war der Tisch gedeckt, und Mikki kam angefahren. Genau wie gestern lehnte sie ihr Rad an die Hauswand und blieb mit einem kleinen Sicherheitsabstand stehen.

„Sag mir direkt, ob du noch sauer bist", bat sie und sah Maja flehend an.

„Nein, ich bin nicht sauer, ich verstehe dich doch."

„Echt?"

„Ja, das tue ich, und ich weiß jetzt, dass ich einfach Angst davor habe, allein zu sein, ohne dich zu sein. Aber das muss ich lernen. Du wirst irgendwann Kinder haben, und dann werden wir zwangsläufig weniger Zeit miteinander verbringen."

„Das wird nie passieren!"

„Doch, Mikki, das ist total normal."

„Irgendwann hast du auch Kinder, dann passt es wieder."

Maja lachte. „Vielleicht sollte ich erst mal eine funktionierende Beziehung hinkriegen."

„Was ist mit deinem Herzen?"

„Ich habe angefangen, es aufzuräumen, okay?"

„Wie weit bist du?" Mikki konnte ihre Begeisterung nicht verbergen.

„Noch nicht weit, aber zu begreifen, dass du der Grund dafür bist, dass ich das Alleinsein gut finde, weil ich nämlich gar nicht richtig allein bin, das war 'ne gute Erkenntnis."

„Und wann hattest du die?"

„Gestern Abend, Bent war noch hier, und wir haben gequatscht."

„Maja, deine Augen, sie leuchten, und sag mir nicht, dass das nicht stimmt", juchzte Mikki.

„Vielleicht, keine Ahnung … Er macht was mit mir, genauso wie Fine. Es ist egal, was es ist, aber es lässt mich fühlen, dass da ein Herz in meiner Brust schlägt. Das ist mehr als genug im Moment."

Mikki gab ihren Sicherheitsabstand auf, kam zu Maja und drückte sie ans sich.

„Dein Herz ist das Wertvollste, was du hast, vergiss das nie."

„Ich gebe mir Mühe. Und jetzt setz dich, bevor der Kaffee komisch schmeckt und der Käse hart wird."

„Holen wir unseren Abend heute nach?"

„Ja, das machen wir", entgegnete Maja und legte ihre Hand auf ihre linke Brust, genau dorthin, wo ihr Herz wohnte.

18

KEINE einzige Wohnung, die im Ansatz passte. Der Dortmunder Immobilienmarkt war eine einzige Katastrophe.

Fine rührte in ihrem Getreidekaffee, während Maja über die Seiten scrollte. „Nun zieh die Stirn nicht so kraus, das gibt eine ausgeprägte Zornesfalte", bemerkte die alte Dame schließlich.

„Hab schon eine", erwiderte Maja und tastete kurz die kleine Vertiefung zwischen ihren Augenbrauen ab.

„Noch ist sie so klein, dass man sie kaum sieht, aber das kann sich schnell ändern", stellte Fine noch mahnend fest.

„Ich werde wohl in gut drei Wochen unter der Brücke wohnen müssen, da kommt mir eine vernünftige Zornesfalte gerade recht."

„Sieht es so schlecht aus?", fragte Bent, der an der Arbeitsplatte stand und Teig knetete.

„Richtig schlecht. Fürs Erste kann ich in der Agentur unterkommen, aber das ist keine Dauerlösung."

„Wohnt dein Ex-Mann noch in eurer alten Wohnung?", erkundigte Fine sich mit interessierter Miene.

„Ex-Freund, und ja, er lebt noch dort. Ich bin quasi damals ins gemachte Nest gekrochen, was sich jetzt bei einer Trennung auszahlt. Meine paar Sachen waren schnell gepackt und eingelagert. Außerdem bezweifle ich, dass er dort wirklich allein ist."

„Wer eine Frau wie dich ziehen lässt, kann nur ein Windhund sein", stellte Fine lässig fest.

„Ach, er ist kein übler Kerl. Ist auch egal, ich wünsche ihm, dass er mit seiner Sekretärin sein Glück findet."

„Na, du bist ja nett", bemerkte Fine ein wenig ungläubig. „Aber du hast recht", fuhr sie fort, „wenn man zu sehr und zu lange grollt, macht das am Ende alt und verbittert."

Unauffällig blickte Maja zu Bent hinüber, der den Teig jetzt so richtig rannahm.

„Willst du den Klumpen in seine Molekularteilchen zerlegen?", bemerkte sie amüsiert.

„Wenn er nicht ordentlich geknetet ist, schmeckt die Pizza nachher nicht", rechtfertigte er sein grobes Handwerk und schaute dabei konzentriert auf die bemehlte Arbeitsfläche.

Maja wandte ihre Aufmerksamkeit wieder der Wohnungssuche zu.

„Hast du schon mal darüber nachgedacht, außerhalb von Dortmund zu suchen? Ich kenne mich nicht aus, aber oft ist das Umland ja günstiger und nicht so stark nachgefragt", schlug Bent vor. „Obwohl der Speckgürtel um Berlin auch mittlerweile dicht ist ..."

„Bislang war es echt superpraktisch, ich konnte mit dem Rad in die Agentur, aber vielleicht hast du recht, und ich muss noch mal umdenken."

Mit einem Klick erhöhte sie den Kilometerradius, und die Suchmaschine spuckte gleich siebenundachtzig Treffer aus.

Bent klopfte seine Hände über der Arbeitsplatte ab, stellte sich hinter sie und schaute mit ihr auf den Bildschirm.

„Das hört sich doch interessant an", sagte er und deutete auf ein Exposé. Als er seine Hand zurückzog, streifte er unbeabsichtigt Majas Oberarm. Eine Sekunde lang schloss sie ihre Augen, konzentrierte sich aber sofort wieder auf die Fakten des Lebens und somit auf dieses Exposé.

Einliegerwohnung in ruhiger Lage in Witten Herdecke, 65 Quadratmeter, las sie, öffnete die Anzeige und betrachtete die Bilder. Die Wohnung sah auf den ersten Blick renoviert aus, und die Tatsache, dass es eine Einliegerwohnung war, sprach für sie. Allerdings wirkte es, als sei sie sehr ruhig gelegen, und Maja war sich nicht sicher, ob zu viel Ruhe in ihrer Situation eine gute Idee war. Herdecke war schließlich nicht Rügen.

„Ich setze sie mal auf die Merkliste", sagte sie und fühlte dabei noch immer Bents Gegenwart.

„Wie war das Frühstück mit Mikki?", fragte er und setzte sich neben sie.

„Es war schön, es ist fürs Erste alles geklärt. Wie wir das Thema Agentur regeln, schauen wir in Dortmund. Jetzt genießen wir noch unseren Tag zusammen. Wir wollen gleich unsere verunglückte Feier nachholen. Hast du Lust?"

„Hat er", antwortete Fine und blickte verstohlen über den Rand ihrer Zeitung, die Lesebrille bis auf den letzten Zipfel ihrer Nasenspitze geschoben.

„Wollt ihr euch wieder hier treffen?", erkundigte er sich.

„Nee, wir dachten an einen Strandabend. Ich will zu ihr auf den Campingplatz in Lobbe."

Kurz dachte er nach. „Ich kenne einen schönen Strandabschnitt in der Nähe von Lobbe. Wenn ihr Lust habt, zeige ich ihn euch."

Maja lächelte. „Das wäre toll, echt. Mikki würde sich freuen … und ich mich auch", fügte sie leise hinzu.

Zufrieden dreinschauend vertiefte Fine sich wieder in ihre Zeitung.

Um zwanzig Uhr wartete Bent bereits am Fahrrad, als Maja auf den Hof trat.

„Ich habe Bier, und ich habe Chips."

„Und ich habe Wein und Salzgebäck", entgegnete sie lächelnd.

„Und ich hab noch Platz in der Kühlbox, falls der Wein kalt bleiben soll."

Maja öffnete die kleine Box, die auf Bents Gepäckträger befestigt war, und legte die beiden Weinflaschen hinein.

„Kann es losgehen?", fragte er.

„Bereit", erwiderte Maja.

„Mikki wartet auf uns am Eingang des Platzes", rief Maja unterwegs. Sie fuhr nicht genau neben ihm. Ihr Vorderrad war in etwa auf Höhe seines Sattels.

„Okay, vom Campingplatz ist es nicht weit bis zu der Stelle, die ich euch zeigen möchte. Wir müssen Richtung Thiessow, da gibt es einen unbewachten Strand, der nicht so überfüllt ist."

Maja betrachtete Bents Rücken, sah sein weißes T-Shirt im Wind flattern. Gleichmäßig und ruhig trat er in die Pedalen. Auf seinen Händen, die den Fahrradlenker fest umschlossen, zeichneten sich deutlich die Adern unter seiner braunen Haut ab. Maja musste lächeln und ließ ihren Blick dann über die Landschaft wandern. Unzählige Nelken und Kräuter blühten am Wegesrand und verliehen der

Landschaft neben dem Gelb der Rapsfelder und dem Blau des Meeres wunderschöne Farbtupfer.

Irgendwann erreichten sie den Campingplatz. Mikki stand bereits am Eingang, allerdings ohne Fahrrad.

„Sorry, Leute, aber das Mietrad hat einen Platten, und ich habe es eben erst festgestellt", rief sie schon von Weitem.

„Hast du es vom Campingplatz? Dann kannst du es doch eintauschen, oder?", fragte Bent, als sie vor Mikki zum Stehen kamen.

„Nee, hier gab es keine Räder. Ist von einem anderen Verleih."

„Gepäckträger?", schlug Bent vor.

„Das funktioniert bei Maja und mir nicht. Glaub mir, wir haben es oft versucht in unserem Leben. Meistens voll, aber nüchtern klappt es auch nicht gut. Allerdings könnte ich die Kühlbox spazieren fahren, und du bringst Maja unversehrt auf dem Gepäckträger ans Ziel?", schlug sie vor.

Bent stieg ab, schob das Rad zu Mikki hinüber, um anschließend zu Maja zu gehen und den Lenker zu übernehmen. Vorsichtig nahm sie auf dem Gepäckträger Platz.

„Alles okay?", erkundigte er sich, ihr halb zugewandt.

„Das werden wir sehen, wenn du losgefahren bist", erwiderte sie lachend.

Mit einem kräftigen Pedaltritt setzte Bent das Fahrrad in Bewegung. Schon bald rollten sie gleichmäßig den kleinen Küstenweg entlang.

Maja hatte ein wenig Mühe, sich am Sattel festzuhalten, er war einfach zu tief. Zaghaft legte sie ihre rechte Hand auf Bents Hüfte, während sie die andere von unten in den Sattel krallte.

„Du kannst dich richtig an mir festhalten", bemerkte er.

Vorsichtig legte sie die linke Hand an seine Taille. Schließlich schob sie sie weiter in Richtung Bauch, genau so weit, bis sie ausreichend Halt verspürte. Sie war bemüht, nicht zu intensiv zu atmen.

„Wir sind gleich da", rief Bent irgendwann.

„Wunderbar", entgegnete Mikki, die hinter ihnen herfuhr.

Das Fahrrad quietschte, als Bent anhielt.

„Gott, wer hat denn diese Bremsen repariert?", fragte er, während er abstieg.

„Das war irgend so ein Hausmeister, der irgendwo auf einem kleinen Hof lebt ..."

Er grinste Maja nur an.

„Ich finde es jetzt schon schön hier", rief Mikki begeistert aus, und Bent löste die Kühlbox vom Gepäckträger.

„Die Räder können wir einfach stehen lassen, wir müssen noch den kleinen Weg dort entlang."

Der Pfad, über den sie gingen, war bereits von Sand bedeckt. Maja ging dicht neben Bent her, Mikki ein paar Schritte hinter ihnen. Und dann offenbarte sich der Blick, der höchstwahrscheinlich der Grund dafür war, dass Bent sie hierhergeschleppt hatte. Zwanzig Uhr dreißig, und die Sonne fing gerade an, sich vom Tag zu verabschieden. Das regelmäßige Kommen und Gehen der Wellen war wie die Filmmusik zu dieser Kulisse. Der Strand war nicht breit, aber er war leer und mit feinstem Sand gepulvert.

Mikki ließ sich auf die Erde plumpsen. „Könnten wir vielleicht die nächsten zehn Minuten einfach nur hier sitzen und es genießen?", fragte sie. „Scheiße, ist das schön."

Maja setzte sich neben sie, während Bent auf Majas anderer Seite Platz nahm. Und so verharrten sie und sahen den Wellen und der Sonne zu. Die linke Hand hatte Maja im Sand abgelegt, ganz dicht bei Bents, und sie mochte es, dass sie so nah an seiner lag. Und dann spürte sie wieder seinen kleinen Finger, der sich an ihren legte. Sie schluckte. Doch dieses Mal zog sie ihre Hand nicht weg. Sie ließ sie liegen, genau da, wo sie nun mal war, dicht an Bents kleinem Finger. Wellen kamen, Wellen gingen. Maja schloss die Augen und fühlte den Wind ihre Nase umwehen, fühlte den Sand an ihren Füßen, fühlte den Hauch von Bents Haut an ihrem Finger.

„So, ich hätte dann genug genossen", polterte Mikki in diesen wunderschönen Moment hinein.

Bent sah Maja an, ohne seinen Kopf wirklich in ihre Richtung zu bewegen. Nur mit seinen Augen ... Er zog seine Hand langsam weg und stand auf.

„Möchte jemand von euch ein Bier?", fragte er.

„Ist es kalt?", hakte Mikki nach.

„Kühltaschenkalt", antwortete er und reichte ihr eine Flasche zum Test.

„Ist so gut wie leer getrunken", bemerkte sie lachend. „Hast du einen Öffner?"

Er nahm das Bier und öffnete den Kronkorken an einer anderen Flasche. Es zischte.

„Bitte schön", sagte er und hielt ihr das Getränk hin. „Möchtest du auch, Maja?"

„Danke, ich bleibe bei Wein."

„So, erzählt mal, wie ist es euch in der letzten Woche so ergangen?" Mikki zog interessiert die Augenbrauen hoch.

„Darüber bist du eigentlich im Bilde", entgegnete Maja.

„Dann musst du erzählen, Bent."

„Ich?"

„Ja, irgendjemand muss jetzt die Zeit überbrücken, bis wir betrunken genug sind, dass es 'ne Party wird."

„Ich müsste deine beste Freundin gleich noch heile auf dem Fahrrad nach Hause kriegen", bemerkte Bent.

„Ach, das klappt bestimmt", beschwichtigte Mikki. „Und jetzt erzähl von dir."

„Was weißt du denn schon über mich?"

„Dass du ein unfreundlicher Mensch sein kannst."

„Mikki", unterbrach Maja sie mir maßregelndem Tonfall.

„Jetzt wird es interessant", stellte Bent mit hochgezogener Braue fest.

„Ja, dass du ein sehr unfreundlicher Mensch sein kannst, der aber mittlerweile einen bleibenden Eindruck bei meiner besten Freundin, die im Übrigen eine fantastische Frau ist, hinterlassen hat."

Maja wäre am liebsten im Erdboden versunken, was Bent offensichtlich bemerkte. Mit einem aufmunternden Blick sah er sie an.

„Ich habe mich eventuell zu Beginn nicht von meiner besten Seite gezeigt."

„Und offen gesagt weiß ich gar nicht viel mehr, nur, dass deine Tante ziemlich toll ist und du fantastisch wohnst, und sonst hält meine Freundin sich sehr bedeckt, was dich angeht."

„Äh, Mikki, diese Freundin ist anwesend, könntest du eventuell nicht so platt über sie hinwegrollen?", bemerkte Maja, inzwischen ein wenig verzweifelt.

„Entschuldige, natürlich. – Wieso ist ein Mann wie du noch Single?"

„Mikki, es reicht!", wies Maja sie jetzt energisch zurecht.

„Okay, es tut mir echt leid. Das war zu viel. Ich erzähle von mir. Also, ich werde im Sommer heiraten und dann für ein Jahr oder länger meine beste Freundin im Stich lassen und auf Reisen gehen. Ich liebe Schokolade und Kandiszucker und bin ein Serienjunkie. Ich wollte schon immer Fotografin und Grafikdesignerin werden. Und ich bin froh, die Liebe meines Lebens so früh getroffen zu haben, weil ich in all den Jahren noch nie das Gefühl hatte, irgendetwas verpasst zu haben. Ach, und ich mag Ratten. Jetzt du, Bent."

„Du musst nicht", warf Maja ein.

„Ich weiß, aber das passt schon. Also, ich bin achtunddreißig Jahre, liebe Gemüseeintopf und scharfe Salami, ich wollte nie ein mobiler Hausmeister werden, war aber immer bereit, das anzunehmen, was das Leben mir vor die Füße wirft. Ich bin Schreiner und wohl auch Künstler. Ach ja, und wenn ich irgendwann weiß, wo ich hingehöre, dann hätte ich gern eine Frau, Kinder, einen Hund und Schafe. Jetzt du, Maja."

„Äh, okay, also, das ist schwer … Muss das echt so steckbriefmäßg sein?"

„Maja, du willst dich nur drücken. Leg los", befahl Mikki freundlich.

„Okay, also, ich bin dreiunddreißig, liebe seit Neuestem Erbseneintopf, der nicht aus der Dose kommt, und Nusseis. Ich wollte schon immer Fotografin werden oder alternativ Karten im Casino mischen, ich bin gern mit mir allein, habe aber trotzdem Angst davor, einsam zu werden, ach ja, und ich mag Hunde sehr, vielleicht hole ich mir einen für die Handtasche Schrägstrich Rucksack, damit ich keine Angst mehr vor Einsamkeit haben muss."

„Du wirst nicht einsam werden, ich bin doch noch da, nur etwas weiter weg." Mikki legte ihre Hand auf Majas.

„Halb so wild, die Idee mit dem Hund ist ja gar nicht schlecht."

150

„Und wenn es dir in Herdecke in der Einliegerwohnung zu leise wird, kannst du jederzeit Fine und mich besuchen kommen."

„Herdecke?" Mikki sah Bent verdutzt an.

„Ich habe nach Wohnungen gesucht, und Dortmund ist dicht", erklärte Maja.

„Bevor du nach Herdecke ziehst, vermiete ich dir unsere Wohnung unter." Mikki fing an zu grinsen. „Das wäre doch die Übergangslösung ...", fügte sie dann triumphierend hinzu.

„Ich in eurer Wohnung?"

„Wieso nicht? Lass uns den Gedanken warmhalten, und wir sprechen nächste Woche mal ernsthaft drüber", schlug sie vor, kramte in ihrer Tasche und holte eine Bluetoothbox hervor.

„Zeit für Musik", sagte sie noch, bevor die Red Hot Chili Peppers in das Orchester der Wellen einstiegen.

Drei wundervolle Stunden später standen Bent und Maja auf dem Hof. Es war ruhig in diesem Augenblick, so ruhig, dass man die Stille förmlich hören konnte.

„Es war ein schöner Abend", sagte Bent leise und berührte dabei ganz zaghaft mit seinen Fingerspitzen Majas Unterarm. Fast nicht da und doch so deutlich.

„Ja, das war es wirklich."

„Danke für die Einladung."

„Sehr gern."

„Dann schlaf gut."

„Ja, du auch."

Langsam drehte er sich um.

„Bent?"

„Ja?" Er blieb stehen und sah sie an.

„Weißt du wirklich nicht, wo du hingehörst? Ich meine, wenn du dein Herz fragen würdest, wo es am liebsten leben würde ... Was wäre die Antwort?"

Er machte einen Schritt auf sie zu.

„Hier", antwortete er, „es würde genau hier leben wollen, wenn nicht ausgerechnet das der Ort wäre, an dem man ihm das Genick gebrochen hätte. Schlaf gut, Maja", sagte er noch, drehte sich endgültig um und verschwand im Haus. Und Maja stand da und sah ihm nach.

19

LIEBE Maja,

ich hoffe, du kommst mit der Fotobearbeitung gut voran. Um besser planen zu können, würde ich gern einen Termin für nächste Woche mit dir vereinbaren. Die Woche ist schon ziemlich voll, und ich möchte mir Zeit für dich nehmen. Ich schlage spontan Mittwoch vor, 12:00 zum Mittagessen hier im Hotel?

Viele Grüße

Kai

Lieber Kai,

vielen Dank für deine Mail. Und ja, ich komme sehr gut voran. Ich bin so gut wie fertig und glaube, die Bilder werden dir gefallen. Mittwoch passt gut, ich bin um 12:00 da.

Ich freue mich.

Liebe Grüße

Maja

Maja drückte auf *Senden* und klappte den Laptop zu. Genug gearbeitet. Sie sah zur Uhr. Es war Zeit, zu Mikki zu fahren, um sie zu verabschieden, also ging sie raus und schwang sich auf ihr Fahrrad.

Fünfzehn Minuten später erreichte sie den Campingplatz. Kermit, den Frosch, konnte man schon von Weitem erkennen.

„So eine geschmacklose Farbe hat definitiv ihre Vorteile", rief sie ihrer Freundin beim Näherkommen zu. „Du wirst nie verloren gehen."

„Davon abgesehen, dass diese Farbe ganz fantastisch aussieht, hast du recht. Du erkennst ihn auf hundert Meilen", entgegnete Mikki lachend, kam auf Maja zu und drückte sie an sich.

„Maja, bevor ich fahre, hätte ich noch eine Frage an dich."

„Schieß los."

Noch immer hielt Mikki sie fest umarmt. „Würdest du mir die Ehre erweisen und meine Trauzeugin sein?"

„Jetzt hab ich Kermit verschluckt", erwiderte Maja mit Tränen in den Augen und plötzlich belegter Stimme. „Aber ja! Ja, natürlich. Ach Mikki, ich freu mich so für euch. Und jetzt auch für mich. Liebend gern bin ich an diesem Tag an deiner Seite."

„Danke", wisperte Mikki. Mit einem Schniefen löste sie sich aus der Umarmung. „Ich hab dich lieb, Maja."

„Ich dich auch. Fahr vorsichtig, ja?"

„Ja, das werde ich. Wir sehen uns in irgendwas um die zwei Wochen."

„In zwei Wochen und vier Tagen."

„Gut, dann bis in zwei Wochen und vier Tagen."

Sie stieg ins Auto und schlug die Tür zu. Maja stand da, hob zum Abschied ihre Hand und sah ihrer Freundin noch lange nach, so lange, bis nichts mehr von dem grünen Gefährt zu sehen war.

Bei der Rückfahrt nahm sie einen Umweg. Sie wollte das Fleckchen Erde, an dem sie gestern diesen schönen Abend miteinander verbracht hatten, noch einmal allein genießen. Und bei Tageslicht. Sie hoffte, die Stelle auf Anhieb wiederzufinden, was ihr auch problemlos gelang.

Das Fahrrad lehnte sie an einen Baum und ging den Pfad entlang zum Strand. Wieder war es das Rauschen des Meeres, das sie willkommen hieß, und sie sah sich um. Links von ihr lag ein Pärchen, ansonsten war es menschenleer. Sie setzte sich in den Sand, zog ihre Sandalen aus und vergrub ihre Zehen im weißen Pulver. Dann schloss sie die Augen, genoss das Alleinsein in diesem Moment. Was sie allerdings noch mehr genoss, war die Vorstellung, gleich anzukommen, auf diesem Hof, bei diesen beiden Menschen, die sie in den letzten Tagen so sehr ins Herz geschlossen hatte. So sehr, dass sie sich gerade nicht mehr sicher war, ob nicht vielleicht zu sehr. In gut zwei Wochen würde sie zu Hause sein, wahrscheinlich irgendwo im Dortmunder Umland. Ihr Essen würde sie wieder beim Thai bestellen, die Mahlzeit bei einer Netflixserie verspeisen und jeden Morgen bis in den Abend ihre Agenturwände um sich haben. Und sie wollte auf keinen Fall riskieren, irgendwen oder irgendetwas zu vermissen. Der Plan war, gestärkt und frei aus diesen vier Wochen herauszugehen.

Vielleicht wäre es besser, Bent wieder ein Stückchen aus ihrem Leben zu schieben, dachte sie. Es wäre schließlich schlimm genug, Fine zu vermissen. Maja schüttelte den Kopf, als müsse sie all die wirren Gedanken vermischen, in der Hoffnung, dass etwas Neues und Brauchbares daraus entstand.

Wie auch immer es sein würde, eines war ihr sonnenklar: Sie fühlte mehr, als eigentlich vorgesehen war. Und anders, als sie es sich vorgenommen hatte. Aber vielleicht war es ja genau das, was passierte, wenn man anfing, seinem Herzen zu lauschen.

Eine Stunde später radelte sie zurück auf den Hof. Dort angekommen, erblickte sie die Frau, die am Montag schon hier aufgeschlagen war.

„Hallo", begrüßte Maja sie und stieg ab.

„Hallo", entgegnete die Frau und schob dabei ihre überdimensionierte Sonnenbrille von der Nase auf den Kopf.

„Wissen Sie, wo Frau Rubarth ist?"

„Nein, wieso?"

„Ach, ich wollte ihr nur diesen Kuchen hier vorbeibringen. Der beste Zitronenkuchen von ganz Rügen."

Hatte Fine eventuell Geburtstag? Nein, Maja war sich sicher, dass Bent ihr davon erzählt hätte.

„Ich kann ihr den Kuchen überreichen, wenn Sie möchten."

„Das würde ich gern selbst tun."

Maja blickte zum Haus. Und als ihr Blick Fines Küchenfenster streifte, bemerkte sie, dass die Gardine sich zaghaft bewegte. Sie musste schmunzeln beim Gedanken daran, dass Fine gerade in diesem Augenblick wie ein kleiner Spion hinter dieser Scheibe hockte und die Frau mit der viel zu großen Sonnenbrille ignorierte.

„Ach, wissen Sie was? Geben Sie ihr doch einfach den Kuchen und meine Karte dazu. Vielleicht hat sie Lust, sich in näherer Zukunft mal mit mir zu unterhalten."

„Das denke ich nicht", murmelte Maja.

„Was bitte haben Sie gesagt?"

„Gut möglich", sagte Maja und nahm den Kuchen entgegen.

„Gut, dann vielen Dank und einen schönen Tag. Auf Wiedersehen."

„Ebenso."

Die Frau drehte sich um. Maja musste unweigerlich auf ihren Körper im engen Etuikleid starren, der ein wenig an Wurst in Pelle erinnerte.

Sie ging zu Fines Haustür, und nachdem das Auto vom Hof gefahren war, klopfte sie an. Es dauerte eine Weile, bis die alte Dame die Tür geöffnet hatte, das Gehen fiel ihr noch immer schwer.

„Ist sie weg?" Mit einem skeptischen Blick schielte sie durch den Spalt der Haustür.

„Ja, aber sie hat dir was mitgebracht." Maja hielt ihr den Kuchen unter die Nase.

„Da kannst du von mir aus Wohnung Nummer zwei mit anstreichen."

„Ach, komm schon, er sieht lecker aus, lass ihn uns probieren."

„Du bist doch nicht etwa käuflich?"

„Guck ihn dir an, er sieht wirklich lecker aus."

„Gut, aber nur ein Stück."

Maja lächelte und ging in die Küche.

„Was machen die Knochen?"

„Es geht jeden Tag besser."

„Das ist toll. Soll ich einen Kaffee kochen, oder möchtest du lieber Getreidekaffee oder Tee trinken?"

„Zum Kuchen richtigen Kaffee. Wenn schon, denn schon."

Maja ging zur Küchenzeile und setzte eine Kanne mit Filterkaffee auf.

„Hat sie dir gesagt, was sie wollte?"

„Sie hat explizit nach dir gefragt", antwortete Maja.

„Mmh, das ist interessant. Wahrscheinlich hofft sie, mich auf ihre Seite zu ziehen, damit ich Bent bequatsche, dass er verkauft. Als würde ich auf so einen blöden Kuchen reinfallen." Fine schüttelte ungläubig den Kopf.

„Wie stehst du denn zu all dem?"

„Maja, ich bin mir nicht sicher, was du alles weißt …"

„Ich kenne die Geschichte, die ihn bewogen hat wegzugehen."

„Weißt du, ich bin alt, aber nicht dumm. Ich weiß, dass er wegen mir hier ist. Ich weiß aber auch, dass das hier sein Zuhause ist. Sein Herz war gebrochen, und es ist bis heute nicht richtig geheilt. Er wollte hier leben, hier alt werden. Und jetzt fühlt sich dieser Ort nach einem einzigen Spießrutenlauf für ihn an."

„Was ist eigentlich mit diesem Rasmus, der auch zur Clique gehörte?"

„Er lebt mit seiner Frau in Greifswald. Er ist Bent als Freund geblieben, und er war damals auch auf seiner Seite. Er kommt ziemlich regelmäßig vorbei und verbringt Zeit mit Bent."

„Und dieser Leo?"

„Er lebt noch hier. Er ist mein Neffe."

„Hallo!" Bents Stimme hallte vom Flur bis in die Küche.

„Gibt es was zu feiern?", erkundigte sich Bent, als er in die Küche eintrat, und wies mit seinem Blick auf den angeschnittenen Kuchen.

„Puck, die Stubenfliege, war eben da und wollte mich mit diesem zugegebenermaßen leckeren Kuchen bequatschen."

„Stubenfliege?" Bent legte die Stirn in Falten.

„Die Frau mit der großen Sonnenbrille, die am Montag schon da war", erklärte Maja.

„Ach, hat sie gesagt, was sie wollte?"

„Nein", antwortete Maja, „sie hat nur gesagt, dass sie gern mit Fine reden würde."

„Was ich natürlich eiskalt ignoriert habe."

„Sie hat ihre Karte mit dazugelegt", erklärte Maja.

„Gut, ich schaue mir das mal ganz genau an. Aber in Ruhe. Die Grundidee, dass sie sich hier kümmern, fand ich erst mal gar nicht so schlecht."

„Nur der Tod ist umsonst, Bent, ich traue ihr nicht. Die ist nicht fein, das rieche ich durch die Fensterscheibe."

„Ich schaue es mir einfach mal in Ruhe an."

„Aber der Kuchen ist wirklich lecker", bemerkte Maja. „Möchtest du auch?"

„Definitiv, ich bin heute Mittag nicht zum Essen gekommen. Ach, Fine, ich wollte mich gleich noch um das Boot kümmern, Maja und ich würden am Samstag nach Hiddensee rüberfahren."

„Hiddensee?" Es lag so viel Wärme und Wehmut in Fines Stimme, dass Maja schlucken musste. „Es ist wundervoll dort", flüstere sie in Majas Richtung und lächelte dabei so zuckersüß, dass man einfach mitlächeln musste.

„Kann ich dir beim Boot irgendwas helfen, Bent?", fragte Maja aus einem spontanen Impuls heraus. „Also ich meine, es wird wahrscheinlich mehr aufs Zugucken hinauslaufen, aber vielleicht könnte ich einen Hammer reichen oder so."

„Hammer reichen wäre ideal", entgegnete er lächelnd.

Zwei Stunden später saß sie im Hafen in einem kleinen Motorboot und sah Bent dabei zu, wie er am Motor herumhantierte. Das Boot schwankte sanft im Fluss der Wasserbewegung von rechts nach links. Maja genoss das leichte Schaukeln und schloss die Augen, bis das ohrenbetäubende Kreischen einer Möwe sie zurück ins Jetzt holte.

„Wie lange hast du das Boot schon?", fragte sie und blinzelte dabei gegen die Sonne an. Wie einen Schirm hielt sie ihre flache Hand an die Stirn, um sich selbst Schatten zu spenden.

„Es gehörte Onkel Wilhelm. Ich habe es vor zwei Monaten wieder ins Wasser gelassen, und vor Kurzem habe ich eine Tour mit Rasmus gemacht."

„Fine hat mir erzählt, dass ihr noch Kontakt habt."

„Er ist mein bester Freund. Früher hat er sich den Platz mit Leo geteilt …" Er atmete tief durch. „Ich muss dringend an den Motor ran. Ich möchte auf Elektro umsatteln."

„Das hört sich so an, als plantest du hierzubleiben."

„Äh, nein, so war das nicht gemeint … Ich war nur gerade irgendwie in meinem Element." Bents Blick sprach Bände. Als habe er sich selbst ertappt.

„Ich könnte putzen", warf Maja unvermittelt ein.

„Was?"

„Na, das Boot, dann hätte ich was zu tun."

„Äh, klar, wenn du da Lust zu hast."

„Und wie", entgegnete sie augenzwinkernd.

Er stand auf und stieg in die Kajüte. Kurz darauf kam er mit einem Eimer und einem Kanister mit Wasser in der Hand zurück.

„Dann viel Spaß."

„Na, den werde ich haben", erwiderte sie lachend und fing an, das Putzmittel mit dem Wasser zu vermischen.

Eine Stunde später glänzte zumindest schon mal der Innenbereich des Bootes.

„Ich denke, für die Fahrt nach Hiddensee ist es sauber genug", bemerkte Bent, der mittlerweile alle Arbeiten erledigt hatte. „Die Firma dankt!"

„Lustig, das hat Fine auch gesagt, als ich sie zur Toilette begleitet habe."

„Ja, man nimmt viel von ihr mit", entgegnete Bent schmunzelnd und wischte die Hände an seiner Shorts ab.

„Als du Fine eben erzählt hast, dass wir nach Hiddensee fahren, da hat sie so selig gewirkt", bemerkte Maja.

„Hiddensee ist ihr Ort, sie verbindet intensive Erinnerungen damit. Sie hat dort als junge Frau heimlich Onkel Wilhelm getroffen. Eine filmreife Geschichte ... Fine war verheiratet, aber ihr erster Mann war ein Arschloch, ein Säufer und hat sie mies behandelt. Wilhelm war die Liebe ihres Lebens und lebte auf Hiddensee. Er hat sie bestärkt, mit ihm gemeinsam durch die harte Zeit einer gesellschaftlich damals noch relativ unakzeptablen Entscheidung zu gehen. Sie hat sich allen und allem widersetzt und sich getrennt und ist mit Wilhelm glücklich geworden. Mein Vater war auf ihrer Seite, weil er wusste, dass sie Wilhelm liebte und dass er das Beste war, was ihr passieren konnte. Er hat sie immer unterstützt. Meine Großeltern hingegen und meine Tante Lore, die Mutter von Leo übrigens, haben sie gemieden wie der Teufel das Weihwasser. Umso wichtiger war es mir immer, dass Leo und ich diesen Generationenzwist beenden. Er war oft bei uns auf dem Hof. Lore war eine kalte Frau, und manchmal habe ich gefühlt, dass Leo die Nähe meiner Eltern und später Fines Nähe sehr genossen hat ..." Er stieß einen Seufzer aus. „Oh, sorry, ich texte dich hier mit meiner Familiensaga zu ..."

„Es ist schön, dass du davon sprichst. Solche Geschichten sind dazu da, dass sie erzählt werden. Ich meine, eine Liebe gegen alle Widerstände ... Das ist doch wunderbar. Ich freue mich auf jeden Fall sehr darauf, den Ort, der Fine so viel bedeutet, kennenzulernen", erwiderte Maja lächelnd und fühlte, wie sich eine tiefe Ruhe in ihr ausbreitete.

20

DURCH das geöffnete Badezimmerfenster strömte kühle, feuchte Morgenluft. Maja stand vor dem Spiegel und legte ein wenig Rouge auf. Sie drehte ihren Kopf in Richtung des Fensters und sah in den Himmel. Er war bedeckt, und ein wenig roch es nach Regen. Hoffentlich würden sie fahren können, dachte sie und wandte ihre Aufmerksamkeit wieder ihrem Spiegelbild zu. „Du wirkst glücklich", sagte sie zu sich selbst und lächelte zaghaft. Dass ein Ort so etwas mit ihr machen konnte, das überraschte sie jeden Tag aufs Neue. Vielleicht wäre eine Wohnung außerhalb des Trubels einer Ruhrpottstadt doch gar nicht so verkehrt. Ja, vielleicht wäre eine kleine Bleibe irgendwo am Waldrand genau das Richtige für sie. Möglicherweise würde das Grün der Bäume ihr ein ähnliches Gefühl vermitteln wie das Blau des Meeres. Ihr war deutlich bewusst, dass ihre Tage hier gezählt waren und dass es Zeit war, einen Platz zu finden, an dem sie sich dauerhaft zu Hause fühlte.

Sie spülte den Rest der Zahnpasta aus ihrem Mund und knotete ihre Haare auf dem Kopf zu einem Dutt zusammen. Anschließend ging sie in den Flur, griff nach ihrem Rucksack und verließ mit einem wohlig kribbelnden Bauchgefühl ihre Wohnung. Sie freute sich: auf eine Bootsfahrt, auf eine kleine Insel und wenn sie ehrlich zu sich selbst war, auch auf Bent.

Der lehnte bereits draußen neben seiner Haustür an der Wand und wartete auf sie.

„Hey." Lächelnd kam er auf sie zu. Und dann stand er vor ihr. Ein wenig unbeholfen wirkte er, so, als wisse er nicht, wie er sie begrüßen solle. Schnell legte er den Arm um sie und drückte sie kurz an sich. Maja blickte hoch und sah direkt in seine Augen.

„Hey", erwiderte sie und verharrte für einen kleinen Moment.

„Ist das Wetter inseltauglich?", fragte sie dann und löste sich so von seinem Blick.

„Unbeständig, aber machbar, denke ich. Oder willst du vielleicht auf besseres Wetter warten? Wir können auch an einem anderen Tag fahren, wenn du lieber blauen Himmel hättest."

„Nein, nein, ich hab mich echt gefreut auf heute", platzte es aus ihr heraus. So deutlich hatte sie eigentlich gar nicht werden wollen.

„Okay", erwiderte er, „dann heute. Es ist kein Sturm angesagt und auch kein Gewitter. Regen ist kein Problem auf dem Wasser, und auf Hiddensee ja schon mal gar nicht. Obwohl Sonne natürlich schöner wäre …"

„Guck mal dahinten." Maja wies über das Hausdach in Richtung Himmel. „Da ist ein Stückchen blauer Himmel. Wenn wir danach suchen, werden wir es auch finden."

Bent lächelte.

„Sollte ein Gewitter aufziehen, bleibt ihr brav dort!" Fines mahnende Stimme ertönte durch das geöffnete Küchenfenster. „Ich komme hier auch allein zurecht."

„Das weiß ich, Tante Fine. Und keine Angst, ich werde uns nicht in Gefahr bringen", erwiderte er zwinkernd.

„Ich wollte es nur noch mal gesagt haben. Nicht, dass die unbegründete Sorge um eine alte Frau am Ende der Grund für eine Kamikazefahrt durch die Ostsee wird. In meinen Augen täuscht der Wetterdienst sich nämlich gewaltig heute. Ich wette, es gibt ein kräftiges Gewitter. Das rieche ich, und mein Kopf merkt so was mit erschreckender Genauigkeit! Ich hoffe aber trotzdem, dass die Experten recht behalten. So, und jetzt, wo alles geklärt ist, wünsche ich euch einen wunderbaren Nachmittag, Mira und Bent."

„Danke, Fine", entgegnete Maja, ohne sie zu berichtigen, und hob ihre Hand kurz zum Abschied. Fine stand da und lächelte zufrieden.

Etwas später saß Maja auf der Bank im hinteren Teil des Motorbootes und beobachtete Bent, wie er die Leinen löste. Der Motor lief bereits warm.

„Startklar?", rief er ihr zu.

„Ja, startklar", entgegnete sie.

Er ging in die Kajüte und stellte sich ans Lenkrad. Die Tür ließ er geöffnet, sodass Maja ihn sehen konnte, und dann setzte sich das Boot auch schon in Bewegung. Maja blickte noch einmal in den Himmel und hoffte, dass die große schwarze Regenwolke, die sie bereits die ganze Zeit begleitete, das Weite suchte. Und wirklich, sie zog ab und sah nicht mehr so aus, als würde sie sich jeden Moment über ihnen ergießen. Maja atmete tief ein und zog dabei den Reißverschluss ihrer Regenjacke ein Stückchen weiter zu. Der Fahrtwind wurde mit zunehmender Geschwindigkeit immer kühler. Bald konnte sie einen Schwarm Möwen beobachten, der im Sturzflug offensichtlich gute Beute auf offener See machte.

„Willst du mal?" Bent drehte sich um und sah sie an.

„Klar." Freudestrahlend stand sie auf und ging zur Kajüte. Sie hatte ein wenig Mühe, die Bewegungen des Bootes auszugleichen und das Gleichgewicht zu halten.

„Sieht aus, als hättest du zu tief ins Glas geguckt", scherzte Bent.

„Guck du lieber nach vorn, damit du Kurs hältst."

„Wird gemacht", entgegnete er und drehte den Kopf wieder in Richtung Bug.

Maja stellte sich neben ihn, und er machte einen Schritt zur Seite und gab das Steuerrad frei.

„Bitte schön", sagte er.

„Was muss ich tun?"

„Das Steuerrad umfassen und eigentlich nur geradeaus auf Kurs halten."

„Das krieg ich hin."

Maja umklammerte das Lenkrad und blickte auf die offene See. Links von ihr konnte sie die Umrisse Rügens erkennen. „Fahren wir einmal rum um die Insel?"

„Ja, wir müssen erst auf die andere Seite."

Zufrieden atmete Maja ein. Es war wirklich schön hier auf dem Wasser, an Bents Seite. Und es machte Spaß, dieses Boot zu lenken.

„Segelst du eigentlich auch?", fragte sie.

„Noch viel lieber, als Motorboot zu fahren", antwortete er. Maja fühlte seinen Blick auf sich ruhen.

„Besitzt du ein Segelboot?"

„Ja, aber es steht eingemottet in einem Bootshaus auf Hiddensee. Hab's lange nicht mehr ins Wasser gelassen."

„Warum nicht?", fragte sie und schaute dabei konzentriert auf die See.

„Weil ich in Berlin lebe?"

„Aber jetzt bist du doch hier", entgegnete sie sanft und streifte dabei kurz, aber intensiv seinen Blick.

Vorsichtig legte Bent seine Hände ans Steuer und bewegte es nach links. Maja fühlte seinen Atem in ihrem Nacken.

„Wir müssen ein Stück hier rüber", erklärte er.

Für Sekunden schloss sie die Augen, weil die warme Atemluft auf ihrer Haut intensiver kribbelte, als ihr lieb war.

„Okay, fahren wir da rüber", wiederholte sie, und in diesem Moment löste er die Hände vom Steuerrad.

„Jetzt einfach wieder geradeaus?", vergewisserte sie sich.

„Ja, einfach geradeaus."

Kurz war es still in der Kajüte. Maja blickte über den Bug, Bent aus dem seitlichen Fenster.

„Ich hätte das Gefühl, mich entschieden zu haben, wenn ich das Segelboot wieder ins Wasser lassen würde", sagte er schließlich in die Stille hinein, den Blick noch immer aus dem Fenster gerichtet.

„Entschieden wofür?"

„Eher wogegen."

„Okay, wogegen also?"

„Berlin."

„Und wäre das so schlimm?"

„Ich weiß es nicht."

„Würde *gegen* Berlin *für* Rügen und Fine bedeuten?"

Er schwieg einen Moment. Maja beobachtete ihn aus dem Augenwinkel, ohne dabei ihren Kurs aus dem Blick zu verlieren.

„Ja", antwortete er dann, „ja, es wäre für Rügen und für Tante Fine."

„Aber hast du dich nicht längst entschieden? Du hast doch schon gesagt, was dein Herz will."

Jetzt sah er sie an. „Wie meinst du das?"

„Ich glaube, dass das hier dich wirklich glücklich macht. Das hier und die Bilderrahmen. Ich glaube, dass du sehr genau weißt, wo du eigentlich hingehörst und was du mit deinem Leben anfangen möchtest."

„So einfach ist es nicht."

„Doch, Bent, du müsstet nur die Vergangenheit das sein lassen, was sie ist – nämlich vergangen."

Er seufzte. „Ganz schön tiefgehende Themen für eine Bootsfahrt", bemerkte er und signalisierte damit sehr deutlich, dass ein Themenwechsel angebracht war.

„Bräuchte ich eigentlich einen Bootsführerschein für dieses Gefährt?"

„Jepp!"

„Ich habe aber keinen."

„Scheiße, das wusste ich nicht ... Lass sofort das Lenkrad los."

Maja sah ihn kurz ein wenig ungläubig an. Doch mit einem Mal breiteten sich rund um seine Augen unzählige kleine Lachfältchen aus.

„Ich regle das mit der Küstenwache, sollte der Ernstfall eintreten", bemerkte er dann grinsend.

„Wirklich beruhigend zu wissen, Bent", erwiderte sie.

„Aber ich glaube, es wäre tatsächlich gut, wenn ich jetzt das Steuer übernehme, weil wir nämlich gleich in den Hafen einfahren."

Sie machte einen Schritt zur Seite und überließ ihm damit wieder das Schifffahrtskommando.

„Fällt es dir immer leicht, die Vergangenheit einfach ruhen zu lassen?", fragte er plötzlich.

„Doch noch Lust auf tiefgreifende Themen?", erwiderte sie, ein wenig erheitert wegen seiner Frage.

Er zuckte mit den Schultern.

„Ich habe gelernt, mit der Gegenwart klarzukommen", antwortete sie dann. „Ich konnte das nicht immer, hab mich stattdessen oft in die Zukunft gewünscht, und die habe ich mir möglichst rosarot ausgemalt: Meine Eltern waren wieder zusammen, ich irgendwann glücklich und zufrieden mit Haus und Hund und Garten ..."

„Die Vergangenheit ist für mich der einzige Ort, an dem meine Eltern für mich existieren. Sie ist Teil meines Lebens."

Maja lächelte. „Das ist ein schöner Satz … Vielleicht liegt die Kunst darin, die Vergangenheit zu etwas Schönem zu machen, damit die Gegenwart von ihr zehren kann. Das Schlechte ausblenden und das Gute mitnehmen."

„Wäre schön, wenn das so einfach ginge."

„Oder", fuhr sie mit erhobenem Zeigefinger fort, „man muss gar nichts vergessen, sondern nur vergeben und sich aussöhnen mit dem, was war, damit man unbeschwert die Gegenwart genießen kann … Ich meine, Vergebung kann man doch lernen, oder?"

„Fragst du das jetzt mich oder dich selbst?", hakte Bent nach.

„Egal", sagte sie mit einem Schmunzeln, „vielleicht sollten wir mit diesem Thema wirklich an dieser Stelle aufhören. Ist hier ja schließlich keine Studienfahrt der philosophischen Fakultät."

„Obwohl die Anzahl der Teilnehmenden gar nicht so unrealistisch wäre für eine solche Studienfahrt", gab er zurück.

„Hegst du Vorurteile gegenüber Studierenden der Philosophie?", entgegnete sie und zog die Augenbraue hoch.

„Das studieren doch nicht viele. Und wenn, dann würden die sicherlich nicht an einer Studienfahrt auf einem Motorboot teilnehmen, das nach Hiddensee unterwegs ist. Obwohl … Hiddensee ist ja die Insel der Dichter und Denker." Er legte seine Stirn in Falten. „Ich glaube, ich nehme alles zurück. Wahrscheinlich gäbe es für so eine Studienfahrt eine ellenlange Warteliste." Offensichtlich selbst ein wenig irritiert über seinen Gedankengang zog Bent die Stirn noch krauser. „Egal, ich fasle dummes Zeug. Guck mal, dahinten ist Hiddensee." Er zeigte mit dem Finger nach links.

„Liebe Reisegruppe, in wenigen Minuten erreichen wir den Seglerhafen Kloster", rief er im nächsten Moment aus.

„Dürfen in dem Seglerhafen auch Motorboote parken?", fragte Maja.

„Man parkt ein Boot nicht, man legt es an."

„Ich bin nur eine Studentin der Philosophie. Ich muss so was nicht wissen", erwiderte sie. „Aber ich korrigiere mich: Dürfen in dem Hafen auch Motorboote anlegen?"

„Ja, das dürfen sie. Und dieses Boot dürfte überall auf Hiddensee anlegen, weil es mal dem inzwischen verstorbenen Bürgermeister, der Kultstatus auf dieser Insel genießt, gehörte. Mein Onkel und er waren beste Freunde, er hat es meinem Onkel vermacht, und der hat es wiederum mir vermacht."

„Wow, ich bin hier quasi auf einem Promischiff unterwegs?"

„Nicht nur quasi."

„Welche Ehre."

„Ja, das ist schon was …"

Bent hielt Kurs auf den Hafen, und je näher sie kamen, desto lauter wurden die Möwen. Maja verließ die Kajüte und setzte sich für einen Moment auf die Bank, um die Einfahrt in den kleinen Hafen besser genießen zu können. Und natürlich zückte sie die Kamera, um diese Augenblicke festzuhalten.

Irgendwann stand das Boot still, der Wind aber hatte mittlerweile deutlich aufgefrischt. Bent legte die Leinen ans Ufer und befestigte ihr Gefährt. Nachdem er als Erster von Bord gegangen war, reichte er Maja seine Hand, und sie legte die ihre hinein. Vorsichtig und gleichzeitig fest umschloss er ihre Hand. Seine Haut auf ihrer Haut … Sanft zog er sie auf den Steg.

„Danke", bemerkte sie lächelnd und war dabei bemüht, ihn nicht zu intensiv anzusehen und das wohlige Gefühl nicht ganz so doll zu spüren. Ihre Beine waren nach wie vor wackelig, so, als hätte ihr Gehirn noch nicht verstanden, dass es wieder festen Boden unter den Füßen gab. Wie auf Pudding ging sie auf den Holzplanken entlang.

„Bent?" Eine korpulente Frau höheren Alters kam strahlend aus dem Bootshaus und geradewegs auf sie zu.

„Lisbeth! Hi."

Sofort umschlang sie ihn mit ihren Armen und drückte ihn an sich.

„Mein Gott, Bent, was bist du groß geworden", scherzte sie. „Wie lange warst du nicht hier?"

„Ich weiß nicht …?"

„Auf jeden Fall viel zu lange. Was treibt dich auf diese Insel?"

„Einfach nur ein kleiner Ausflug", antwortete er freundlich.

„Bleibst du über Nacht?", erkundigte sie sich und schaute dabei mit ernster Miene in den Himmel.

„Das hatten wir nicht vor."

„Hab bitte das Wetter im Blick. Die haben zwar nichts angesagt, aber das sieht mir nicht so gut aus dahinten."

„Ja, das mache ich. Du kennst mich ja."

„Eben drum", entgegnete sie amüsiert. „Entschuldigung", sagte sie dann an Maja gewandt. „Ich habe mich gar nicht vorgestellt. Ich bin Lisbeth, die Tochter des Mannes, dem mal dieses Boot dort gehört hat." Sie zeigte auf Bents Motorboot.

„Ah, demnach sind Sie die Tochter des ehemaligen Bürgermeisters von Hiddensee", stellte Maja fest.

„Ganz genau, ich sehe schon, Sie sind bestens vorbereitet. Springen wir rüber zum Du?"

„Gern", entgegnete Maja.

„Du bist Bents Freundin?"

„Nein, nein, sie ist nur Gast bei uns", beantwortete er hektisch Lisbeths Frage.

„Gast? In einer der Ferienwohnungen?", hakte Lisbeth nach.

„Ja, genau", antwortete Maja.

„Also hat Fine ihren Plan echt durchgezogen?", fragte Lisbeth.

Ungläubig schüttelte Bent den Kopf. „Meine Tante ist echt ein Früchtchen ... Sie hat das alles geplant mit den Wohnungen! Und du wusstest davon?"

„Sagen wir so, sie war nicht ganz einverstanden damit, dass das alles stillliegt. Sie hat nach einer Lösung gesucht, die Wohnungen mit dir gemeinsam weiterhin zu vermieten."

„Und diese Lösung war wohl ich", fügte Maja schmunzelnd hinzu, was ihr einen kurzen, intensiven Blick von Bent einbrachte.

„Ich muss dringend mal wieder zu euch rüberkommen und Fine besuchen. Momentan bleibt irgendwie nur das Telefon, die Hauptsaison klopft an."

„Fine würde sich wahnsinnig darüber freuen", bekräftigte er ihr Vorhaben und lenkte anschließend den Blick in Richtung Bootshaus.

„Dein Segelboot ist in besten Händen", bemerkte Lisbeth, als hätte sie seine Gedanken gelesen.

„Das weiß ich doch", erwiderte er, und fast war es, als läge in seiner Stimme ein Hauch von Wehmut.

21

„BITTE schön." Lisbeth reichte Bent ein Glas Honig, eine dicke luftgetrocknete Wurst und eine Packung Pumpernickel. Er stopfte die Köstlichkeiten direkt in seinen Rucksack.

„Zu lecker. Das Brot ist von dem neuen Bäcker, der den Laden von Michael übernommen hat. Der ist richtig gut. Es ist ein Segen, dass es Menschen gibt, die ihr Handwerk noch beherrschen. Genießt es!", gab Lisbeth ihnen noch mit auf den Weg.

„Das werden wir", entgegnete Maja und war wirklich eingenommen von der Gastfreundschaft, die diese Frau ihnen entgegenbrachte. Sie war es nicht gewohnt, dass man einander an dem Ort, an dem man lebte, so gut kannte. In Dortmund wusste sie oft gar nicht, wer über oder neben ihr wohnte.

„Macht es gut, ihr beiden. Und ich hoffe, dass wir uns ab jetzt wieder öfter sehen, Bent."

Er lächelte, entgegnete aber nichts.

Lisbeth hob ihre Hand zum Abschied und verschwand anschließend im Bootshaus.

Maja sah Bent an, der seine Augen wieder intensiv auf das Bootshaus gerichtet hatte.

„Sollen wir reingehen?", fragte sie vorsichtig.

„Nein, jetzt nicht. Lass uns die Zeit lieber nutzen." Skeptisch wanderte sein Blick zum Himmel.

„Denkst du, dass das Wetter umschlägt?"

„Vom Gefühl her schon, allerdings wäre es erfahrungsgemäß längst umgeschlagen. Dauert irgendwie zu lange. Warten wir es ab", antwortete er.

„Und wo gehen wir jetzt hin?"

„Ich würde dir gern was zeigen", erwiderte er und setzte sich in Bewegung.

Nach einer Weile des stillen Nebeneinanderhergehens blieb Bent stehen. Vor ihnen stand inmitten einer hochgewachsenen Wiese ein kleines weißes Haus, reetgedeckt, mit einem blau gestrichenen Giebel. Zwei große Rosenbüsche hatten die Seitenwände eingenommen und ließen das Haus fast märchenhaft erscheinen – als wäre es aus der Zeit gefallen. Der Vorgarten war verziert mit unzähligen Holzskulpturen, die verwittert, aber immer noch wunderschön waren. Kleine Schiffe und große Schiffe, mit Segel und ohne. Skulpturen, die – abstrakt gehalten – nicht auf den ersten Blick preisgaben, was sie darstellten. Maja stand da und fühlte ihr Herz – genauso deutlich wie in dem Moment, als sie das erste Mal Bents Hof betreten hatte. Zwei Sehnsuchtsorte so nah beieinander, war das möglich?

„Das ist wunderschön", flüsterte sie.

Bent stand einfach nur da.

„Möchtest du es von innen sehen?", fragte er dann.

„Ja, das würde ich so gern. Kennst du den Eigentümer?"

„Ja, den kenne ich", sagte er sanft.

Er ging zur Haustür und hob einen kleinen Blumentopf an, der die oberste Treppenstufe zierte. Maja musste schmunzeln.

„Ich weiß, kein besonders originelles Versteck für einen Schlüssel, aber hier bricht eh niemand ein."

„Kannst du da einfach reingehen?", hakte sie verwundert nach.

„Kann ich."

„Bent?"

„Ja?"

„Ist das dein Haus?"

Er nickte.

Sprachlos folgte sie mit ihrem Blick seiner Hand, die den Schlüssel ins Schloss steckte und dann umdrehte. Vorsichtig schob er die offensichtlich schwere Holztür auf und machte einen großen Schritt in die Diele. Auf dem Fußboden waren alte Mosaikfliesen verlegt. Die Wände waren weiß. Auf der linken Seite führte eine alte Treppe ins Obergeschoss.

„Bent, ist dir klar, dass du das Paradies hier vor deiner Nase hast?"

Sein Seufzer war nicht zu überhören, als er sich in Bewegung setzte, und Maja folgte ihm still.

„Die Schränke habe ich selbst gebaut", erklärte er, nachdem sie die Küche betreten hatten. So, als wolle er schnell von diesem Thema ablenken.

Die sichtbare Holzmaserung in den weißen Fronten verlieh der Küchenzeile einen ganzen besonderen Charme. Maja ließ ihre Hände über das Holz gleiten.

„Ist das Echtholz?", fragte sie, obwohl sie die Antwort eigentlich kannte. Nie im Leben hätte Bent eine Kunststofffront hier verbaut.

„Mach mal die Augen zu", wies er sie an.

Langsam schloss sie ihre Lider. Gleich darauf fühlte sie seine Hand, die nach ihrer griff. Ihr Herz schlug schneller, als es sollte, und sie atmete tief ein. *Renn nicht so*, dachte sie in Richtung Brustkorb.

Sanft führte Bent ihre Hand erst über die eine, dann über eine andere Oberfläche. „Holz oder nicht?", fragte er.

Maja war eigentlich zu sehr damit beschäftigt, nicht zu viel zu fühlen. Seine Hände auf ihrer Haut, das war einfach so gut …

„Okay", sagte sie und sammelte sich, „Nummer eins war Kunststoff und Nummer zwei Echtholz."

Sie öffnete die Augen. Bent stand vor ihr. In der linken Hand hielt er ein Schneidebrett, und die rechte hielt noch immer Majas fest.

„Sie haben einhundert Punkte."

„Ist das gut?"

„Besser geht nicht", erwiderte er schmunzelnd.

Sie senkte ihren Blick genau so weit, dass sie ihre Hände sehen konnte. Und als hätte Bent diese Regung als Aufforderung verstanden, löste er seine Finger und stopfte sie unbeholfen in seine Hosentasche.

„Warum, Bent? Warum lebst du nicht hier? Das ist nicht Rügen, deine Ex lebt hier nicht … Warum also?"

Er schluckte und ging zurück in den Flur, von dem aus er ein kleines Zimmer betrat. Eine Terrassentür führte in den Garten. Maja folgte ihm, und kaum draußen angekommen, bemerkte sie die ersten Tropfen auf ihrer Haut. Sie blickte zu ihrer Armbanduhr. Es war sechzehn Uhr. Dann sah sie Bent an.

„Es ist so schön hier … Ich verstehe es einfach nicht", flüsterte sie.

Wieder schluckte er, und Maja beobachtete die Regentropfen, die auf seinem grauen Kapuzenpulli allmählich ein Muster ergaben.

„Hier habe ich ihr einen Antrag gemacht", erklärte er leise. „Hier hat sie mir gesagt, dass sie schwanger ist." Er holte tief Luft. „Hier hatten wir unser erstes Treffen mit unserem Architekten, der uns ein Zuhause schaffen sollte. Und genau hier hat sie mir gestanden, dass das Kind nicht von mir ist und dass sie Leo liebt."

Mit aller Deutlichkeit spürte Maja, wie schwer es ihm fiel, darüber zu reden.

„Das ist der Grund, warum dieser Ort für mich fast noch schlimmer ist als Rügen", ergänzte er mit ruhiger Stimme.

„Sie hat dir echt das Herz gebrochen, oder?"

Er nickte und sagte nichts weiter.

„Aber heute, Bent, heute bist du mit mir hier. Das ist … das ist doch ein Zeichen dafür, dass es besser wird, oder wieso wolltest du das sonst?"

Sie standen nah voreinander, Regentropfen perlten an Majas Jacke hinab.

„Weil ich dir einfach diesen Ort zeigen wollte." Er atmete tief durch. „Weil ich denke, dass du ihn sehen solltest. Wer unseren Hof und Fine so liebt, der sollte auch das hier sehen."

„Das ist schön, wirklich", sagte sie lächelnd. „Alles hier ist schön … das Haus, der Garten, die Insel, Lisbeth und …"

„Du", unterbrach er sie. Es war mehr ein Wispern als ein richtiges Wort. Fast hätte Maja es nicht gehört.

Du darfst nicht zu viel fühlen – diese sechs Worte sprengten plötzlich ihren Kopf. Mitten hinein in diesen Moment, der kurz davor war, vollkommen zu sein. In Bents Augen lag jetzt so viel, und Maja fühlte, dass er sie gleich ein großes Stück näher an sich heranziehen würde. Zu nah, zu sehr. Das war nicht der Plan. Noch gut zwei Wochen, und sie würde wieder gehen. Und sie konnte kein gebrochenes Herz gebrauchen. Sie war doch hier, um es aufzuräumen. Mit einem kurzen Lächeln senkte sie den Blick und führte sich selbst raus aus der Poleposition.

„Wir werden nass", sagte sie noch, denn der Regen nahm spürbar zu.

„Ja, lass uns reingehen."

Bent drehte sich um und ging durch die Terrassentür zurück in Haus.

„Mist mit dem Wetter", bemerkte er, während er sich den Pullover über den Kopf zog. Dabei verrutschte sein T-Shirt und gab für einen Moment seinen Oberkörper frei. Maja wollte sich zwingen, nicht hinzusehen, tat es aber doch, was Bent direkt mit einem Grinsen quittierte.

„Das hätte ich bei dir aber nicht gedurft!"

„Was?" Majas Stirn war in Falten gelegt.

„Dich anzustarren, während du dich umziehst."

„Ich starre nicht."

„Nicht?"

„Nein, ich habe nur zufällig diese Szene mit meinem Blick gestreift. Zufällig und nicht der Rede wert."

„Dann ist es ja gut. Ich dachte nur …", erwiderte er noch immer grinsend. „Hast du Lust auf einen Regenspaziergang?", fragte er plötzlich.

„Auf jeden Fall. Ich würde total gern mehr von der Insel sehen. Wann müssen wir denn eigentlich zurückfahren?"

„Spätestens halb acht."

Maja schaute zu Bents Pullover, der jetzt über der Sofalehne hing.

„Du hast nur den Pulli dabei, oder?"

Ohne eine Antwort zu geben, ging er in den Flur und kam kurz darauf mit einem gelben Regenparka zurück.

„Alles da", bemerkte er und zog sich die Jacke über.

„Steht dir", erwähnte Maja beiläufig im Vorbeigehen.

„Vielen Dank", erwiderte er und folgte ihr hinaus in den Regen.

„Erzähl mir von dem Haus", bat Maja, während sie nebeneinander hergingen. Sie hatte die Kapuze weit ins Gesicht gezogen. Das Rascheln des Stoffes störte sie, und sie hatte Mühe, Bent gut zu verstehen. Also zog sie sie wieder ein Stück vom Kopf zurück. Bent hielt es nicht für nötig, das Wasser von seinem Kopf fernzuhalten. Seine Haare waren mittlerweile völlig durchnässt.

„Das Haus war der Ort, an dem Fine und Onkel Wilhelm ihre schönste Zeit hatten. Es war Onkel Wilhelms Elternhaus und später dann der Wochenendsitz der beiden. Für Fine ist Hiddensee ihr Anfang. Ihr Anfang vom Glück."

„Haben die Leute nichts bemerkt? Ich meine, man kannte sich doch wahrscheinlich. Und Ehebruch war ja bestimmt 'ne Todsünde."

„Alle haben geschwiegen wie Gräber. Onkel Wilhelm hat mal gesagt, dass eine Dorfgemeinschaft immer genauso verschwiegen wie redselig ist. Je nachdem. In seinem Fall hat niemand auch nur einen Funken verraten. Vielleicht haben sie gespürt, dass die beiden füreinander bestimmt waren. Außerdem war Fines erster Mann auch hier nicht besonders beliebt. Wahrscheinlich hat man ihm Fine einfach missgönnt."

„Und jetzt gehört das Haus dir?"

„Ja, ich habe es geerbt von Wilhelm, und ich hätte mir vorstellen können, hier zu leben."

„Das kannst du aber doch immer noch!", sagte Maja und zog dabei die Kapuze doch wieder ein Stückchen weiter ins Gesicht.

Bent blieb stehen und sah sie an. „Ich weiß nicht, ob ich das kann. Der Plan war, hier mit meiner Familie zu leben und nicht wie ein Einsiedlerkrebs einsam vorm Fernseher zu hocken. Und sag mir jetzt nicht, dass die Frau meines Lebens mir irgendwann zufällig begegnen wird. So was passiert fast nie im Leben und schon gar nicht auf Hiddensee. Die Frauen, die tagtäglich von den Fähren ausgespuckt werden, haben meistens einen Ring am Finger oder kriegen ihn drüben am Leuchtturm angesteckt. Außerdem begeistern die sich höchstens im Rausch ihrer Urlaubseuphorie für dieses Fleckchen Erde, oder glaubst du, sie würden wirklich einen Winter voller Stille und Einsamkeit ertragen, ohne Bistro und Glühwein an einer Fressbude?"

„Okay, das war deutlich."

„Entschuldige, aber so ist es. Du musst dieses Leben ganz und gar wollen. Du musst den Schlag Mensch mögen, der hier lebt, sonst wirst du nicht glücklich. Du musst mit dir selbst klarkommen und dich gut ertragen können. Du kannst dich auch nicht ständig ablenken, das funktioniert nicht. Die Insel, der Wind, die Wellen, die Stille, all das wirft dich immer und immer wieder auf dich selbst zurück. Wer das nicht kennt, der weiß nicht, worauf er sich einlässt. Ich bin mir sicher, dass die meisten Menschen das irgendwann als monoton und öde empfinden würden und sogar als schmerzhaft, weil nichts sie betäubt. Für mich und für die, die hier aufgewachsen sind und sich bewusst dafür entschieden haben, zu bleiben oder zurückzukommen, ist es vertraut, so zu leben. Wer zurückkommt oder bleibt, der kann nicht anders." Verlegen blickte er nach unten. „Es tut mir noch mal leid, aber das musste gerade raus", entschuldigte er sich.

Maja warf ihm einen kurzen Seitenblick zu. „Du hast Angst, dass du mit Lara auch die einzige Option auf dieses Leben hier verloren hast. Das ist es doch, oder?"

Er zuckte mit den Schultern. „Hört sich ja irgendwie danach an …", bemerkte er schließlich und zog nun doch die Kapuze über seinen Kopf.

„Aber glaubst du wirklich, dass man hier nur glücklich werden kann, wenn man in der Gegend aufgewachsen ist?"

„Ich glaube einfach, dass viele das Gefühl von Urlaub gleichsetzen mit der Sehnsucht nach einem Zuhause. Es ist ja nicht so, als gäbe es auf den Inseln keinen Alltag." Der Regen nahm schon wieder zu, und Bent zog nun die Kordel am Hals fester zusammen. „Mal ehrlich, Maja, könntest du dir vorstellen, an diesem Ort zu leben? Jeden Tag?"

Maja nahm Anlauf für einen tiefen Atemzug. Und dann sagte sie: „Ja, Bent, ja, das könnte ich." Und sie versuchte, dabei nicht allzu gefühlsverduselt zu wirken.

- 22 -

DAS Grummeln am Himmel wurde lauter.

„Wir müssen uns beeilen, das sieht echt nicht gut aus über uns."

Bent legte den Hebel zum Stechschritt um. Jetzt hatte Maja Mühe, mit ihm mitzuhalten, und sie fing an zu joggen. Er stoppte, drehte sich um und reichte ihr seine Hand. Sie griff zu. Der Regen lief ihre Fingerkuppen und Handknöchel entlang, tropfte die Kapuzen hinab über Nase und Kinn. Bent zog sie einfach mit sich, sanft, aber bestimmt, und weil er genau das richtige Tempo fand, kam sie nun besser mit der Eile klar.

Ihr Abstecher zu einem Strandabschnitt hatte sich inzwischen als schlechte Idee entpuppt. Der Wetterumschwung war so plötzlich gekommen, dass sie keine Chance mehr gehabt hatten, frühzeitig wieder aufzubrechen.

Ein Donnerschlag, so laut, als würde ein Hafencontainer hinabgelassen werden, ließ Maja zusammenzucken. Bent drängte nun noch mehr zur Eile, und Maja wusste, dass er sie so schnell wie möglich von der offenen Fläche wegbringen wollte.

„Geht es?", rief er in die nassen Bindfäden und den aufbrausenden Wind hinein.

„Ja, geht."

Der nächste Donnerschlag ließ ihn noch schneller werden. Majas Herz raste, vor Anstrengung und auch aus Angst. Sie hatte Gewitter noch nie gemocht. In ihrer Kindheit war sie dann immer unter ihre Bettdecke gekrochen. Das Bett ihrer Eltern war tabu gewesen, nicht ein einziges Mal hatte sie bei ihnen geschlafen. Ihre Mutter hatte immer große Angst davor gehabt, dass sie sich an diesen Zustand gewöhnen und am Ende als verwöhntes Kind im Elternschlafzimmer enden würde. So hatte Maja gelernt, ihre Angst zu kontrollieren. Und genau das tat sie auch jetzt: Sie kontrollierte sich und ihre Furcht.

Seine Hand hielt ihre ganz fest, während sie über die Ebene rannten. Fühlte sich so Sicherheit an? War dies hier das Gefühl, das man hatte, wenn man bei Gewitter ins Bett der Eltern krabbeln und ihrem Atem lauschen konnte?

Wieder ein Donnerschlag, noch heftiger diesmal. Fast zeitgleich war der Himmel von Blitzen überzogen. Sie rannten und rannten, und endlich erblickte Maja das kleine Häuschen mit dem blauen Giebel.

Gott sei Dank, dachte sie bei sich. *Gott sei Dank.*

Sie hasteten durch den Vorgarten, vorbei an all den Skulpturen aus Holz. Als Bent schließlich den Schlüssel in das Schloss steckte, merkte sie, dass seine Hand zitterte.

„Alles okay?", fragte sie, als sie in den Flur traten.

„Ja, alles okay. Das war nur richtig gefährlich gerade. Scheiße." Er atmete tief ein. „Tut mir leid, Maja, wirklich, es tut mir leid." Er öffnete den Reißverschluss seines Parkas und zog ihn über die Schultern. Den Regen hatte das Kleidungsstück nicht abhalten können, Bents T-Shirt war komplett durchnässt. Und Maja fühlte, dass auch ihr das Wasser an Nacken und Rücken hinunterlief.

„Ist nicht schlimm, es ist doch alles gut gegangen. Keiner konnte ahnen, dass das Wetter so umschlägt."

„Doch, man hätte es ahnen können. Ich hätte es wissen müssen." Er schluckte.

„Hey, mach dir keine Vorwürfe. Ich wollte unbedingt zum Strand, du wolltest ja gar nicht mehr."

„Ich hätte Nein sagen müssen, Maja."

„Aber es ist doch nichts passiert."

„Ich ärgere mich trotzdem!"

„Musst du aber nicht", erwiderte sie lächelnd und zog dabei ihre Jacke aus.

„Ist dir kalt?", fragte er mit Blick auf ihr durchnässtes Sweatshirt.

„Ein bisschen."

Bent sah hinüber zum Sofa.

„Willst du meinen Pullover anziehen? Der ist bestimmt wieder trocken."

„Und was ist mir dir?"

„Ich finde schon was. Oben liegt bestimmt noch was rum."

Bent reichte ihr seinen Pullover. „Das Badezimmer ist oben. Zweite Tür rechts."

Maja nahm den Pullover entgegen und ging die Treppe hinauf. Die Holzstufen knarzten unter ihren Füßen, mal leise, mal laut. Bilder zierten die linke Wand neben der Treppe, allesamt in Treibholz gerahmt, und ein Lächeln huschte über ihr Gesicht. Der obere Flur war mit Holzdielen ausgelegt, die bei jedem ihrer Schritte ein wenig nachgaben. Sie betrat das Badezimmer. Es war alt und plüschig, die Wandfliesen waren in verschiedenen Rosatönen gehalten, und sie musste noch mehr lächeln.

Als sie am Waschbecken angekommen war, fiel ihr ein Glas auf, das auf der Ablage unterhalb des Spiegels stand. Zwei Zahnbürsten befanden sich darin. Zwei Zahnbürsten und zwei verschiedene Zahnpastatuben: Pfefferminzgeschmack und Erdbeere. Sie öffnete die Tube mit dem Minzblatt drauf, verteilte mit dem Finger eine haselnussgroße Menge in ihrem Mund und spülte mit Wasser nach. Die Frische im Mund tat gut. Anschließend schälte sie sich aus ihren nassen Klamotten und legte sie ausgebreitet auf den Badewannenrand. Bents Pullover war weich, sie drückte ihn fest zusammen und bewegte ihn in Richtung Nase. Es passierte von allein. Als würde sie an einem Strauß Rosen riechen, beschnupperte sie seinen Baumwollstoff.

Du riechst gut, dachte sie und inhalierte seinen Geruch noch einmal, bevor sie ihren Kopf durch die Öffnung des Pullovers steckte.

Maja sah an sich hinunter. Der Pullover reichte noch einige Zentimeter den Oberschenkel hinab und bedeckte ein ganzes Stück ihrer Haut.

Ein Föhn wäre nicht schlecht, dachte sie und ließ suchend ihren Blick schweifen. Links von ihr stand ein kleines Schränkchen. Sie öffnete die Tür und entdeckte tatsächlich einen Föhn, der neben zwei Deosprays und zwei Cremedosen lag. Tagescreme und Nachtcreme. Vorsichtig drehte sie den Deckel der Nachtcreme auf und roch an ihr. Rosen. Wer auch immer diese Creme aufgetragen hatte, musste nach Rosen geduftet haben.

Plötzlich fühlte sie sich unwohl, so, als wäre sie eine neugierige Schnüfflerin. Sie stellte das Döschen zurück an seinen Platz und ließ die Schranktür ins Schloss fallen.

„Bent?", rief sie, nachdem sie zurück in den Flur getreten war. „Gibt es hier einen Föhn?"

Es war ihr irgendwie peinlich, dass sie einfach in diesem Schrank rumgesucht hatte.

„In dem Schrank neben dem Waschbecken, glaube ich. Keine Ahnung, ob der noch da ist. Ich bin mir nicht sicher, ob ich ihn hiergelassen habe", antwortete er. Seine Stimme schien aus dem Zimmer direkt neben ihr zu kommen.

„Danke!", erwiderte sie laut, ging zurück ins Bad und nahm den Föhn nun mit einem deutlich besseren Gefühl aus dem Schrank.

Die heiße Luft tat gut. Sie ließ sie über Haare, Körper und auch Oberschenkel wandern, weil sogar ihre Unterhose durchnässt war. Als alles trocken genug war, zog sie den Stecker aus der Steckdose, verstaute den Föhn an seinem Platz und trat wieder in den Flur.

Kurz vor der Treppe blieb sie stehen und blickte durch die offen stehende Tür nach links. Bent saß auf einem Bett und blickte aus dem Fenster. Sein nackter Rücken bewegte sich gleichmäßig mit seinem Atemrhythmus auf und ab, und Maja verharrte.

Erst als sie sich räusperte, drehte er seinen Kopf und gleich auch seinen Körper in ihre Richtung. Dazu ein Blick wie eine Punktlandung – direkt in ihre Augen. Sekunden vergingen. Maja schluckte, als er dann verstohlen und doch ziemlich offensichtlich Notiz von ihrem Outfit nahm.

„Ein bisschen groß, oder?", stellte er verschmitzt fest.

„Zu groß ist in diesem Fall besser als zu klein", erwiderte sie lächelnd.

„Das ist Ansichtssache", entgegnete er.

„Und du, noch nicht fündig geworden?", erkundigte sie sich mit Blick auf seine nackte Haut.

„Es muffelt alles total."

„In dem Badezimmerschrank steht Deo. Was auch immer du an brauchbaren Oberteilen findest, du kannst es damit einsprühen."

Bent lächelte.

„Ich gehe schon mal runter", sagte sie dann.

Er nickte.

Im Wohnzimmer angekommen, setzte sie sich aufs Sofa und ließ wieder ihren Blick schweifen. Und mit jeder Sekunde mehr, die sie sich umsah, fühlte sie, dass dieses Haus wie eingefroren war. Es wirkte, als wäre es von einer Sekunde auf die nächste schockgefrostet worden. Als hätte man das Leben einfach aus ihm rausgeschnitten und es in einen Tiefschlaf versetzt. Die Cremes, die Zahnbürsten, alles wirkte nach Flucht.

„Hey!" Bent trat durch die Tür. Im Schlepptau eine Duftnote markanter Männlichkeit.

„Du hast offensichtlich meinen Vorschlag angenommen?", feixte Maja hustend.

„Sorry, da kam so viel raus", erwiderte er lachend.

„Du hast 'nen guten Geschmack, es ist zu ertragen. Außerdem verfliegt Deo ja ziemlich schnell. Hoffe ich jedenfalls!"

„Das hoffe ich auch", erwiderte er. „Ich versuche, in der Zwischenzeit nicht zu tief einzuatmen."

„Aber das Hemd ist hübsch. Dafür hat der Aufwand sich gelohnt."

Das rot-blau karierte Holzfällerhemd und die schwarze Jogginghose ließen Bents Haut noch dunkler wirken, als es ohnehin schon der Fall war.

„Willst du die anprobieren?" Er hielt Maja eine Hose hin. „Sie muffelt zwar, aber das verfliegt bestimmt auch schnell."

Sie griff nach der dünnen Stoffhose, und Bent drehte sich zur Seite, während sie hineinschlüpfte. Die Hose saß wie angegossen, und Maja ahnte, wem diese Hose mal gehört hatte.

„Passt", sagte sie.

Bent wandte sich wieder zu ihr um.

„Und was machen wir jetzt?", fragte sie schnell, vielleicht auch, um ihn von dieser Hose abzulenken.

Ein Blick nach draußen genügte, um sicher zu sein, dass eine Bootsfahrt im Moment keine Option war. Noch immer grollte und krachte es, Blitze erhellten beinahe im Minutentakt den Himmel.

„Wir werden hier nicht wegkommen. Die alten und weisen Lisbeths und Finchens dieser Welt haben sich nicht getäuscht. Ich rufe Fine eben an, damit sie sich keine Sorgen macht."

Noch während er sprach, hielt er schon das Handy an sein Ohr.

„Hey, Tante Fine. Wir müssen bleiben. Wie ist es zu Hause? Kommst du klar? … Gut, okay, das ist gut … Ja, das machen wir … Ja, bis morgen."

„Ist alles okay mit Fine?", fragte Maja, nachdem er das Handy auf der Sofalehne abgelegt hatte.

„Ja, ihr geht's gut. Sie hat nachmittags noch mit Elli telefoniert, und die ist spontan zu ihr gekommen. Sie ist noch bei ihr und wartet das Gewitter ab."

„Das ist schön. Und morgen sind wir ja wieder bei ihr", bemerkte Maja und fühlte dabei so etwas wie Liebe. Oder Zuneigung. Es fiel ihr schwer, ihr Empfinden für Fine zu benennen, und schnell schob sie das Gefühl zur Seite. Zwei Wochen. In etwas mehr als zwei Wochen war all das hier vorbei. Und wahrscheinlich war auch sie am Ende nur eine ausgespuckte Touristin, die ein Urlaubsgefühl mit einem echten Sehnsuchtsort verwechselte.

„Wie sieht's aus, hast du Hunger?"

„O Gott, ich bin so froh, dass du fragst. Ich sterbe gleich."

„Du hättest aber auch fragen dürfen … Fragen sind echt 'ne gute Option, besonders, wenn man den Tod schon vor Augen hat."

Maja lachte. „Keine Sorge, irgendwann hätte ich gefragt. Oder du hättest mich gezwungen, was zu essen, weil ich unausstehlich geworden wäre."

„Das sollten wir nicht riskieren." Er drehte sich um, ging in Richtung Küche, und Maja folgte ihm. Noch immer zog er eine Duftwolke hinter sich her, die sich aber mehr und mehr mit seinem eigenen Geruch vermischte.

Der kleine Holztisch in der Ecke der Küche war mit Staub bedeckt, genauso wie das Windlicht, das in der Mitte platziert war. Bent öffnete eine Schublade und holte ein Tuch hervor, mit dem er den Tisch abwischte. Anschließend nahm er zwei Teller aus dem Schrank und ließ Wasser darüber laufen.

„Kann ich dir was helfen?", fragte Maja.

„Brauchst du nicht", erwiderte er. „Spaghetti?", fragte er, während er eine andere Schranktür öffnete.

„Ich sage zu allem Ja", entgegnete sie.

„Echt? Dann Spaghetti mit Wurst und Pumpernickel."

„Das weltbeste Essen, Bent."

„Anspruchsvoll bist du nicht", erwiderte er schmunzelnd und beugte sich zu einem Regal hinab. „Ha, Öl ist noch da." Er drehte die Flasche um. „Und auch noch haltbar."

„Du rettest mich", sagte Maja lachend, verschluckte das Lachen und atmete einfach bewusst ein und aus. Denn in diesem Moment fühlte sie, dass diese drei Worte vielleicht nicht nur auf Spaghetti in Öl bezogen waren.

Bent sah sie an, so als hätte auch für ihn dieser Satz mehr als nur eine Bedeutung. Als würde er erkennen, was mitschwang.

Sich räuspernd griff sie nach ihrem Glas. Mit einem großen Schluck spülte sie dieses seltsame Gefühl hinunter.

Nicht lange danach saßen sie vor einem Topf mit Wurstspaghetti.

„Sieht auf jeden Fall lecker aus und riecht auch gut. Willst du Wein?", fragte er. „Der steht hier auch noch irgendwo rum, glaube ich."

„Puh, nee, lieber nicht. Ich bin so kaputt, das würde nicht gut enden ..."

„Ich würd's gern erleben."

„Dass ich voll bin?"

„Ja, wäre bestimmt lustig."

„Für dich vielleicht, Bent."

„Für dich viel mehr. Betrunken zu sein, ist für den Betrunkenen doch immer am lustigsten."

„Das werden wir heute definitiv nicht rausfinden."

„Schade", erwiderte er grinsend. „Ich glaube nämlich, dass du eine ziemlich lustige Betrunkene wärst."

„Wie kommst du darauf?", entgegnete sie amüsiert.

„Ich weiß nicht, ist so ein Gefühl. Wenn man Mikki und dich miteinander erlebt, kriegt man so eine Ahnung."

„Leitungswasser ist perfekt", konterte sie und schenkte ihm einen süffisanten, aber dennoch eindeutigen Blick.

Maja schob sich die erste gut gefüllte Gabel in den Mund. „Das hier tut gerade sooo gut", bemerkte sie einen Moment später und seufzte dabei derartig genüsslich, dass Bent grinsen musste.

„Dafür, dass du ausgehungert warst, warst du aber echt nett eben."

„Danke für die Blumen, das muss wohl an deiner Gesellschaft liegen. Anders kann ich mir das nicht erklären", erwiderte sie erheitert.

„Wäre ja cool, wenn ich eine gute Gesellschaft bin", entgegnete er und kaute nun ebenfalls die erste Portion Wurstspaghetti.

„Dieses Gericht sollten wir definitiv als alltagstauglich mit ins Repertoire aufnehmen. Fine wird es lieben", sagte er. Plötzlich veränderte sich sein Blick, und er legte die Gabel auf dem Tellerrand ab.

„Maja?", sagte er leise.

„Ja", entgegnete sie genauso leise.

„Es ist schön … also hier … mit dir." Er schluckte. „Und es ist echt gar nicht so selbstverständlich, dass ich an diesem Ort sein kann und es sich gut anfühlt." Seine Finger rieben vorsichtig über das Holz des Tisches, so als würde ihn diese Bewegung beruhigen. „Ich denke, dass du mindestens eine genauso gute Gesellschaft für mich bist wie ich vielleicht für dich. Also, ich will nur sagen, dass du diesen Moment, also das erste Mal in diesem Haus, echt leichter für mich gemacht hast. Danke, dass du mit mir zusammen hier bist."

Und der Blick, den er ihr jetzt schenkte, ging so tief, wie noch nie jemand in sie hineingeschaut hatte. Wirklich noch nie. Es war, es hätte sich die Tür, die schon ihr Leben lang gut verschlossen und versteckt ihr Herz beschützte, soeben einen Spalt geöffnet. Und es war Bent, der in diesem Moment durch diesen Spalt hindurchblickte und kurz davor war, sie weiter zu öffnen.

DAS Klirren der Teller füllte den Raum. Neben Bent stand Maja an der Spüle und trocknete das Geschirr ab.

„Eigentlich sollte direkt neben dir eine Spülmaschine stehen", bemerkte er, als er den Spaghettitopf auf das Abtropfsieb stellte.

Maja blickte hinunter und begutachtete die offensichtliche Lücke in der Küchenzeile.

„Ich spüle total gern", entgegnete sie, „hat irgendwie was Meditatives. Und im Winter, wenn ich kalte Hände habe, gibt es fast nichts Schöneres, als die Hände im warmen Spülwasser aufzuwärmen."

„Also spülst du lieber als abzutrocknen?"

„Definitiv."

„Na, guck, ich trockne lieber ab ... Gut, dass wir darüber gesprochen haben", erwiderte er lächelnd und machte Maja vor der Spüle Platz. „Dir bleiben noch zwei Löffel und zwei Gabeln."

„Die werde ich ganz besonders ausgiebig schrubben", entgegnete sie und ließ ihre Hände in das Wasser gleiten. „Ich liebe das", sagte sie, hielt die Hände für einen Moment unter Wasser und schloss die Augen. „Bist du wirklich das erste Mal in diesem Haus, seit sie fort ist?", fragte sie, öffnete die Augen wieder und wandte sich Bent zu.

Er nickte. „Ja, das bin ich. Lisbeth hat sich darum gekümmert, damit es nicht leidet. Heizung im Winter an, Lüften ... all so was."

„Also bist du Hals über Kopf hier weg?"

„Ja, das Gröbste eingepackt und weg."

„Pfefferminz oder Erdbeere?", fragte sie dann unvermittelt.

Bent sah sie irritiert an.

„Zahnpasta", erklärte Maja.

„Ach so, definitiv Pfefferminz. Erdbeerzahncreme schmeckt nach nichts. Und du?"

„Pfefferminz, auf jeden Fall Pfefferminz."

Sie rieb ihre Hände aneinander, um das Wasser auf ihrer Haut daran zu hindern hinunterzutropfen. Bent beobachtete ihre Bewegungen, jede Regung nahm Maja in seinen Augen wahr.

„Wo schlafe ich gleich eigentlich?", fragte sie dann.

„Wo du möchtest", antwortete er.

Sofa, nimm das Sofa, schoss es ihr in den Kopf.

„Okay, also Sofa", antwortete sie.

„Ich hole dir gleich Decke und Kissen runter. Soll ich es mit Deo einsprühen?", fragte er grinsend.

Maja lachte. „Auf keinen Fall, meine Nase wird sehr viel näher am Kissen sein als an deinem Hemd, und du riechst leider noch immer wie eine Drogerie!"

„Wie eine Drogerie", wiederholte er staunend.

Das gespülte Besteck legte sie auf die Ablage, öffnete den Abfluss, und gluckernd verabschiedete sich das Spülwasser. Maja hob den Kopf und schaute aus dem Fenster. Noch immer war der Himmel von Blitzen übersät, als sei er von Paparazzi umgeben. Das Donnern hatte mittlerweile immerhin nachgelassen.

„Ich gehe schnell hoch und hole deine Sachen runter."

Maja schaute auf ihre Armbanduhr. Es war mittlerweile einundzwanzig Uhr dreißig. Sie mochte das rosé-goldene Ziffernblatt und das weiße Lederarmband. Die Uhr war ein Geschenk von Sven. *Geschmack hat er*, dachte sie. Als sie Bent die Treppe hinunterkommen hörte, ging sie zu ihm ins Wohnzimmer.

„Ich hoffe, das geht so", sagte er und zog den Kissenbezug über das Inlett.

„Klar, ist ja auch nur für eine Nacht", erwiderte sie lächelnd und gähnte lauter, als sie eigentlich wollte.

„So müde?", fragte er sanft.

„Total. War ein aufregender Tag."

„Schlafen?"

„Ich glaube, das wäre gut. Kann ich mir noch mal Pfefferminzzahnpasta auf die Zähne schmieren?", fragte sie.

„So viel du willst", entgegnete er lächelnd.

Maja ging hinauf ins Badezimmer, und als sie mit frischem Geschmack wieder in den Flur trat, kam Bent gerade die Treppe hoch.

„Schlaf gut", bemerkte sie im Vorbeigehen.

„Du auch."

Und auf dem Weg nach unten nahm sie dann doch noch einen unauffälligen Atemzug Deo-Bentgeruch mit.

Zwei Stunden später wälzte Maja sich zum wahrscheinlich tausendsten Mal von der rechten auf die linke Seite. Es lag nicht am Sofa, das war echt bequem, und auch schon gar nicht an ihrer körperlichen Erschöpfung. Sie war so, so müde, aber ihr Kopf, er war einfach viel zu wach.

Sie strampelte ihre Beine frei und setzte sich auf. Mit der Stirn in ihren Händen abgestützt, versuchte sie, ruhig zu atmen, aber es wollte nicht gelingen. Irgendwann stand sie auf und stellte sich ans Fenster. Erst jetzt entdeckte sie den Vollmond, der direkt in ihr Zimmer schien. Ohne ihn wäre diese Nacht tiefschwarz gewesen. Hier gab es keine Straßenlaternen, keine Autoscheinwerfer oder Reklametafeln, die die Nacht künstlich erhellten. Es gab nur ihn, den Mond. Und sie, eine dreiunddreißig Jahre alte Frau, die gerade dabei war, sich zu verlieben.

„Scheiße", sagte sie laut zu sich selbst. „Scheiße, Scheiße, Scheiße." Sie steckte weit tiefer drin als geplant.

Das Knarzen der Treppenstufen riss sie aus ihren Gedanken, und gleichzeitig fing ihr Herz an, schneller zu schlagen. Die Vorstellung, dass Bent in diesem Moment die Treppe hinunterkam, ließ es tanzen und sich gleichzeitig ängstlich zusammenkauern. Sie hielt den Atem an, um sich nicht zu verraten. Aus dem Augenwinkel konnte sie seine Umrisse erkennen, die an der Wohnzimmertür vorbeihuschten. Bemerkt hatte er sie offenbar nicht. Erleichtert atmete sie aus, im nächsten Moment aber zuckte sie zusammen. Irgendetwas krabbelte über ihren Fußrücken! Hektisch bückte sie sich und wischte panisch und übertrieben oft über ihre Haut. „Bäh", murmelte sie und schüttelte sich. Die Vorstellung, dass eine Spinne ihrem Fußrücken gerade einen Besuch abgestattet hatte, war furchtbar. Sie wischte noch mal und noch mal, und als sie sich wieder aufrichten wollte, knallte sie mit dem Kopf von unten gegen die Fensterbank.

„Shit!", rief sie aus. Ihr Kopf wummerte. „So ein Mist!"

„Maja? Alles okay?" Bent kam durch die Tür.

„Ja", antwortete sie ein wenig leidend und hielt dabei ihre Hand auf die Stelle, die das Date mit der Fensterbank gehabt hatte. „Ich habe mir den Kopf gestoßen. Ich glaube, da ist eine Spinne über mich drübergekrabbelt. Fies."

Bent stand inzwischen direkt neben ihr. „Hast du schon eine Beule?", fragte er mit einer Mischung aus Fürsorge und Erheiterung.

„Ich weiß nicht …", entgegnete sie.

„Zeig mal." Vorsichtig ließ er seine Hand auf ihren Kopf gleiten und bewegte sachte seine Fingerkuppen über ihre Haare.

„Ich fühle nichts", flüsterte er.

Ich aber, dachte sie. *Viel zu viel.*

Bents Hand ruhte noch immer auf ihrer Kopfhaut. Sie schloss die Augen, wünschte, dass er seine Hand ihre Wangen hinabgleiten ließ, und hoffte gleichzeitig, dass er es nicht tat. Ihr Herz, es zog sich zusammen, immer und immer wieder. Sie hörte sich selbst atmen. Und dann wanderte seine Hand, langsam und fast unwirklich war es, ihre Schläfe entlang, ihre Wange hinab, fast bis zu ihrem Hals. Sie schluckte. Und jetzt hörte sie auch Bent atmen. Zwei Klangquellen in diesem Raum, der ansonsten so still war, wie Maja Stille noch niemals gehört hatte. Sie fühlte eine zweite Hand. *Bents* zweite Hand, wie sie auf der anderen Seite ihres Gesichts die Wange umfasste. Fast unmerklich, nur ein Hauch, den sie aber mindestens so intensiv fühlte, wie diese Stille hier leise war. Ihr Atem ging schneller, Bents Atem ging schneller. Und plötzlich spürte sie ihn, den warmen Luftstoß, der aus seiner Nase kam, und die Lippen, die ihre umschlossen. Ihre Beine drohten nachzugeben, am ganzen Körper stellten sich die Härchen auf. Wenn es ein Maximum an Zärtlichkeit gäbe, so hatte sie es in diesem Moment gefühlt. Seine Art zu küssen, sie forderte nichts ein. Sie war einfach nur zärtlich.

Sanft streichelten seine Daumen ihre Wangen.

Lass ihn rein, flüsterte ihr Herz. *Maja, lass ihn rein.*

Und dann tat sie es. Sie öffnete sich. Sie hob ihre Hand und ließ sie unter sein T-Shirt gleiten. Seinen Oberkörper entlang und hinauf zu seinem Hals. Bent küsste sie, als hätte er nie etwas anderes getan.

Sanft zog er sie zum Sofa. Jeden Schritt dorthin ging sie leicht. Als wäre dort, an ihrer Hand, das Ziel, das sie schon immer gesucht hatte und dem sie einfach nur folgen musste. Ihr Kopf war still, und ihr Herz tanzte. Dann setzte er sich und zog sie auf seinen Schoß. Sie ließ sich fallen, tiefer und tiefer … Und mit jeder Bewegung, mit jeder Berührung von ihm ging die Tür in ihr ein kleines Stückchen weiter auf.

Irgendwann lagen sie da. Nackt und eng verknotet, damit keiner von ihnen vom Sofa purzelte. Bent kraulte in ihren Haaren, die seine Schulter bedeckten, und Maja streichelte sanft über seine Brust.

„Was macht deine Beule?", fragte er und glitt dabei zärtlich über ihr Haar.

„Sag du es mir, wie groß ist sie?", erwiderte sie, während sie seinen Fingerspitzen auf ihrer Kopfhaut nachspürte.

„Ich fühle nichts. Sie ist weg", antwortete er.

„Das kann nicht sein. Der Stoß war grauenvoll."

„Hier ist nichts. Wirklich nichts. Vielleicht war sie nie da?" Er ließ seine Hand weiter über ihren Kopf wandern.

„Tja, dann bist du wohl in meine Falle getappt", bemerkte Maja trocken.

Bents Brust begann zu vibrieren. „In die Beulenfalle", bemerkte er lachend. „Das taugt auf jeden Fall für eine Seemannsgeschichte. Titel: Die Beulensirene von Hiddensee. Davon werden sich die Männer in einhundert Jahren bei Bier und Schnaps erzählen."

„Beulensirene", wiederholte Maja amüsiert, drehte ihren Kopf und sah ihm in die Augen.

„Oder ein Shantychor wird ein Lied draus machen", fuhr er fort und fing an, seinen Finger im Takt auf Majas Schulter zu tippen.

„There once was a girl with a bump on her head …", sang er leise, die Lippen zu einem Lächeln geformt, und sie schloss die Augen und lauschte einer Weile seiner Stimme. Schließlich hob sie ihren Kopf und begann, ihn mit ihrem Blick abzutasten.

„Es ist schön mit dir", sagte sie plötzlich und küsste seinen Mund.

„Mit dir ist es schöner", entgegnete er sanft mit den Lippen auf ihren.

„Maja?", murmelte er.

„Ja?"

„Schläfst du mit mir oben?", fragte er vorsichtig.

„Das wäre schön", flüsterte sie.

„Ich erzähle dir auch eine Geschichte."

Maja schluckte. „Das wäre noch schöner", wisperte sie.

„Ich kenne eine wirklich rührende von einem kleinen Bären, der sehr gern ein richtiger Seebär geworden wäre, aber echt Schwierigkeiten hatte, das Nähen mit dem Seemannsgarn hinzubekommen."

„Und, hat er es gelernt?"

„Das verrate ich dir oben", antwortete er, küsste ihr Haar und zog sie sanft mit sich.

Im Schlafzimmer angekommen, legte sie ihr Bettzeug ab und krabbelte auf die linke Seite des Bettes. Die Matratze knarzte, als Bent sich dazulegte. Er hob seine Decke für Maja an, und sie rutschte an ihn heran und kuschelte sich an ihn.

Und so lagen sie da. Majas Augen waren geöffnet, und auch Bents Atem verriet, dass er noch nicht einschlafen würde. Seltsam voll war es in Majas Kopf. Sie lauschte Bents Atem und versuchte, unbemerkt in seinen Takt einzusteigen.

„Als meine Eltern starben, war fast so ein Wetter wie heute", sagte er plötzlich und so ruhig, dass Maja sofort eine Gänsehaut bekam.

„Ich war acht und hatte das Bootfahren für mich entdeckt. Ruderboot. Im Bodden ist das kein Problem, und fast alle Kinder hier können gut und früh schwimmen. Ich wollte unbedingt mit Calle, einem Jungen von einem Bauernhof aus der Nähe, aufs Wasser. Piraten waren wir gerade und hatten Wichtiges zu tun an diesem Tag. Wir waren Draußenkinder, immer unterwegs, vom Sonnenaufgang bis zum -untergang. An diesem Tag hatte meine Mama mir streng verboten loszufahren, das Wetter war zu unbeständig, und es war ein heftiger Sturm angesagt. Ich bin aber trotzdem los. Ich war ja ein Pirat, und es gab Dinge zu erledigen …"

Kurz hielt er inne. Maja umschloss seine Hand, um ihm Mut zu machen weiterzuerzählen.

„Ich habe mich rausgeschlichen … Calle war nicht am verabredeten Treffpunkt, er durfte natürlich ebenfalls nicht. Als ich am Wasser ankam, fing es schon an, zu regnen und zu grummeln. Und dann schlug das Wetter um, so plötzlich wie heute. Ich bin nicht aufs Wasser gefahren, ich bin gerannt, als ginge es um mein Leben. Es war so ein Sturm … Ich war weit weg von zu Hause, ich glaube, ich habe fast eine Stunde durch den Sturm gebraucht. Als ich ankam, war die Polizei auf unserem Hof. Tante Fine stand da, und ihren Blick, als sie mich kommen sah, werde ich nie vergessen. Sie waren verunglückt, Maja. Meine Eltern waren losgefahren, um mich zu suchen. Es war ein Baum, der auf ihr Auto gekracht ist. Sie hatten keine Chance …"

Es fiel ihm sichtlich schwer, darüber zu reden. Maja umschloss seine Hand ein wenig fester.

„Es ist hart, ein solches Schuldgefühl loszuwerden. Fine hat einen wahnsinnig großen Anteil daran, dass ich nicht krank geworden bin an diesem Gefühl. Sie hat mich gerettet … Ich kann es nicht anders ausdrücken."

„Es tut mir unendlich leid … Ich weiß nicht, was ich sagen soll."

„Das musst du auch nicht. Es wäre mir sogar gerade recht, wenn du nichts dazu sagen würdest."

„Danke, dass du mir davon erzählt hast", flüsterte sie.

Bent sah sie einen Moment still an. „So, Maja, jetzt du. Irgendwie reden wir ziemlich viel über meine Kindheit und verkorksten Beziehungen."

„Du weißt doch schon einiges über mich", erwiderte sie.

„Ich weiß, dass du keine gute Beziehung zu deinen Eltern hast, dass sie nicht so liebevoll mit dir umgingen, wie du es verdient und gebraucht hättest, dass sie dir nie vorgelesen haben und dass du gerade eine Trennung beackerst."

„Das ist verdammt viel", bemerkte Maja leise.

„Ja, das ist es, aber ich würde gern noch so viel mehr von dir wissen", entgegnete er lächelnd.

Maja atmete tief ein. „Gut, was kann ich erzählen … Meine Eltern haben sich getrennt, da war ich sieben. Sie hätten sich schon viel früher trennen sollen, sie haben nur gestritten. Ich habe es nie anders kennengelernt. Nie habe ich gesehen, wie sie sich geküsst oder in den Arm genommen haben. Unterm Strich hatte ich lange keine Vorbilder in Sachen Liebe. Als sie sich dann endlich getrennt hatten, durfte ich mir aussuchen, bei wem ich wohnen möchte. Da waren sie mal so richtig nett zu mir. Ironie off. Sie hielten das für eine ganz, ganz tolle Idee … Ich kann nur sagen, es war die Hölle. Der krasseste Loyalitätskonflikt, in den man ein siebenjähriges Kind stürzen kann. Als ich mich entschieden hatte, in meinem Zuhause wohnen zu bleiben, haben sie einander vorgeworfen, dass der jeweils andere mich bestochen hätte oder gezwungen oder was auch immer. Ständig wurde ich ausgefragt, sollte Nachrichten übermitteln. Und plötzlich ging es los mit neuen Partnern. Hatte ich mich gerade an jemanden gewöhnt, wurde er oder sie abgesägt oder hat uns verlassen. Glaub mir, wenn ich eins gelernt habe in meiner Kindheit, dann, dass besser ich gehe, bevor es ein anderer tut." Sie machte eine kurze Pause und fühlte intensiv, wie einer von Bents Fingern ihren Oberarm streichelte.

„Und dann habe ich Lukas getroffen. Mit ihm war es einfach toll. Mikki hat mich bestärkt, es zuzulassen, und ich habe es getan. Ich habe ihn wirklich geliebt. Ich war überzeugt, dass es mit ihm funktionieren kann, und die Liebe, die habe ich richtig gefeiert. Irgendwann hat er Schluss gemacht. Aus dem Nichts. Noch nicht mal wegen einer anderen, sondern einfach so. Er wollte noch was anderes für sich. Austoben und so … Fand uns zu jung, um den nächsten Schritt zu gehen. Es hat so wehgetan, so, so weh, dass ich mir geschworen habe, dass mir das nie wieder passieren wird. Nie wieder würde mir jemand so wehtun." Sie seufzte. „So, Seelenstriptease beendet", fügte sie noch leise hinzu.

„Das tut mir leid für dich. Wirklich … Willst du weiter drüber reden? Also intensiver?"

„Ich glaub nicht. Bei so einem Striptease lässt man das Höschen besser an", murmelte sie, und sofort fingen Bents Lachmuskeln wieder an zu vibrieren.

„Ansichtssache", entgegnete er noch immer leise lachend und küsste dabei ihre Haare.

„Wie geht es weiter", fuhr sie dann leise fort, „mit dem Hof, mit Fine … und mit uns?"

Bents Lachen ließ nach, er erwiderte aber nichts.

„Lass uns mit dem Hofthema anfangen", schlug Maja vorsichtig vor. Wohlwissend, dass das letzte Thema für sie das Schwerste werden würde.

„Wie du möchtest. Also, ich habe noch mal über die Frau mit der Brille nachgedacht. Ich werde mir nächste Woche ansehen, was genau sie macht und wie das konkret aussehen könnte. Ich könnte die Wohnungen tatsächlich renovieren, die Werkstatt wieder richtig aufbauen … Und vielleicht würde ich auf Hiddensee leben. Tagsüber wäre ich bei Fine, abends hier. Oder ich bleibe auf dem Hof. Irgendwann müsste ich ernsthaft umbauen … wie auch immer. Aber ich wäre in ihrer Nähe."

„Das heißt, du hast dich entschieden zu bleiben?"

„Ich weiß nicht genau, aber irgendwie hat eine Frau vom Phoenixsee das Argument entkräftet, dass man auf Rügen und Hiddensee keine tollen Frauen ohne Ring am Finger treffen kann."

Maja lächelte, und gleichzeitig machte dieser Satz ihr klar, wie kompliziert es werden würde.

„Bist du bereit für das letzte Thema?", fragte er sachte.

Sie schluckte. Ihr Herz, es hatte eine klare Antwort. Eine Antwort, die so unvernünftig und naiv war, dass ihr Kopf es förmlich auslachte.

Zieh hierher, heirate ihn, krieg hundert Kinder und bau Gemüse an! Genau das sagte ihr Herz.

Du kennst diesen Mann seit zwei Wochen. Du weißt gar nichts über ihn. Mach dich nicht lächerlich. Du bist hier, um dich selbst zu finden und um vielleicht irgendwann mal ernsthaft eine funktionierende Beziehung hinzukriegen. Aber das braucht Zeit. Du bist frisch getrennt. Lass das mit der Liebe erst mal sein. Gib jetzt nicht dein

Leben und all deine Vorhaben für einen Mann auf. Genau das sagte ihr Kopf.

Maja setzte sich auf und legte die Decke um ihren Körper.

„Bent, es ist irgendwie kompliziert … also, du, ich meine, das mit dir und mir, das fühlt sich gut an. Das ist echt verwirrend für mich."

Bent hob vorsichtig seine Hand und strich über ihre Wange.

„Aber ich habe eine Agentur in Dortmund, ich habe da mein Leben, Mikki lebt dort …"

„Ich verstehe das", entgegnete er sanft. „Vielleicht lassen wir die nächsten Tage einfach so passieren, ohne darüber nachzudenken, wie es weitergeht. Und dann reden wir …", schlug er vor.

„Ja, genau, Bent!", platzte es aus ihr heraus. „Das ist es. Das hört sich richtig, richtig gut an. Einfach nur zulassen, das ist gut. Ich habe das zwar so noch nicht probiert, aber ich wäre bereit, einfach mal nicht nachzudenken. Und bald sehen wir weiter, wohin es uns führt. Ich meine, wir müssen ja nicht schon unsere Hochzeit planen."

„Auf gar keinen Fall, Maja. Wir müssen gar nichts." Bents Stimme klang, als wolle er sie beruhigen.

„Richtig. Wir schauen und lassen es einfach zu. Einfach zulassen", stammelte sie mit mittlerweile belegter Stimme.

„Hey, das soll dich nicht traurig machen, Maja."

„Ich bin nicht traurig. Ich bin irgendwie glücklich, und ich glaube, das ist das Problem gerade. Es war nicht geplant, und eigentlich habe ich immer einen Plan."

„Aber du wolltest doch glücklich werden."

„Ja, schon, aber nicht so. Mit mir, nicht mit dir", entgegnete sie vehement.

„Dann musst du jetzt einfach zulassen, mal keinen Plan zu haben. Das versuche ich auch gerade."

„Okay, ich lasse jetzt zu, einfach glücklich zu sein. Dazu brauche ich nur Folgendes: keine Arbeitsthemen, keine Mikki, die mich verlässt, keine Angst vor Entscheidungen. Nur das Glück, zwei Wochen und wir!"

„Das Glück, zwei Wochen und wir – klingt nach einer schönen Idee", erwiderte er.

„Bent?", flüsterte Maja.

„Ja?", entgegnete er.

„Erzählst du mir jetzt die Geschichte vom Seebären?"

„Liebend gern", antwortete er, holte tief Luft und fing an, vom Seebären zu berichten. Und Maja lauschte seiner tiefen und warmen Stimme und fiel schon bald in einen erholsamen Schlaf.

- 24 -

DIE Sonnenstrahlen kitzelten Majas Nase. Langsam öffnete sie ihre Augen. Bent lag ihr zugewandt und atmete ruhig und gleichmäßig. Sie musterte ihn für einen Moment und hob schließlich ihren Zeigefinger. Zaghaft berührte sie seine Stirn, zeichnete vorsichtig die Konturen seines Gesichtes nach. Irgendwann bewegte er seine Lippen und formte sie zu einem Lächeln.

„Guten Morgen", flüsterte er und hob die Lider.

„Guten Morgen", flüsterte sie.

Im Licht der Morgensonne erkannte sie zum ersten Mal, dass seine Augen mehr grün als braun waren. Goldene Punkte zierten seine Iris. Er legte seinen Arm um sie und zog sie nahe an sich heran. Maja schloss die Lider und atmete tief ein, inhalierte den Geruch seiner Haut. Die Deowolke war verschwunden. Das hier war Bent pur.

„Guck mal nach draußen", sagte er.

Maja hob ihren Kopf ein kleines Stück an. Der Himmel war strahlend blau.

„Als hätte es nie ein Gewitter gegeben", bemerkte sie.

„Wenn du heute noch Zeit hast, zeige ich dir ein bisschen von der Insel."

„Ich habe nichts vor", antwortete sie, noch immer den strahlend blauen Himmel vor Augen. „Und ich würde mich sehr darüber freuen", ergänzte sie und legte ihren Kopf auf seiner Brust ab. Sein Herz schlug ruhig und gleichmäßig. Maja schloss die Augen wieder und konzentrierte sich auf seinen Herzschlag. Der gleichmäßige Takt erdete sie. Ihr eigener war oft einfach viel zu schnell.

„Wie fühlst du dich?", fragte er.

Sie hob ihren Kopf an und sah ihn direkt an. „So wohl wie noch nie", antwortete sie und gab ihm einen vorsichtigen Kuss auf den Mund.

Bents knurrender Magen störte diesen schönen Moment, und er lachte. „Ich habe echt Hunger", rechtfertigte er seine Bauchgeräusche.

„Kann man hier irgendwo frühstücken?"

„Ja, es gibt mehrere Cafés, die Frühstück anbieten. Wir könnten einfach mal drauflosgehen."

„Einfach mal drauflosgehen ...", wiederholte sie leise. „Ich bin in den letzten zwei Wochen so oft wie noch nie in meinem Leben einfach mal drauflosgegangen oder auch drauflosgefahren ... Das ist echt schön."

„Du wirkst eigentlich gar nicht so verkopft", entgegnete er.

„Doch, das bin ich. Ich bin dabei aber nicht superängstlich. Ich vertraue meist drauf, dass es gut geht, wenn ich eine klare Entscheidung getroffen und alles vernünftig geplant habe. Nur manchmal, da fallen mir Entscheidungen eben nicht so leicht, besonders, wenn mein Herz auch eine Meinung hat."

Eine Weile war es still.

„Du bist 'ne ziemlich tolle Frau", sagte er dann unvermittelt. „Ich habe das sofort gemerkt, als du auf unserem Hof aufgeschlagen bist. Vielleicht war ich deshalb auch so unfreundlich. Ich hatte jemanden wie dich nicht auf dem Zettel. Aber dass du hier aufgetaucht bist, das hat mich letztendlich gezwungen, für Klarheit in meinem Leben zu sorgen. Das ist gut, Maja ... wirklich. Ich will nur, dass du das weißt, also, ich meine, dass du toll bist und irgendwie ziemlich viel in mir angestoßen hast. So wie du mit Fine umgehst, deine offene Art, das alles, keine Ahnung, es fühlt sich so nach echtem Leben an." Er rieb sich über sein Gesicht. „Gott, ich schwafele. Aber so ist es. Echtes Leben, seit Langem mal wieder."

Maja fühlte, wie ihr Hals von innen anschwoll. *Echtes Leben,* das traf auch ihren Nagel so ziemlich auf den Kopf.

Bents Magen knurrte erneut.

„Vielleicht sollten wir uns mit dem Frühstücken beeilen, das hört sich echt böse an bei dir", sagte sie schnell.

„Gefährlich ist es jedenfalls nicht", sagte er lachend und schob die Decke zur Seite.

Er stand auf, ging zum Fenster und öffnete es, während Maja ihn beobachtete. *Du siehst gut aus*, dachte sie und musste lächeln.

„Ich gehe runter und ziehe mir was über", sagte er und verließ das Zimmer. Bis auf seine Boxershorts hatte er seine Kleidungsstücke im Wohnzimmer liegen lassen. Maja sah ihm noch nach, stand dann ebenfalls auf und ging ins Badezimmer, um nachzusehen, ob ihre Sachen getrocknet waren.

Sie hatte Glück, zog Bents Pullover aus und schlüpfte in die Kleidung vom Vortag.

„Bitte schön", sagte sie zu Bent, nachdem sie zu ihm hinuntergegangen war, und hielt ihm seinen Pullover hin.

„Ich hoffe, du hast gut in ihm geschlafen."

„Ich kann nicht genau sagen, ob es am Pullover oder an dem kleinen Seebären lag …"

Bents Blick war warm. Er machte einen Schritt auf sie zu und drückte sie an sich. Ihre Wange reichte gerade mal bis zu seiner Schulter. Eine ganze Weile standen sie so da. Nicht nur Bents Herz war ruhig. Auch seine Art zu atmen war entspannt.

Und dann knurrte wieder sein Magen.

„Das ist echt angsteinflößend", bemerkte Maja und löste sich von ihm, um schleunigst in ihre Turnschuhe zu schlüpfen und die Haustür zu öffnen.

„Bent?", sagte sie überrascht. „Hier steht ein Frühstückskorb!"

„Das war bestimmt Lisbeth", vermutete er und kam zu ihr.

„Ist das eine Tradition an der Ostsee? Also Menschen mit einem Frühstückskorb zu überraschen?", fragte Maja, die unweigerlich an ihren ersten Morgen auf Bents und Fines Hof denken musste.

„Das kriegen nur die ganz netten und besonderen Gäste", antwortete er und zwinkerte ihr zu. „Ich schätze, Lisbeth hat entweder eins und eins zusammengezählt oder sich gestern Abend noch ausgiebig mit Fine über uns am Telefon unterhalten."

„Wirst du, ich meine, soll Fine von uns erfahren?", fragte Maja ein wenig verunsichert. Sie konnte nicht sagen, ob es ihr selbst recht wäre, wenn Bents Tante von ihnen wüsste.

„Ich weiß nicht, Maja. Was genau sollten wir ihr erzählen?"

„Keine Ahnung, wir werden wohl kaum gleich beim Abendessen erzählen, dass wir Sex hatten."

„Wohl kaum", wiederholte er lächelnd.

„Und genauso wenig, dass wir in den nächsten zwei Wochen einfach mal unverbindlich das Glück testen wollen ... oder?"

„Auf keinen Fall, das versteht man ja vielleicht gar nicht so auf Anhieb", entgegnete er.

„Genau, das sehe ich auch so. Also schauen wir, dass Fine nichts bemerkt? Da müssten wir uns nur gut absprechen. Wir sollten uns definitiv auf eine Version einigen, die wasserdicht ist."

„Ich denke, das wäre das Beste", antwortete er auf eine Art, die irgendwo zwischen ernst und amüsiert lag. „Man merkt übrigens gar nicht, dass du gern planst", fügte er verschmitzt hinzu.

Maja musste lachen. „Jaja, ich weiß. Aber ist doch gut, dass das geklärt ist, oder?"

„Auf jeden Fall", antwortete er.

„Und jetzt? Frühstück im Garten?", fragte sie.

„Fantastische Idee", antwortete Bent, zog sie an sich und lehnte seine Stirn an ihre.

„Ich freue mich auf die zwei Testwochen", flüsterte er noch und beendete seinen Satz mit einem Kuss auf Majas winzige Zornesfalte.

Eine Stunde später saßen sie mit gefüllten Mägen auf der Terrasse. Maja ließ sich die Morgensonne ins Gesicht scheinen und versank für einen kleinen Moment ganz in sich.

„Es ist so ruhig hier", sagte sie leise. „So unglaublich ruhig."

Bent entgegnete nichts, aber sie spürte seinen tastenden Blick, während sie den Augenblick genoss.

„Nimmt man diese Stille irgendwann für selbstverständlich? Ich meine, kommt irgendwann der Punkt, an dem sie so normal ist, dass man sie nicht mehr wahrnimmt?", fragte sie.

„Man wird sensibler für Geräusche, glaube ich. Als ich nach Berlin gegangen bin, war es echt eine heftige Umstellung für mich. Aber der Krach tat gut, weil ich keine Lust auf Stille hatte."

„Ablenkung?"

„Ja, da war Berlin genau das Richtige. Du kannst dich an jeder Stelle berieseln lassen, wenn du willst. Und das habe ich auch gemacht."

„Hast du noch eine Wohnung dort?"

„Ja, ein Miniappartement. Ist zurzeit untervermietet."

„Ah, ich hatte mich schon gefragt, wo du wohnst, für den Fall, dass du zurückgehst."

Bent schob mit seinem Zeigefinger die Krümel auf seinem Teller zu einem kleinen Haufen zusammen.

„Was ist mit deiner Wohnungssuche?", fragte er.

„Ich bin dran. Zur Not habe ich erst mal die Agentur. Da ist 'ne kleine Küche drin und ein Schlafsofa. Ist nicht ideal, aber für den Übergang okay. Eigentlich wollte ich meine Arbeit allerdings in den nächsten zwei Wochen nicht erwähnen", bemerkte sie zwinkernd.

„Aber das war ja jetzt eigentlich mehr privat …"

„Stimmt, lasse ich gelten. Und ich füge noch ganz fix hinzu, dass ich am Mittwoch kurz mein Vorhaben unterbrechen und meinen Auftrag hier zu Ende bringen muss. Danach ist Arbeit wieder tabu."

„Okay, und am Ende der zwei Wochen erzählst du mir aber bitte alles über diesen Auftrag. Ist ja schließlich dein erster auf Rügen, oder?"

„Ja, der erste."

„Vielleicht ja nicht der letzte", sagte Bent dann leise und so, als würde er sich das wünschen.

Etwas später gingen sie am Wasser entlang. Maja blickte immer wieder in den strahlend blauen Himmel, inhalierte die frische und salzige Meeresluft. Ihre Hände baumelten nebeneinanderher. Und irgendwann, fast wie von selbst, fanden sie zueinander. Auf diese Art neben ihm herzugehen, ihre Hand in seiner, das fühlte sich so besonders an, dass Majas Bauch zu kribbeln begann. In diesem Moment war es ihr endgültig klar: So fühlte es sich an, wenn man sich wirklich verliebt hatte.

„Hättest du Lust, einen Abstecher zum Bootshaus zu machen?", fragte er vorsichtig. Er wirkte ein wenig unsicher, so, als wüsste er gerade nicht, ob er sie mit dem Thema nerven könnte.

„Das wäre wirklich schön. Echt! Ich würde dein Schiff wahnsinnig gern sehen."

Bent lächelte breit. Offenbar freute es ihn, dass sie sich dafür interessierte.

Als sie etwas später um die Ecke zum Bootshaus abbogen, entdeckten sie Lisbeth, und reflexartig lösten sie ihre Hände voneinander. Bent zwinkerte Maja zu, so, als wolle er ihr kleines Geheimnis kurz in Watte packen, damit es unversehrt blieb.

„Hey, guten Morgen, ihr beiden", begrüßte Lisbeth sie freundlich und fast überschwänglich.

„Vielen Dank für den Frühstückskorb", sagte Bent.

„Ja, vielen Dank, das war wunderbar", bekräftigte Maja.

„Es war mir ein Vergnügen."

„Lisbeth, ich würde gern nach dem Segelboot sehen."

Sofort waren Lisbeths Augen von den schönsten Lachfältchen umrahmt. „Ach, Bent, das freut mich. Du kennst meine Meinung zu Booten und deren Seelen. Und diese alte Seele da drin hat dich ganz schön vermisst."

Er machte einen Schritt auf Lisbeth zu und drückte sie an sich. „Es tut mir leid, dass ich mich so lange nicht hab blicken lassen."

„Ach, Bent, manche Dinge brauchen eben Zeit, bis sie heilen können. Das hat jeder hier verstanden. Und ich sowieso. Umso schöner, dass du jetzt da bist und Liv einen Besuch abstattest."

„So heißt mein Segelboot", erklärte er in Majas Richtung. „Und Liv war auch der Name meiner Mutter", ergänzte er dann leise.

„Das ist ein schöner Name", entgegnete Maja und berührte dabei unauffällig seine Fingerspitzen.

Als er kurz darauf das Tor zum Bootshaus öffnete, beschloss sie, sich erst einmal ein wenig abseits zu halten. Sie wollte ihm diesen Moment allein gönnen, spürte sie doch seine innere Bewegung.

Bent stand eine ganze Weile einfach da und betrachtete das Boot. Es war größer, als Maja erwartet hatte. Das Holz war mittelbraun, Segel waren keine an den Masten befestigt.

Schließlich drehte er sich zu ihr um. „Komm mit", bat er und hielt ihr seine Hand hin. Sie ging auf ihn zu und folgte ihm, als er näher an das Boot herantrat.

„Wenn das irgendwann mal wieder aufs Wasser soll, steht mir noch etwas Arbeit bevor", stellte er mit Blick auf das Holz fest.

„Soll es denn wieder aufs Wasser?"

Bent atmete tief durch. „Ja, ich glaube, ja", entgegnete er dann, umfasste Majas Wangen und küsste sie.

Irgendwann war dieser wundervolle Tag auf Hiddensee zu Ende, und es war Zeit, zurück zum Hof zu fahren.

Als Maja neben Bent am Steuerrad stand, betrachtete sie seine Hände, die souverän das Boot durchs Wasser lenkten. Sie bemerkte wieder einmal die Adern, die sich deutlich auf seiner braunen Haut abzeichneten, und sie war dankbar, dass es diese Hände waren, die gestern Abend über ihren Körper gewandert waren.

„Möchtest du noch mal steuern?", fragte er.

„Heute nicht", antwortete sie, denn sie wollte gerade viel lieber dabei zuschauen, wie er sie sicher ans Ziel brachte. Und genau das tat sie, während er das Boot Seemeile um Seemeile Mönchgut entgegensteuerte.

„Ich freue mich auf Fine", sagte sie noch, als sie in den Hafen einfuhren.

Als sie etwas später auf dem Hof ankamen, hielten sie sich nicht an den Händen, sondern gingen in möglichst neutral wirkendem Abstand nebeneinanderher. Fine saß auf der Holzbank vor der Haustür und tat mithilfe ihres Kreuzworträtsels so, als würde sie sie nicht wirklich erwarten. Einzig ein nicht gänzlich unterdrücktes Grinsen verriet, dass ihr Kopf offensichtlich voller interessanter Gedanken in Bezug auf die zwei Reiserückkehrer war.

„Fine, wir sind zurück", sagte Bent, als sie schließlich vor ihr standen. Zögerlich sah seine Tante von ihrem Rätsel auf und rückte dabei ihre Brille zurecht.

„Ihr habt es aber lange ausgehalten." Ihre Stimme klang, als hätte sie gerade eben einen Schelm verschluckt, und Bent und sie sahen einander kurz in die Augen.

„Gestern Abend war ja bekanntermaßen ein Sturm, und heute mussten wir das Sightseeing nachholen", erklärte Bent und lächelte dabei geheimnisvoll.

„Wie hat dir Hiddensee gefallen, Maja?", fragte die alte Dame und setzte dabei ihr warmes Finelächeln auf.

„Es war einfach wunderschön", antwortete Maja leise und spürte dabei Bents verstohlenen Blick. Und dann berührten sich wieder unauffällig ihre Fingerspitzen, die versteckt vor Fine unterhalb der Tischkante baumelten.

- 25 -

„DAS Haus auf Hiddensee ist ein Traum", erzählte Maja, als Bent gerade hinausgegangen war, um die Werkstatt abzuschließen.

Fine stand am Spülbecken und kratzte die Essensreste von den Tellern in die Kompostschale. „Es war für mich der schönste Ort der ganzen Welt", erklärte sie.

„Das glaub ich dir. Ich war auch sofort komplett eingenommen. So wie von diesem Hof hier ..."

„Bent liebt Hiddensee, und sein Plan war, dort zu wohnen, zumindest die Sommer über. Hat er dir sein Kunstatelier gezeigt?"

„Nein", entgegnete Maja und zog dabei einen Teller durch das Spülwasser.

„Dann macht er das bestimmt irgendwann. Wilhelm besaß noch ein zweites kleines Häuschen. Bent hat es vor Jahren zu einem Atelier umfunktioniert, in dem er seine Holzskulpturen entworfen hat."

„Plauderst du aus dem Nähkästchen?" Bent stand lächelnd in der Tür.

„Fine hat mir nur von deinem Atelier erzählt."

„Atelier ist echt übertrieben", erwiderte er und griff nach einem Geschirrtuch.

„Ist es nicht. Das, was du machst, ist Kunst, und das Haus, in dem diese Kunst entsteht, hat große Fenster. Also ist es auch ein Kunstatelier", erklärte Fine bestimmt.

„Ich hätte es gern gesehen." Maja lächelte Bent zu.

„Da gibt es nicht so viel zu sehen", entgegnete er.

„Wenn wir das nächste Mal dort sind, zeigst du es mir, versprochen?"

„Glaub mir, du wirst dich langweilen."

„Das denke ich nicht. Ich mochte nämlich die Holzskulpturen, die da überall rumstanden."

„Du hättest mich vor Ort loben sollen, dann hätte ich mich vielleicht getraut, es dir zu zeigen", witzelte er.

Maja lachte. „Okay, abgespeichert: Bent braucht viel Lob."

„Wer braucht das nicht?" Nun lachte er ebenfalls.

Fine stand da und musterte die beiden so auffällig, dass ihr Neffe ihr seinen Blick zuwandte. „Alles in Ordnung, Fine?", fragte er amüsiert.

„Sehr sogar", entgegnete sie, ging zum Küchentisch und ließ sich auf den Stuhl plumpsen.

Derweil stapelte Bent die Teller übereinander und räumte sie in den Küchenschrank.

„Du wolltest noch nach dem Kühlschrank schauen." Maja sah zu ihm hinüber. Sie hatte große Lust, mit ihm allein zu sein.

„Ach ja, der Kühlschrank, das hatte ich total vergessen." Sein Blick war warm.

„Ist er kaputt?", erkundigte sich Fine mit Detektivaugen. Sie war einer Sache auf der Spur, das war nicht zu übersehen.

„Er ist mehr ein Gefrierschrank. Überall bilden sich kleine Eisschichten", erklärte Maja.

„Ah", entgegnete Fine knapp und musterte sie still.

„In einer Stunde?", schlug Bent vor.

„Eine Stunde ist perfekt", antwortete Maja, wischte die Hände an ihrer Hose trocken und verabschiedete sich von Fine in den Abend.

Kaum in ihrer Wohnung angekommen, griff sie zum Handy und wählte. Das Freizeichen ertönte.

„Hey, hey, weltbeste Freundin!" Mikkis Stimme klang beschwingt.

„Hey, hey", entgegnete Maja.

„Du glaubst nicht, wie ich mich freue, deine Stimme zu hören. Wie geht es dir? Was machst du? Wie geht es Fine? Wie läuft es mit Bent? Ist der Hof noch genauso schön wie vor drei Tagen?"

„Ach, Mikki, du durchgeknallte Nudel wirst mir fehlen."

Jetzt war es einen kleinen Moment ungewöhnlich still am anderen Ende der Leitung.

„Du mir auch", sagte Mikki irgendwann leise. „Aber hey, es ist ein Abschied auf Zeit. Hast du eigentlich mal über die Lösung mit unserer Wohnung nachgedacht?"

„Dass ich bei euch zur Untermiete einziehe? Ehrlich gesagt, noch nicht so richtig. Ich denke, ich werde erst mal in der Agentur übernachten, und dann reden wir darüber, okay? Bis dahin will ich jetzt einfach glücklich sein und mir um nichts Gedanken machen."

Wieder war es kurz still in der Leitung.

„Maja?" Mikkis Stimme war eine einzige Herausforderung.

„Mikki?"

„Gibt es etwas, das ich wissen müsste?"

Maja schwieg.

„O Gott, Maja, dass du nicht antwortest, ist Antwort genug. Ich kenne dich vermutlich besser als du dich selbst. Ich werde mich in den nächsten Minuten dieses Gesprächs zusammenreißen und so erwachsen wie möglich agieren. Also nicht quieken, jubeln und kreischen."

„Das wäre sowieso grundsätzlich echt toll", entgegnete Maja lachend.

„Okay, ich frage ganz ruhig und sachlich. Wie war es? Ich wäre dir sehr verbunden, wenn du mich als deine beste Freundin kurz ins Thema holen würdest." Mit einem verschluckten Quietscher beendete sie ihren Satz.

Maja musste lachen, denn sie wusste, wie viel es Mikki gerade abverlangte, nicht auszurasten.

„Es war das Beste, was ich in meinem Leben bis jetzt gefühlt habe", antwortete sie dann leise.

„O Maja", entgegnete Mikki genauso leise. Und jetzt lag in ihrer Stimme nicht mehr gespielte Ernsthaftigkeit, sondern aufrichtige Anteilnahme. Sie wusste offenbar genau, dass Bent nicht nur ein Kuss war. „Dass du das sagst, das ist so schön. Ich würde dich jetzt so gern in den Arm nehmen."

„Wir waren zusammen auf Hiddensee. Er hat mir dort sein Haus gezeigt, und es hat gestürmt und gewittert, und wir konnten nicht zurück …"

„Das klingt wie in einem Film", unterbrach Mikki lachend, aber vorsichtig genug, um die Geschichte nicht ins Lächerliche zu ziehen.

„Und dann hat er mir von sich erzählt, und wir haben gekocht und gegessen, und dann sind wir schlafen gegangen. Ich konnte nicht schlafen, und dann habe ich mir den Kopf gestoßen, und er hat es mitbekommen, und dann ist es passiert …"

„Hast du mit ihm geschlafen?"

„Ja."

Sie hörte Mikki atmen.

„Es war so schön", flüsterte sie.

„Ach, Maja …"

„Was soll ich jetzt tun?", fragte sie.

„Bist du verliebt?"

Maja schluckte. „Ich glaube, ja", antwortete sie schließlich.

„O Gott, jetzt würde ich dich noch lieber an mich drücken. Das ist das zweite Mal in deinem Leben, dass du mir sagst, dass du verliebt bist, weißt du das?"

Maja schluckte. „Ja, das weiß ich", antwortete sie dann. „Ich hab es nicht erwartet. Ich habe mich echt bemüht, nicht *mehr* für Bent zu fühlen, weil ich doch aufräumen wollte in meinem Herzen … damit es irgendwann mal funktionieren kann. Und jetzt hab ich den Salat, jetzt ist alles erst recht durcheinander."

„Nein, Maja, nein, du hast endlich den Ballast, der dein Herz verstellt, zur Seite geräumt. Aufräumen heißt nicht, sich nicht zu verlieben und nichts mehr zu fühlen. Aufräumen bedeutet, Platz zu machen, damit dein Herz atmen kann und du endlich wieder fühlst. Du hast alles richtig gemacht."

„Aber es ist so kompliziert."

„Wieso?"

„Weil er hier lebt und ich in Dortmund, weil ich eine Agentur habe, weil ich ihn im Grunde doch gar nicht kenne, Mikki."

„Aber du spürst doch, dass er es wert ist, sonst hättest du ihn niemals so nah an dich herangelassen. Niemand kennt seinen Partner, wenn er sich auf ihn einlässt. Niemand. Du triffst die Entscheidung, jemanden mit offenem Herzen kennenzulernen. Das Ende ist am Anfang nie geschrieben, nie. Niemand weiß zu Beginn einer Beziehung, wo sie endet. Aber nur, wer ernsthaft bereit ist, sich zu öffnen und zu zeigen, wer er wirklich ist, hat eine aufrichtige Chance auf ein Happy End."

Maja ließ Mikkis Worte eine Runde durch ihren Kopf drehen.

„Wir haben beschlossen, in den nächsten zwei Wochen einfach nur glücklich zu sein. Uns kennenzulernen, ohne jetzt schon zu planen, wohin es führt. Ist das, ich meine, denkst du, das funktioniert?"

„Das weiß ich nicht. Was sagt dein Herz?"

Maja schluckte. „Dass ich bei ihm sein will."

Der selige Seufzer war nicht zu überhören. „Dann sei einfach bei ihm. Und wenn die Zeit da ist, Entscheidungen zu treffen, wirst du sie auch treffen."

„Also bin ich jetzt erst mal zwei Wochen lang glücklich?"

Mikki lachte leise. „Ich hoffe so sehr, dass es nicht nur zwei Wochen sind!"

„Ich kann so weit nicht denken."

„Das musst du auch nicht. Nimm die zwei Wochen jetzt einfach mit und schau, wie es ist."

„Danke, Mikki!"

„Ich bin stolz auf dich", sagte ihre Freundin noch, bevor sie sich verabschiedete.

Maja legte das Handy auf der Arbeitsplatte der Küche ab, ging hinaus auf die Terrasse und ließ ihren Blick übers Meer wandern, nachdem sie sich gesetzt hatte. Tiefe Ruhe breitete sich in ihr aus. Eine Ruhe, die ihr das Gefühl gab, das erste Mal in ihrem Leben ankommen zu können, sowie die Gewissheit, dass sie die Fähigkeit dazu wahrhaftig in sich trug. Sie musste es nur zulassen.

Irgendwann hörte sie, dass jemand um die Hausecke kam. Ohne ein Wort zu sagen, stellte Bent sich hinter sie, legte seinen Arm um ihre Schlüsselbeine und blickte mit ihr aufs Meer. Maja griff nach seiner Hand, lehnte ihren Kopf an seinen Körper und schloss die Augen.

Hafen, dachte sie, *du fühlst dich nach Hafen an.*

Dieser Gedanke ließ sie ihre Hand noch fester Bents umschließen.

„Was ist mit deinem Kühlschrank?", fragte er schließlich.

„Wir sollten dringend nach ihm sehen", entgegnete sie, stand auf und drehte sich zu ihm um. Jetzt war sie es, die ihn an sich zog, seine Wangen mit ihren Händen umschloss und ihn küsste.

Eine Weile später lagen sie einander zugewandt in Majas Bett und sahen sich in die Augen. Durch das geöffnete Fenster wehte milde Abendluft, immer wieder streifte sie Majas Gesicht.

„Ich verliebe mich in dich", flüsterte er plötzlich.

Sie lächelte.

„Und ich weiß nicht, ob das gut ist", fuhr er fort.

„Bent, ich dachte, wir sparen so schwere Gespräche aus in den nächsten zwei Wochen. Nur das Glück, zwei Wochen und wir, oder?", entgegnete sie sanft.

„Ja, du hast recht. Nur das Glück, zwei Wochen und wir", wiederholte er. Mit einem Lächeln, das nicht so leicht schien, wie es wahrscheinlich wirken sollte, strich er ihr eine Strähne aus dem Gesicht.

„Erzähl mir von deinem Atelier."

„Das Atelier? Okay … Ich habe es schon immer geliebt, mit Holz zu arbeiten. Bereits als Kind habe ich mit meinem Papa an Holz herumgeschnitzt. Er hat mir auch ziemlich früh ein Schnitzmesser geschenkt, wovon meine Mutter nicht so begeistert war. Aber er war selbst ein absoluter Holzliebhaber, wahrscheinlich habe ich das von ihm geerbt. Mir war sehr früh klar, dass ich Schreiner werden will. Aber ich wollte nicht nur an einer CNC-Maschine stehen, sondern wirklich mit den Händen arbeiten. So bin ich schließlich ins Möbelhandwerk eingestiegen. Und die Skulpturen, also das Holzkunstwerk, das ist meine absolute Leidenschaft. Ich liebe es, und das Atelier war immer ein Traum von mir. Ich habe die Vision, vielleicht irgendwann auf Hiddensee die Skulpturen zu verkaufen, allerdings hatte ich noch nicht das Gefühl, dass sie gut genug sind, um damit Geld zu verdienen. Vielleicht ist es auch besser, wenn man die Kunst als Hobby behält, sonst verliert sie vielleicht am Ende ihre Leichtigkeit."

„Glaubst du? Ich meine, eigentlich ist es bei mir ja nicht anders. Ich habe das, was ich liebe, zum Beruf gemacht. Obwohl, so richtig Kunst ist das nicht, wenn ich das Team einer Firma fotografiere. Kunst wäre es, eine Fotoausstellung zu planen, mit Motiven, die ich selbst ausgewählt und bearbeitet habe."

„Hättest du Lust darauf?"

„Ja, das ist ein Traum von mir."

„Dann mach das doch!"

„Ich glaube, da geht es mir wie dir. Ich hatte bislang noch nicht das Gefühl, dass meine Fotos genug aussagen, um andere zu berühren."

„Zeigst du mir irgendwann mal Bilder von dir?"

„Ja, das mache ich", entgegnete sie und küsste ihn. „Schläfst du heute bei mir?"

„Das würde ich sehr gern – wir erhöhen damit nur ziemlich das Risiko, dass Fine Verdacht schöpft."

„Hat sie doch längst, oder?"

„Davon kannst du ausgehen. Allerdings sind wir, glaube ich, weiter, als sie vermutet."

„Und es wäre wahrscheinlich besser, wenn sie nicht alles mitbekommt?"

„Ich weiß nicht, vielleicht. Jedenfalls mag sie dich sehr." Er schluckte. „Und ich denke, dass sie sich freuen würde, wenn du nicht ganz aus unserem Leben verschwindest. Auf welche Art auch immer du bleiben oder wiederkommen würdest … Sie wäre wahrscheinlich sehr glücklich darüber."

„Das hast du schön gesagt", entgegnete Maja und legte ihren Kopf auf seine Brust. „Vielleicht schläfst du dann doch besser drüben?"

Sie spürte Bents tiefe Atemzüge. „Ja, ich denke, bevor sie sich Hoffnungen macht, wäre es wahrscheinlich besser, dass sie noch nicht alles mitbekommt."

Maja fühlte seine Hand, die durch ihre Haare kraulte.

„Möchtest du noch eine Gutenachtgeschichte hören, bevor ich rübergehe? Ich kenne da eine von einem kleinen Mädchen, das gern eine echte Ritterin geworden wäre, aber niemand hat an sie geglaubt. Ist eine echt schöne Geschichte, über Mut und Gleichberechtigung und so."

„Die würde ich wirklich gern hören", antwortete sie. „Würdest du mir eigentlich jeden Abend eine Geschichte erzählen?", fragte sie noch und hob dabei ihren Kopf, um ihn ansehen zu können.

Bent lächelte. „Wenn es dich glücklich machen würde, dann ja."

26

MAJA saß auf ihrer Terrasse und genoss das Frühstück. Bent war gestern doch bei ihr eingeschlafen und hatte sich irgendwann nachts zurück ins Haus geschlichen. An diesem Tag hatten sowohl er als auch Maja volles Programm, sodass sie sich erst für den Abend verabreden konnten.

Sie holte den Laptop aus ihrer Tasche und fuhr ihn hoch. Heute würde sie an den Texten für die Website feilen. Sie war damit noch nicht völlig zufrieden, und ein wenig fehlte ihr jetzt der Sonntag, den sie ungeplant auf Hiddensee verbracht hatte. Langsam machte sich ein wenig Aufregung in ihr breit, und auch die ersten Zweifel meldeten sich an, aber das kannte sie von sich, wenn ein Auftrag sich dem Ende zuneigte. Trotzdem war sie gerade zuversichtlich, alles rund zu bekommen.

Langsame Schritte, die über den Kies wanderten, kündigten einen Besucher an, oder in diesem Fall eine Besucherin. Fine kam um die Ecke gebogen, in der Hand einen Strauß Blumen.

„Guten Morgen, meine Liebe", begrüßte sie Maja, „schon wieder fleißig?"

„Guten Morgen, Fine. Ja, schon wieder fleißig", entgegnete sie und schaute auf die Blumen. „Für mich?", fragte sie lächelnd.

„Ja, für dich."

„Das freut mich."

„Das dachte ich mir."

„Warte, ich hole schnell eine Vase", sagte Maja, und noch bevor sie aufstehen konnte, entgegnete Fine:

„Das kann ich doch machen. Lass du dich nicht von der Arbeit abbringen. Darf ich?", fragte sie mit Blick auf die Terrassentür.

„Na klar, die Vase steht noch auf dem Küchentisch."

Fine verschwand im Haus. Eine ganze Weile später kam sie mit einer Handvoll abgeschnittener Blumenstängel zurück. Mit einer schwungvollen Bewegung katapultierte sie den grünen Abschnitt in das Blumenbeet, das die Terrasse umrahmte.

„Was ist das eigentlich für ein Auftrag?", fragte sie dann.

„Die Gestaltung einer Website für ein Hotel in Baabe. Ich habe den Besitzer ganz zufällig am ersten Tag hier kennengelernt, und wir sind ins Gespräch gekommen. Und dabei hat sich der Auftrag ergeben."

„In Baabe", wiederholte Fine seltsam nachdenklich, schüttelte aber im nächsten Moment ihren Kopf und blickte zum Meer.

„Möchtest du den Entwurf mal sehen? Die Fotos sind schon fertig bearbeitet, heute mache ich die Texte noch rund", sagte Maja und drehte dabei schon den Laptop um.

„Auf keinen Fall, das bringt Unglück!", entgegnete Fine vehement.

„Was bringt Unglück?"

„Na, eine nicht fertige Arbeit zu zeigen. Ich bin da abergläubisch. Glaub mir, ich habe noch kein Paar Socken zu Ende gestrickt, das ich schon vorher irgendwem präsentiert habe."

„Okay, okay", erwiderte Maja lachend, „dann zeig ich dir morgen das fertige Produkt."

„Liebend gern!", rief Fine aus. „Es ist schön, dass du hier bist", sagte sie anschließend unvermittelt und lächelte Maja liebevoll an. Maja stand auf, ging zu ihr und nahm sie in den Arm. Das erste Mal drückte sie Fine ganz fest an sich.

„Es ist schön, dass ich hier sein darf", erwiderte sie und löste ihre Umarmung.

„Ach, Mädchen", entgegnete Bents Tante liebevoll, „es ist, als wärest du schon immer Teil dieses Hofes gewesen. Das ist was ganz Besonderes. Manchmal, da kommen Menschen an einem bestimmten Platz an, und es ist, als wäre er für sie vorbestimmt gewesen."

Maja schluckte, denn genauso, wie Fine es beschrieb, fühlte es sich für sie selbst an.

„So, und jetzt halte ich dich nicht länger von deiner Arbeit ab."

„Das tust du nicht."

„Und ob ich das tue", entgegnete die alte Dame augenzwinkernd und hob ihren Regenschirm, der wie so oft als Krückstock diente, kurz in die Luft.

„Bis heute Abend beim Abendessen", sagte sie noch.

Maja setzte sich zurück an den Tisch und versuchte, sich wieder in ihre Arbeit zu vertiefen, was ihr zum Glück auch ziemlich schnell gelang.

Am späten Nachmittag klappte Maja den Laptop zu. Bis auf eine kurze Mittagspause hatte sie tatsächlich den ganzen Tag gearbeitet. Sie lehnte sich im Stuhl zurück und ließ ihre Schultern kreisen, um sie ein wenig zu lockern. Nach so einem Arbeitstag merkte sie dann doch deutlich, dass sie ihren Schreibtischstuhl und den großen Bildschirm vermisste. Aber sie war fertig geworden und freute sich jetzt darauf, Kai morgen das Ergebnis zu präsentieren. Ihre Aufregung hatte sich ein wenig gelegt, weil sie das Gefühl hatte, gute Arbeit abzuliefern.

Den Laptop brachte sie ins Wohnzimmer und ging anschließend durch die Haustür hinaus auf den Hof. Sie hatte große Lust auf einen kleinen Abendspaziergang. Gerade, als sie sich die Turnschuhe zuband, fuhr Bent auf das Grundstück. Das Geräusch, das die Reifen seines Autos auf dem Kies machten, war ihr mittlerweile seltsam vertraut. Sie blickte auf und beobachtete ihn, während er aus dem Wagen stieg und auf sie zukam.

Schließlich stand er vor ihr, die Hände in den Hosentaschen fest verankert. „Hey", sagte er lächelnd.

„Hey", entgegnete sie und erhob sich aus der Hocke. Zaghaft berührte sie seinen Unterarm.

„Kommst du mit mir?", fragte sie.

„Wohin?"

„Eine Runde spazieren."

Er lächelte, zog seine Hände aus den Hosentaschen und verschränkte seine Finger mit ihren. Dann beugte er sich zu ihr und küsste sie, schnell, aber zärtlich.

„Ich fühl mich ein bisschen wie ein Abiturient, der seine Lehrerin datet", murmelte er schmunzelnd, den Kopf gegen ihre Stirn gelehnt.

Maja lachte. „Ich bin jünger als du, wie sollte das funktionieren?"

„Stimmt auch wieder. Aber diese Heimlichtuerei ist schon ein wenig seltsam."

Maja nickte kaum merklich.

„Hast du einen Plan, wohin es gehen soll?", fragte er.

„Zum Wasser wollte ich."

„Dann los", sagte er und zog sie vorsichtig mit sich.

Maja drehte sich noch einmal um, denn sie hatte das Gefühl, einen Blick in ihrem Rücken zu spüren. Und gerade, als ihr Blick Fines Küchenfenster streifte, bewegte sich wie von Geisterhand die Gardine zur Seite, und Maja musste lächeln.

Den ganzen Weg lang hielt Bent Majas Hand, und mit jedem Schritt, den sie gingen, fühlte es sich selbstverständlicher an. *Hafen*, dachte sie wieder, *es fühlt sich wirklich so sehr nach Hafen an.*

Irgendwann erreichten sie eine kleine Bucht.

„Das ist jetzt sozusagen der absolute Insidertipp, Maja. Den kennen wirklich nur Rügener Urgesteine."

Sie ließ sich in den teils steinigen Sand fallen und zog die Schuhe aus. Bent setzte sich neben sie, legte den Arm um sie, und so genossen sie die Kulisse. Das sanfte Kommen und Gehen der Wellen, die milde Luft und den Himmel, der sich langsam in die Töne des anklingenden Abends färbte.

„Ich bin glücklich", flüsterte Maja irgendwann, ohne Bent dabei anzusehen. Dieser Satz galt nicht nur ihm, sondern auch dem Ort, an dem sie sich gerade befanden.

Bent streichelte mit den Daumen über ihren seitlichen Hals. „Ich werde hierbleiben", sagte er.

„Ja?" Maja drehte überrascht den Kopf in seine Richtung. „So entschieden?"

„Ja, so entschieden. Weil ich verstanden habe, dass das Leben weitergeht. Und du hast recht, die Vergangenheit liegt hinter mir, und ich nehme aus ihr mit, dass dieses Fleckchen Erde mir gefehlt hat und dass ich wieder glücklich werden kann. Egal, was das mit uns wird, ich bin bereit, das Alte loszulassen. Ich werde mich heute Abend hinsetzen und sehr genau überlegen, was mit dem Hof und was mit dem Haus auf Hiddensee passiert. Wie ich alles organisieren kann, dass ich hier gut leben und mich um Fine kümmern kann. Ich werde auf jeden Fall den mobilen Hausmeisterjob zurückfahren und parallel die Werkstatt wieder Stück für Stück zum Laufen bringen. Und morgen werde ich bei der Sonnenbrillenfrau anrufen und einen Termin vereinbaren. Vielleicht ist das wirklich eine Lösung. Eventuell werde ich die Ferienwohnungen auch selbst in die Hand nehmen … Jedenfalls werde ich wirklich ernsthaft planen, wie ich hier in Zukunft leben möchte."

Maja lächelte. „Weiß Fine schon davon?"

„Nein, ich werde heute Abend mit ihr reden."

„Sie wird glücklich sein."

„Und wie."

Maja griff nach seiner Hand. „Bent?", sagte sie.

„Ja?"

„Du kannst echt stolz auf dich sein, darauf, dass du es angehst."

„Ja, ich bin wirklich froh, dass ich es im Kopf endlich gedreht gekriegt habe." Mit einem tiefen Seufzer schloss er die Augen. „Ich bin übrigens auch glücklich", sagte er dann und formte seine Lippen zu einem entspannten Lächeln.

Als sie später wieder auf dem Hof ankamen, stand Fine in der Tür und versperrte den Eingang.

„Stopp", befahl sie mit erhobener Hand, und ihr Blick ließ keinen Zweifel zu, dass sie etwas im Schilde führte.

„Stopp?", hakte Bent mit irritiertem Blick nach.

„Ja, stopp. Heute ist hier geschlossene Gesellschaft."

„Soll heißen?"

„Dass ich nur für mich gekocht habe und ihr zwei entweder etwas essen geht oder euch selbst etwas zubereitet. Alternativ würde ich wohl auch etwas übrig lassen, das ihr euch gern warm machen dürft, wenn ihr keine Lust habt zu kochen. Ich finde nur, dass ich alte Schachtel nicht ständig zwischen euch jungen Dingern rumsitzen sollte."

„Alte Schachtel …", wiederholte Maja ungläubig.

„Ja, alte Schachtel", bekräftigte Fine ihre Aussage.

„Was hast du denn gekocht, Tante Fine?", fragte Bent und legte dabei seinen Arm um ihre Schulter.

„Eine sehr, sehr leckere Minestrone. Also wirklich sehr lecker. Ist nicht übertrieben."

„Also, ich würde die Minestrone auswählen, weil ich offen gesagt keine Lust habe, etwas essen zu gehen. Und du, Bent?"

„Wunderbar, ich hole sie direkt", schmiss Fine ein, noch bevor Bent antworten konnte.

Kurz darauf kam seine Tante mit einem Suppentopf in den Händen zurück zur Tür. Maja und Bent sahen ihr schweigend entgegen.

„Bitte sehr, lasst es euch schmecken", sagte sie und überreichte Bent den Topf. „Bis morgen." Und schon hatte sie ihnen die Tür vor der Nase geschlossen.

Maja und Bent sahen einander mit Fragezeichen in den Augen an.

„Okay, dann mal auf in meine Wohnung", sagte Maja schließlich und setzte sich noch immer irritiert in Bewegung.

„Sie weiß es, oder?", fragte sie, als sie den Schlüssel in die Wohnungstür steckte.

„Sie weiß alles", erwiderte Bent und schüttelte lächelnd den Kopf.

Am nächsten Morgen wachte Maja mit einem wohlig warmen Gefühl auf. Neben Bent einzuschlafen und wieder aufzuwachen, das fühlte sich heute noch vertrauter an als auf Hiddensee.

Halb acht, verriet der Blick zur Uhr. Leise, um Bent nicht zu wecken, stand sie auf. Maja wusste, dass er seinen ersten Termin heute erst um zehn Uhr hatte. Sie ging in die Küche, um Kaffee aufzusetzen und sich innerlich schon mal auf den Termin mit Kai vorzubereiten. Die Anspannung war zurück, aber kurz darauf fühlte sie warme Atemluft in ihrem Nacken.

„Guten Morgen", flüsterte Bent und gab ihr einen Kuss auf den Hinterkopf.

„Habe ich dich geweckt?", erkundigte sie sich, während sie zwei Teller und zwei Tassen aus dem Schrank nahm.

„Nein, hast du nicht. Es wundert mich, dass ich nicht eher wach geworden bin. Ich schlafe sonst nie so lange."

„Das muss wohl an meiner beruhigenden Gegenwart liegen", scherzte Maja und stellte das Geschirr auf dem Tisch ab.

„Ich fürchte, das ist echt so", erwiderte Bent und setzte sich an den Küchentisch.

„Wann musst du los?", fragte er.

„Um zwölf Uhr ist der Termin, aber ich will vorher noch mal alles durchgehen."

„Ich bin gespannt auf das, was du mir in zwei Wochen davon erzählst."

„Vielleicht erzähle ich dir auch schon heute Abend davon."

„Aber dann würdest du ja dein Vorhaben aufgeben. Nur das Glück und zwei Wochen die Arbeit und wir? Oder wie?"

„Na ja, genau genommen ist es jetzt genau das, aber ab morgen werde ich mich bemühen, die Arbeit wieder auszuklammern."

„Sehr gut, ich kann das zwar nicht so ganz, weil ich einige Aufträge habe, aber wenn du schon mal im Urlaubsmodus bist, ziehst du mich ja vielleicht ein wenig mit. Ich werde jetzt auf jeden Fall mein Vorhaben von gestern umsetzen, mich um die Zukunft hier zu kümmern und Fine von meinen Plänen zu erzählen. Bin gespannt, was die Sonnenbrillenfrau im Detail zu sagen hat."

„Ich auch. Hat Fine dich gestern eigentlich ignoriert, als du dir frische Sachen geholt hast?"

„Sie hat verstohlen über den Rand ihres Buches geschaut und mir eine gute Nacht gewünscht."

„Sie ist echt der Hammer."

„O ja, das ist sie."

Maja setzte sich zu Bent an den Tisch, und er sah ihr einen Moment in die Augen.

„Du schaffst das gleich mit deinem Auftrag, da bin ich mir ganz sicher."

Maja schluckte. „So offensichtlich, dass ich nervös bin?", fragte sie.

„Ein bisschen."

„Woran merkst du das?"

„Vielleicht, weil du dir die ganze Zeit deine Haare eindrehst."

„Echt?"

„Ja", entgegnete er und legte seine Hand auf ihre.

„Du bist bestimmt die Beste", fügte er noch hinzu.

„Das kannst du gar nicht wissen", scherzte sie.

„Aber ahnen, und darin bin ich wiederum der Beste. Dein Kunde oder deine Kundin wird begeistert sein. Geht gar nicht anders."

„Danke, Bent", entgegnete sie und senkte ihren Blick auf die beiden Hände, die da mittlerweile ziemlich vertraut ineinander verschlungen auf dem Küchentisch lagen.

27

MAJA verstaute ihre Laptoptasche im Auto und stieg ein. Den Weg zum Strandhotel fuhr sie heute, als wäre sie ihn schon tausendmal gefahren. Mittlerweile war die Umgebung rund um Mönchgut ihr so gut bekannt, dass sie gar nicht mehr überlegen musste und wie automatisch die jeweiligen Straßen nahm.

Als sie am Hotel ankam, ergatterte sie sofort einen Parkplatz direkt am Eingang. Es herrschte reges Treiben. Gäste kamen und gingen, und die automatische Drehtür hörte gar nicht auf, im Kreis zu tanzen. Maja reihte sich in die Gästeschar ein und betrat das Hotel. Die Uhr über der Rezeption zeigt elf Uhr fünfzig an. Zehn Minuten zu früh. Also setzte sie sich noch kurz in die Lobby und wartete. Die Nervosität in ihrem Bauch nahm leicht zu, aber es war auszuhalten. Sie war routiniert genug, um sie wegatmen zu können.

Dann entdeckte sie Kai, der flotten Schrittes auf sie zukam, zunächst aber keine Notiz von ihr nahm. Erst als er auf gleicher Höhe mit ihr war, stockte er.

„Maja!", rief er aus und lächelte sofort so freundlich und einnehmend, dass ihre Aufregung mit einem Mal verschwand. Er blickte zur Uhr.

„Gut, ich dachte schon, ich wäre zu spät", stellte er erleichtert fest.

„Nein, ich war zu früh", entgegnete sie und stand auf.

Kai streckte ihr die Hand entgegen. „Schön, dass du da bist", sagte er und hielt ihre Hand einen Moment länger, als man eine Hand für gewöhnlich in einer solchen Situation hält. Maja löste sich ein wenig unbeholfen aus der Begrüßung.

„Gut", sagte Kai dann schnell, „starten wir? Ich hatte mir überlegt, dass wir zunächst das Geschäftliche im Büro erledigen und anschließend zum gemütlichen Teil übergehen. Was meinst du?"

„Äh, ja, klar", antwortete sie und fragte sich insgeheim, wie sie seinen intensiven Blick deuten sollte.

Kai schlug den Weg zu seinem Büro ein, und Maja folgte ihm.

„Ist deine Frau gleich mit dabei?" Diese Frage schien ihr angemessen, sie kam wie von selbst aus ihrem Mund.

Kai drehte sich im Gehen um. „Nein, sie hat Termine."

„Ah, okay."

Er öffnete die Tür zum Büro.

„Setz dich", wies er sie mit einer einladenden Geste an.

„Danke", entgegnete Maja, nahm am Besprechungstisch Platz, holte den Laptop aus der Tasche und leitete gleich in das Thema ein: „Ich schlage vor, ich zeige dir zunächst einmal die Bilder, welche ich vorgesehen habe, und anschließend den Entwurf für die Website. Ich hatte dir ja auch die textliche Gestaltung durch eine PR-Agentur angeboten, mit der wir sehr gut zusammenarbeiten. Hast du dir dazu schon Gedanken gemacht?"

„Ja, ich denke, ich würde die Pflege der Seite gern abgeben. Ich expandiere gerade in wirklich großen Schritten, da ist eine Professionalisierung angebracht, und ich denke, dass wir das in Zukunft auch nicht mehr leisten können. Die Social-Media-Auftritte würde ich auch euch übertragen. Ich habe ja erwähnt, dass ich nicht nur dieses Hotel hier leite, sondern noch andere Immobilien betreue. Wenn ihr gute Arbeit macht, könntet ihr dick ins Geschäft kommen."

Maja grinste innerlich. All das hörte sich wirklich ziemlich gut an.

„Wo wir gerade beim Thema Immobilien sind", fuhr er mit der Miene eines Geschäftsmannes fort, „haben deine Ferienwohnungsvermieter über das Angebot nachgedacht?"

„Welches Angebot?"

„Meine Kollegin war doch vor Ort, um ein Angebot zu machen?"

Einen Moment benötigte Maja, um sich zu orientieren, und fragte dann sichtlich irritiert: „Die Frau mit der überdimensionalen Sonnenbrille?"

„Ich weiß nicht, ob sie eine Sonnenbrille getragen hat", entgegnete Kai ein wenig abschätzig.

Maja konnte sich nicht helfen, irgendwie war er in diesem Augenblick wesentlich unsympathischer als sonst. Als hätte er zwei Gesichter: ein privates und ein geschäftliches.

„Das war deine Kollegin?", hakte sie nach.

„Ja, sie wird es dann wohl gewesen sein." Jetzt lächelte er und legte wieder seinen freundlichen, charmanten Gesichtsausdruck auf.

„Tut mir leid, ich habe dich ja noch gar nicht aufgeklärt. Nachdem du mir erzählt hattest, unter welchem Druck die beiden stehen, dachte ich, ich könnte meine Hilfe anbieten, indem ich sie bei der Vermietung unterstütze. Eigentlich sind wir bis an den Rand voll mit Kunden, aber ich dachte, es wäre ein guter Zweck, und das könnte eine passende Lösung für sie sein. Ich habe wirklich verschwitzt, dich aufzuklären. Bitte entschuldige."

Mit zunehmender Erleichterung hatte Maja ihm zugehört, und jetzt, da sie wusste, mit welcher Absicht die Frau dort gewesen war, fand sie die Idee plötzlich selbst richtig gut. Sie würde noch heute mit Bent darüber reden.

„Möchtest du eigentlich einen Kaffee?", fragte er und stand auf, um die Kanne vom Schreibtisch zu holen.

„Ja, das wäre schön."

Kai kam zurück vom Tisch und schenkte Maja den Kaffee ein.

„Bent denkt wirklich ernsthaft darüber nach, die Wohnungen an euch zu vermieten. Ich schätze, wenn ich ihm gut zurede, wird er in diese Lösung einwilligen."

„Wird er das?"

Maja zuckte zusammen. Bents feste Stimme füllte plötzlich den Raum. Kai und sie drehten sich gleichzeitig um. Und dann traf sie Bents Blick. Sein Gesicht war hart. All die Weichheit und Wärme, die es in den letzten Tagen ausgestrahlt hatte, waren aus ihm verschwunden.

„Bent, was machst du hier?", fragte sie verwirrt.

„Die wichtigere Frage ist, was du hier machst, Maja." Sein Tonfall war spitz, sein Blick durchdringend und gleichzeitig traurig.

„Hallo, Bent, wieder im Lande? Man munkelt, du seist schon länger zurück in der Heimat. Schön, dass wir uns auch endlich mal sehen. Das hier ist übrigens ein geschäftliches Treffen. Es gibt Menschen, die ihres Glückes Schmied sind, und jene, die abwarten und Tee trinken. Ich gehöre zur ersten Sorte."

„Du gehörst zur Sorte der Arschlöcher, Leo."

„Leo?", rief Maja entsetzt aus.

„Als wüsstest du das nicht", herrschte Bent sie an.

Maja schluckte. Er klang so wütend.

„Dass du so weit gehen würdest, Leo, um auf irgendeine verdrehte Weise an den Hof zu kommen, das habe ich selbst dir nicht zugetraut." Bents Kieferknochen traten so deutlich hervor, als müsse er die Wut zermahlen, bevor er sie ausspuckte. „Du hast Lara, reicht dir das nicht? Muss es echt der Hof sein, bevor du Mistkerl Ruhe gibst?"

„Du hast also tatsächlich was nachgelesen und recherchiert. Sehr gut, Bent." Mit einem gekünstelten Applaus und zurückgelehnt im Stuhl begleitete Kai seine Aussage. „Ich hätte gewettet, dass du blindlings unterschreibst, ohne dir die Mühe zu machen herauszufinden, wer hinter dieser grandiosen Geschäftsidee steckt. Hast du gut gemacht. Da hast du mal einen Grund, stolz auf dich zu sein. Ich bin wirklich dick im Geschäft, Bent. Alle rennen mir die Türen ein. Wie läuft denn dein Kunsthandwerk?"

Maja bekam von Kopf bis Fuß Gänsehaut. Die Art, wie Kai mit Bent sprach, tat ihr weh. Und jetzt dämmerte ihr, in welch abgebrühtes Spiel Kai oder Leo oder wie auch immer er in Wirklichkeit hieß sie hineingezogen hatte. Er setzte sich auf und lehnte sich in Bents Richtung.

„Du konntest Lara nicht halten, und am Ende wirst du auch den Hof nicht halten können", zischte er. „Weil dir der Biss fehlt, Bent. Du hast einfach keinen Biss. Und Frauen wollen Männer mit Biss, kannst du Lara fragen. Oder vielleicht auch Maja?"

Mit einer kräftigen Bewegung packte Bent Kai am Kragen und zog ihn vom Stuhl ein Stück an sich heran.

„Du bist noch nicht mal einen Schlag in die Fresse wert, Kai."

„Oh, du nennst mich bei meinem richtigen Namen?"

Mit einem kräftigen Stoß katapultierte er Kai zurück auf seinen Stuhl.

„Fick dich, Leo Löwenich", sagte er noch, drehte sich um und verschwand aus der Tür. Maja sprang auf und hastete ihm nach.

„Bent!", rief sie.

Doch er eilte weiter. Erst die Drehtür, die gemächlich voranlief, drosselte sein Tempo. Maja schaffte es nicht in seine Kabine, sondern musste auf die nächste warten. Als sie aus der Tür rannte, lief Bent schon die Treppen hinunter.

„Bent!", rief sie jetzt so laut, dass er stehen blieb und sich umdrehte.

Da waren Tränen in seinen Augen.

„Das Schlimme ist, dass ich bereit war, mich wieder zu öffnen, Maja, und ich mich zum zweiten Mal in meinem Leben so richtig zum Narren gemacht hab. Ohne Scheiß, das hier fast schlimmer als die Sache mit Lara."

Majas Herz raste, vor Wut und vor Traurigkeit. „Du glaubst, das war alles nicht echt? Ich war nicht echt?" Entsetzt sah sie ihn an.

„Die Situation eben war eindeutig. An dem, was du gesagt hast, gab es nichts misszuverstehen."

„Offensichtlich schon, Bent. Du tust mir unrecht. Lass es mich erklären, das bist du mir schuldig!", flehte sie, und auch ihre Augen füllten sich jetzt mit Tränen.

„Da gibt es nichts zu erklären. Mehr gibt es nicht zu sagen."

Sein Ton war so voller Wut, dass Majas Kehle eng wurde. Ihr Herz zog sich zusammen und krümmte sich auf dem Boden. Die Tür, die Bent so weit geöffnet hatte, sie fiel ins Schloss. Kraftvoll und unüberhörbar für sie. Majas Kopf lachte: über sie, über die Situation und über ihr Herz.

„Ich werde verschwunden sein, wenn du heute Abend nach Hause kommst", erklärte sie und richtete sich auf. Ihr Kopf hatte das Kommando übernommen. „Weil ich dich nie, nie wiedersehen will", entgegnete sie mit fester Stimme. Sie wischte die eine Träne, die aus ihrem Auge geflossen war, fahrig mit dem Unterarm von ihrer Wange, drehte sich um und ging zurück ins Hotel, ohne sich noch einmal umzudrehen.

Kai saß am Schreibtisch. Ohne ein Wort zu sagen, verstaute sie ihren Laptop in der Tasche.

„Ich würde mir gut überlegen, auf welcher Seite im Leben du stehen willst, Maja. Mein Angebot zur Zusammenarbeit gilt. Und glaub mir, auf dieser Seite ist der Erfolg zu Hause. Du lässt dir einen äußerst lukrativen Auftrag durch die Lappen gehen, wenn du jetzt gehst. Für mich war es ein absolut deutliches Zeichen, dass ich dir über den Weg gelaufen bin, um endlich die Sache mit unserem Familienhof voranzubringen. Dazu dein Tipp, wie überfordert Bent gerade ist, Tante Fines Sturz ... Es sollte so sein, Maja. Schade, dass es für den Moment noch nicht geklappt hat. Aber Bent wird das nicht hinbekommen, und irgendwann wird er einsehen, dass der Hof eine Nummer zu groß für ihn ist."

Maja sah ihn an und verspürte den dringenden Impuls, Bents unterdrückten Faustschlag von eben zum Abschluss zu bringen.

„Du bist wirklich ein noch größeres Arschloch, als Bent bereits angedeutet hatte, Leo oder Kai oder wer auch immer."

„Gern Kai. Leo ist echt einfallslos. Leo, der Löwe Löwenich. Ich mochte den Spitznamen nie."

Maja drehte sich um, hob ihren Mittelfinger und verließ das Büro.

Im Auto realisierte sie, was gerade geschehen war.

Rede noch mal mit ihm, wisperte ihr Herz.

Doch ihr Kopf hielt dagegen:

Wer dir so was zutraut, der verdient dich nicht!

Maja vertraute ihrem Kopf. Er hatte sie so oft so gut durchs Leben geführt, und auch jetzt würde er sie wieder durch diesen Sturm manövrieren, da war sie sich ganz sicher.

Sie startete das Auto und fuhr los in Richtung ihrer Unterkunft, um ihre Tasche zu packen. Es war Zeit, nach Hause zu fahren.

Auf dem Hof angekommen, hastete sie direkt zur Wohnung und zog den Koffer unter dem Bett hervor. Sie öffnete die Schranktür, zog die Kleidungsstücke raus und warf sie unsortiert in den Koffer. Ihr Kopf ging mit ihr jeden Schritt durch, der jetzt zu tun war. Der Reihe nach und mit der gebotenen Eile. Sie wollte Bent auf gar keinen Fall noch einmal begegnen. Teil um Teil landete im Koffer, und schließlich war sie fertig.

Fine, flüsterte ihr Herz.

Jaja, der sagen wir gleich noch Lebwohl, erwiderte der Kopf.

Tränen wollten sich ihren Weg bahnen, und Maja atmete tief durch und zog den Koffer zur Tür. Sie würde sich nicht mehr umsehen, sondern einfach fahren. Sich noch von Fine verabschieden, und dann würde dieses Kapitel für sie beendet sein, bevor es wirklich angefangen hatte. Maja öffnete die Tür und ging hinaus. Hinaus auf den Hof, hin zu Fines Haus.

Es dauerte, bis die Tür auf ihr Klopfen hin geöffnet wurde.

„Schon zurück?", fragte Fine.

„Ja", entgegnete Maja wortkarg.

Fines Blick war so voller Verständnis und Fürsorge, dass er sich um Majas Herz legte. Als wüsste die alte Dame, was jetzt kommen würde.

„Ich werde abreisen", erklärte Maja und schluckte.

Fine stand da und sah sie einfach nur an. „Du hast angefangen, ihn zu lieben, oder?", fragte sie nach einer Weile.

Wieder schluckte Maja, und dann nickte sie kaum merklich.

„Es wird ihm bereits leidtun … Was immer er gemacht oder gesagt hat, er bereut es schon jetzt. Weil …" Sie nahm Majas Hände. „Weil er sich bereits am ersten Tag in dich verliebt hat. Ich kenne ihn, und ich habe gefühlt, dass du die Eine für ihn werden könntest."

Jetzt liefen Majas Tränen endgültig.

„Maja, für mich wart ihr beiden wie zwei Schiffe, die orientierungslos auf dem Meer umhergesegelt sind. Und ihr habt euch, ohne es zu bemerken, behutsam da rausgelotst. Ihr habt gemeinsam euren Hafen gefunden. Es ist wie von selbst passiert, und das ist ein Geschenk."

Hafen, dachte Maja, *genauso hat es sich angefühlt*!

Fine reichte ihr ein Stofftaschentuch.

„Das, was er mir zugetraut hat, das ist zu heftig, Fine. Wirklich. Das kann ich nicht und will ich nicht."

Die alte Dame nickte. „Ich verstehe dich. Was auch immer war, du wirst deinen Grund haben zu gehen. Ich denke, er wird es mir gleich erzählen."

„Wirst du ihm glauben?"

„Ja, weil es seine Wahrheit ist, werde ich sie ihm glauben."

„Also traust du mir zu, dass ich ein hinterhältiges Biest bin?"

Jetzt lächelte Fine und drückte Maja dann fest an sich. „O nein, das traue ich dir nicht zu. Ganz und gar nicht. Hatte Kai seine Finger im Spiel?", fragte sie, während sie sich aus der Umarmung löste.

„Ja", antwortete Maja knapp.

„Dann wird mir vieles klar." Liebevoll streichelte sie über Majas Wange. „Fahr nach Hause und verdau das alles. Aber Maja, mach nicht zu. Du hast dich nicht in Bent getäuscht. Glaub mir, so, wie er sich dir in den letzten Tagen gezeigt hat, das ist Bent. Der Bent, der eben offensichtlich so harsch zu dir war, das war der, der einfach nur zu sehr verletzt wurde in seinem Leben."

Maja atmete tief ein. „Ich fahre jetzt. Leb wohl, Fine. Und danke, dass ich dich kennenlernen durfte." Die letzten Worte verschluckte sie fast, und sie musste sich zwingen, nicht zu schluchzen.

28

ALS sie den Koffer über den Schotter zog, musste sie unweigerlich an Bent denken, an die erste nicht so freundliche Kofferkonversation und gleich darauf an die zweite, die den Anfang einer wundervollen Zeit markierte. Sie öffnete den Kofferraum, hievte den Koffer hinein und hörte im nächsten Moment Schritte. Fine humpelte über den Kies, in der Hand eine verschlossene Plastikschüssel. Maja ging ihr entgegen. Sie hatte Angst, dass Fine stürzen und sich verletzen könnte, weil sie keinen Gehstock und auch nicht ihren Regenschirm mit sich führte. Beide Hände umschlossen das Gefäß.

„Ich wollte dir das mitgeben", erklärte Bents Tante und überreichte ihr die Tupperschüssel. „Erbseneintopf, ist noch tiefgefroren", ergänzte sie lächelnd.

Maja nahm die eiskalte Suppe an sich.

„Warte", fuhr Fine fort und kramte dabei in ihrer Hosentasche. „Bitte schön." Sie hielt ihr ein zusammengefaltetes Blatt Papier hin. „Ich habe dir das Rezept aufgeschrieben."

Jetzt konnte Maja ihre Tränen nicht mehr zurückhalten.

„Danke, Fine", schluchzte sie.

„Ach, Mädchen ..." Die alte Dame drückte Maja an sich.

„Ich habe wirklich nicht gewusst, wer dieser Kai ist. Wirklich nicht. Es war Zufall, dass ich ihn in Baabe getroffen habe, und er hat kein Sterbenswörtchen darüber verloren, dass er euch kennt. Er hat sich für euch interessiert, aber das fand ich normal. Er war ja auch nicht auffallend neugierig. Irgendwie genau richtig."

„Das sieht ihm wirklich ähnlich." Fine löste sich aus der Umarmung und sah Maja in die Augen. „Rede noch mal mit Bent und erkläre es ihm."

Maja schüttelte den Kopf. „Das kann ich gerade nicht."

„Gut, dann soll es für den Moment so sein. Ich höre aber von dir, versprochen?"

„Auf jeden Fall", antwortete Maja, drückte Fine noch einmal an sich und ging zurück zu ihrem Auto. Gerade, als sie den Kofferraum schließen wollte, hörte sie das Geräusch vertrauter Reifen. Sie stand da, irgendwo zwischen dem Impuls zu fliehen und dem Wunsch, sich ihm direkt um den Hals zu schmeißen.

Fine setzte sich diskret in Bewegung und ging zurück zum Haus. Maja stand noch immer da, unfähig, eine schnelle Entscheidung zu treffen.

Fahr los!

Bleib da!

Und plötzlich setzte sich ihr Fluchtinstinkt durch. Mit voller Wucht. Sie drehte sich um und hastete zur Fahrertür.

Bent war mittlerweile ausgestiegen.

„Maja", rief er.

Sie zuckte zusammen und blieb stehen, den Griff der Fahrertür schon in den Händen.

„Warte bitte, Maja."

Die wenigen Worte ließen sie verharren. Anders als sie es von Sven kannte, hatten sie Sogwirkung und brachten sie durcheinander.

„Maja, können wir reden?", bat er, als er schließlich neben ihr angekommen war.

„Nein, Bent. Ich will nicht reden."

Er wirkte aufgewühlt. „Es tut mir ..."

„Bent", unterbrach sie ihn. „Das ist nicht nötig. Das alles war ein Fehler. Ich wollte mich nicht verlieben. Es war nicht geplant und sollte offenbar auch gar nicht sein. Das, was eben passiert ist, das war der Beweis, dass es besser ist, wenn ich mich hier auf nichts einlasse. Ich habe dich und Fine viel zu sehr in mein Herz gelassen, obwohl mir klar war, dass es falsch ist. Und jetzt tut es weh. Ich will nicht mehr, dass was wehtut. Es hat noch nie funktioniert. Du kennst mich nicht, und das hast du mir eben eindrucksvoll bewiesen. Deshalb werde ich jetzt nach Hause fahren und mein Leben neu sortieren."

Bent sah sie an, fuhr sich mit fahriger Bewegung übers Kinn. „Bitte, Maja, lass uns ..."

„Nein, stopp!", unterbrach sie ihn erneut harsch. „Bis hierhin und nicht weiter. Lass es!"

Er schluckte. „Okay", murmelte er dann. Langsam drehte er sich um, ganz langsam, als warte er auf eine Reaktion von ihr. Maja öffnete die Autotür und stieg ein. Mit einem Vorhang aus Tränen vor den Augen startete sie den Motor.

Fahr los!

Und sie hörte auf die Stimme in ihrem Kopf, startete den Motor und drückte das Gaspedal. Bent stand da, die Hände tief in seinen Hosentaschen vergraben und sah ihr nach.

Immer und immer wieder musste sie die Tränen aus ihrem Gesicht wischen. Dass sie so traurig sein konnte, hatte sie nicht erwartet. Nicht wegen eines Mannes, den sie erst seit kurzer Zeit kannte. Egal, wie sie es drehte und wendete, egal, wie laut ihr Kopf auf sie einredete. Sie war traurig, unendlich traurig. Das Klingeln ihres Handys über die Freisprechanlage ließ sie zusammenzucken. Es war Mikki. Hatte Maja Lust, jetzt mit Mikki zu reden? Sie würde sofort etwas merken. Sie drückte auf die grüne Taste und nahm das Gespräch entgegen. Irgendwann würde sie es ihr sowieso erzählen, und so hatte sie es wenigstens hinter sich.

„Hi", sagte sie, um Fassung bemüht.

„Hi, wie ist die Lage? Ich wollte nur hören, wie der Termin war. Hotel und Besitzer zufriedengestellt?"

Maja atmete tief ein. „Nein", antwortete sie knapp, weil es in ihrem Hals in diesem Moment schon wieder eng wurde.

„Nein?", entgegnete Mikki offensichtlich irritiert.

„Nein, es ist gar nicht gut gelaufen, gar nicht gut." Jetzt schluchzte Maja, als gäbe es kein Morgen mehr. Sie setzte den Blinker und fuhr rechts ran.

„Hey, Maja, was ist denn los?" Mikkis Stimme war voller Sorge.

„Ich bin gerade auf dem Weg nach Hause", erklärte sie mit tränenschwerer Stimme.

„Du meinst, nach Dortmund?"

„Ja, klar, wohin sonst?"

„Fährst du gerade Auto?"

„Ja, aber im Moment stehe ich am Straßenrand."

„Gut, und jetzt erzähl mir, was passiert ist."

„Können wir das besprechen, wenn ich zu Hause bin, bitte?"

„Klar, wie du möchtest. Obwohl ich neugierig bin, was passiert ist. Was ist mit Bent?"

„Nichts ist mit ihm, das war alles ein Fehler. Ich erzähle es dir, wenn ich zu Hause bin."

Mikki seufzte. „Okay, aber bitte fahr vorsichtig, ja?"

„Ja, das werde ich."

„Gut, wir sehen uns heute Abend."

„Ja, bis gleich, Mikki."

Noch einmal atmete Maja tief durch, wischte die Tränen weg und sammelte sich, um die nächsten sechshundert Kilometer sicher zu bewältigen.

Sechs Stunden später schloss sie die Tür zur Agentur auf und platzierte ihren Koffer vor ihrem Schreibtisch. Die mittlerweile aufgetaute Suppe stellte sie in den Kühlschrank der kleinen Küchenzeile. Hier war sie nun – zurück in Dortmund.

Arbeit, dachte sie. Arbeit würde sie jetzt ablenken. Also setzte sie sich direkt an den Schreibtisch und fuhr den Computer hoch. Sie blickte aus dem Fenster: kein Meer, kein blauer Himmel, kein Kirschbaum, dessen Äste sich mit dem Wind bewegten. Alles, was sie sah, war eine Wand aus Beton und Glas. Das Fitnessstudio gegenüber war gut besucht. Menschen, die in diesem Moment auf Spinning Bikes an ihre Grenzen gingen. Eigentlich war dieser Abend doch viel zu schön, um ihn drinnen auf einem Fahrrad zu verbringen.

„Ihr alle solltet mal rausgehen und euch frische Luft um die Nase wehen lassen", bemerkte sie und wandte ihr Gesicht wieder dem Computer zu. Sie öffnete das Bildbearbeitungsprogramm, doch anstatt mit der Arbeit zu beginnen, starrte sie durch den Bildschirm hindurch.

Eine Nachricht ploppte auf. Maja drehte das Handy in ihre Richtung.

Bist du angekommen?

Ja, bin in der Agentur.
Gut, dann komme ich jetzt vorbei.

Maja lehnte sich im Stuhl zurück und schloss die Augen. Und sofort sah sie ihn: Bent, wie er sie anlächelt. Bent, wie er kaum merklich ihre Haut streift. Bent, wie er sie sicher aus dem Gewitter führt. Bent, wie er sie ansieht, so liebevoll und besonders. Und sofort folgte ein weiteres Bild: Bent, der ihr voller Wut die bösesten Absichten der Welt unterstellt.

Sie öffnete die Augen, um dieses Bild nicht mehr sehen zu müssen. Und tatsächlich, es verschwand. Nur das dumpfe Gefühl in ihr blieb.

Sie hörte, wie die Bürotür geöffnet wurde. Kurz darauf stand Mikki im Raum, in der linken Hand einen Schlafsack, unter die linke Achsel ein kleines Kissen geklemmt und in der rechten Hand ein Tablett mit kleinen Schälchen.

„Ich dachte, du bist wahrscheinlich vollkommen orientierungslos angekommen, deshalb helfe ich dir jetzt erst mal bei den grundlegenden Bedürfnissen. Dann haben wir die schon mal abgehakt und können zu den wesentlichen kommen."

„Die da wären?", fragte Maja kraftlos nach.

„Die Liebe und die Liebe."

„Mmmh", murmelte Maja nur.

Mikki stellte das Sushi auf den Schreibtisch und verschwand in dem kleinen Nebenraum, der das Schlafsofa beherbergte.

„Hier kannst du aber nicht ewig bleiben", rief sie. „Das Sofa ist nicht besonders lang."

Maja erwiderte nichts. Orientierungslos, das traf den Nagel irgendwie auf den Kopf. Und da vermochten kein Sushi und auch kein Schlafsack Abhilfe zu leisten. Mikki kam zurück aus Majas Schlafzimmer auf Zeit.

„Es ist alles hergerichtet, du musst dich heute nur noch aufs Sofa fallen lassen."

„Danke", entgegnete Maja.

„Und deine Wäsche nehme ich gleich auch mit."

„Quatsch, du wäschst bestimmt nicht meine Unterhosen. Ich gehe runter in den Waschsalon."

„Wie du möchtest. Und jetzt essen wir erst mal, okay?"

Maja nickte, auch wenn sie überhaupt keinen Appetit hatte. Widerrede war zwecklos, das wusste sie. Ihre Freundin würde sie füttern wie eine Spatzenmama ihr Junges.

Mikki öffnete die Pappbehälter und schob Maja eine Portion rüber.

„Iss", ordnete sie liebevoll an.

Maja griff nach den Holzstäbchen und führte routiniert ein Sushistück in den Mund.

„Sehr gut", bemerkte Mikki zufrieden. „Nicht, dass du noch dünner wirst. Kummer lässt dich immer hungrig aussehen, mein Herz. Und jetzt erzähl. Was ist da passiert an diesem wunderschönen Ort, den ich schon als dein neues Zuhause gesehen habe?"

„Du hast was?"

„Es als dein neues Zuhause gesehen."

„Du spinnst doch."

„Ich kenne dich so gut wie kein anderer auf dieser Welt. Du warst glücklich dort. Richtig, richtig glücklich. Du weißt, dass ich an Bestimmung und Schicksal glaube. Du solltest dort landen, Maja, genau dort."

„Blödsinn, du bist mein Ort, das hier ist mein Ort. Ich brauche keine Insel und keinen Mann. Es macht alles nur kompliziert."

„Glaubst du wirklich? Ich meine, wie schwierig war dein Leben, als du dort warst? Hat es sich wirklich kompliziert angefühlt?"

„Ja, total, ich meine, wo sollte es enden? Ich habe irgendwas gefühlt, und das hat alles durcheinandergebracht. Hätte ich mich auf nichts eingelassen, dann würde ich jetzt nicht in dieser Agentur hocken."

„O doch, Maja, das würdest du! Denn dass du bei Sven ausgezogen bist und du noch keine neue Wohnung hast, das hat nichts mit Bent und Fine zu tun. Dein Leben war kompliziert, bevor du dort angekommen bist. Es war bereits durcheinander, Bent konnte nichts dafür."

Blöderweise leuchtete ihr Mikkis Argument ein.

„Du hast aber doch keine Ahnung, was passiert ist, was Bent getan hat", sagte sie nachdrücklich, denn diese Geschichte würde alles in den Schatten stellen, und dann würde Mikki sie verstehen.

„Erzähl es mir."

Maja berichtete ihrer Freundin die ganze Geschichte, und Mikki hörte ihr gebannt zu, nickte immer wieder, fast wie eine Therapeutin in der ersten gemeinsamen Sitzung.

„Er hat mir wirklich zugetraut, dass ich Kais Komplizin bin. Ich meine, ist das zu fassen? Das hat mich unendlich verletzt. Wie kann man einem Menschen etwas so Böses zutrauen?"

„Weil Menschen einem vielleicht mal etwas so Böses angetan haben ..." Mikki nahm Majas Hand. „Ich verstehe dich. Das ist echt verletzend."

„Danke", schluchzte sie auf.

„Aber ein wenig kann ich auch Bent verstehen."

„Du kannst was?", rief Maja entsetzt aus.

„Für ihn muss es völlig falsch rübergekommen sein."

„Dann hätte er es mich erklären lassen sollen."

„Hat er das nicht?"

„Nein, er wollte nichts hören."

„Das ist allerdings wirklich blöd. Er hätte dir die Chance geben müssen."

Maja atmete tief durch. „Ja, genau, das finde ich nämlich auch." Sie machte eine kurze Pause, bevor sie fortfuhr: „Also, erst wollte er nichts hören. Als ich fahren wollte, da hat er sich entschuldigt, glaube ich."

„Ja, hat er sich nun entschuldigt oder nicht?"

„Ich glaube schon."

„Und du, wie hast du reagiert?"

„Ich bin losgefahren, da wollte dann ich nichts mehr hören", bemerkte sie und schluckte. Mikkis Blick war mal wieder so entlarvend. „Aber es bleibt, was es ist. Er hat mich verletzt und mir echt üble Sachen zugetraut. Ich bin fertig mit dieser Geschichte."

Mikki seufzte, lauter, als sie wahrscheinlich wollte. „Gut, Maja, das geht wirklich nicht. Ich denke, du solltest erst mal ein wenig zur Ruhe kommen. Morgen sieht die Welt wahrscheinlich schon ganz anders aus, und du knüpfst einfach da an, wo dein Leben vor Bent aufgehört hat. Da du fertig bist mit dieser Geschichte, wird es morgen wohl keine Rolle mehr spielen für dich. Ich reiche dir jetzt den Marker der Vernunft: Das mit Bent war von vornherein ohne Zukunft. Sich zu verlieben, ist für den Anfang *nie* genug, da muss alles direkt passen, perfekt sein. Fehler machen? Geht gar nicht. Kompromisse? Haben in der Liebe keinen Platz. Es ist viel zu kompliziert, als unabhängige Freiberuflerin einen Wohnort zu wechseln und dem Herzen zu folgen. Ausgeschlossen. Wo kämen wir da hin? Das Risiko, dass es nicht funktioniert und du eventuell nach Dortmund zurückkommen und bei deiner besten Freundin Unterschlupf finden müsstest, ist viel zu groß. Das würde ich auch nicht eingehen. Es gibt so viele Männer auf dieser Welt, du wirst den, bei dem alles passt, sicherlich sehr bald unten im Waschsalon treffen."

Punktlandung!

Mikki stand auf und drückte Maja fest an sich.

„Ich liebe dich, du alter Kopfmensch, und ich bin für dich da. Immer." Sie ging zur Tür. „Schlaf schön, und wenn du Gesellschaft brauchst, Piet und ich haben immer ein Plätzchen für dich in der Besucherritze parat. Wir sehen uns morgen!" Mit einem Lächeln voller Liebe verließ sie das Büro.

Maja saß da und war sprachlos. Mikkis Worte polterten noch immer durch ihren Kopf.

29

Dᴀ der Nebenraum keine Fenster hatte, fehlte Maja gänzlich die Orientierung. Sie tastete nach dem Handy, das irgendwo auf der linken Seite des Sofas auf dem Boden liegen musste. Irgendwann fühlte sie es. Das Licht des Displays erhellte den Raum.

„Was?" Maja erschrak, als sie die Uhrzeit realisierte. Es war neun Uhr dreißig. Sie sprang aus dem Bett und öffnete die Tür.

Mikki saß bereits am Schreibtisch und sah sie über den Rand des Monitors hinweg an. „Guten Morgen!", begrüßte sie sie freundlich.

„Warum hast du mich nicht geweckt?"

„Weil du schon groß bist, und ich dachte, du möchtest gern ausschlafen. Wie war die Nacht?"

„Beschissen." Maja blickte auf ihren Koffer. „Mist, ich wollte so viel erledigt haben vor der Arbeit."

„Dann erledige es doch jetzt."

„Wir haben so viel zu tun."

„Maja, du wärst eigentlich noch auf Rügen."

„Aber der Auftrag dort ist geplatzt."

„Dieser Auftrag war nicht eingeplant, und du wolltest auf Rügen piano machen, okay? Der Plan war, dass du dort vor allem Urlaub machst, also wirst du jetzt auch ein paar Dinge erledigen können, stress dich nicht."

Maja seufzte. „Okay, dann gehe ich mal in den Waschsalon, Männer aufreißen", sagte sie müde.

„Viel Glück dabei", erwiderte Mikki. „Wird schon", schob sie noch hinterher.

Maja verdrehte nur die Augen.

Der Salon war keine hundert Meter von ihrem Büro entfernt. Sie hatte einfach den ganzen Koffer mitgeschleppt und hockte nun davor, um den Inhalt zu sortieren.

Die erste Maschine füllte sie mit Koch- und eine weitere mit Buntwäsche. Anschließend setzte sie sich in die Stuhlreihe und beobachtete die Wäsche, wie sie schäumend ihre Runden drehte. Und dann passierte es wieder. Aber dieses Mal musste sie dafür gar nicht ihre Augen schließen: Begleitet von einem schmerzhaften Stich in ihrem Herzen erschien Bent auf ihrem Radar. Bent, wie er neben ihr die untergehende Sonne angesehen und mit seinen Fingerspitzen ihre Fingerspitzen berührt hatte. Wie er ihren Kopf in seine Hände genommen und sie so zärtlich geküsst hatte, dass der Boden unter ihr geschwankt hatte wie ein Schiff auf offener See. Und schließlich der Moment, als sie ihn ganz hineingelassen hatte. Die Magie seiner Berührungen und die Art, wie er sie dabei angesehen hatte. Die Worte und Gedanken, die sie miteinander geteilt hatten. Es war so echt und so tief gewesen.

Jetzt kullerten die Tränen, einfach so, weil die Erinnerungen an diesen Mann so viel Gefühl mit im Gepäck hatten, dass kein Marker der Vernunft in der Lage war, sie wegzuretuschieren. Er ließ sie Worte denken und Dinge fühlen, über die sie sich vor Wochen wahrscheinlich noch amüsiert hätte, weil sie ins Süßholzregal gehört hätten.

Warum machst du immer alles so kompliziert? Du fühlst doch, was ich brauche?, wisperte ihr Herz.

Weil es so verdammt noch mal besser ist, entgegnete ihr Kopf mit ungewohnter Härte. Er war eindeutig auf Verteidigungskurs.

Noch neunzig Minuten, bis die Wäsche fertig war. Sie beschloss, die Zeit für sich zu nutzen und nach Wohnungen zu suchen.

Zwei Stunden später war Maja um zwei Wohnungsexposés und zwei gewaschene sowie getrocknete Waschmaschinenladungen reicher. Sie saß mittlerweile am Schreibtisch und begutachtete gedankenverloren das Angebot, das sie auf der Website eines Maklerbüros gefunden hatte. Es war ihr ins Auge gefallen, weil es direkt an einem Park lag.

Das Grün der Bäume gegen das Blau des Meeres ...

Zwar waren es nur zweiundvierzig Quadratmeter, aber für sie allein war das allemal genug. Und dann blickte sie aus dem Fenster und schweifte ab. Immer und immer wieder. Entweder, sie landete auf Rügen oder, wie gerade jetzt, auf Hiddensee.

„Huhu, Erde an Maja!", rief Mikki plötzlich.

„Äh, was?"

„Egal."

„Doch, sag schon, was wolltest du?"

„Die Anfrage der Firma Westphal, hast du sie gelesen?"

„Ja."

„Und?"

„Mikki, wir werden erst mal reden müssen, bevor wir solch einen Auftrag annehmen. Ich werde das allein nicht stemmen können."

„Du hast recht", stimmte Mikki ihr zu und sah sie an. „Die Hochzeit ist wahrscheinlich schon in sechs Wochen. Es wäre ein Freitag, das Standesamt hat den Termin für uns blockiert, und wir müssen bis Ende der Woche zusagen. War Glück, ein Paar ist abgesprungen."

„Wow, Mikki, es wird echt ernst … Du heiratest. Ich kann's noch gar nicht glauben."

„Ich manchmal auch nicht."

„Ich freue mich so für euch."

„Das weiß ich", entgegnete Mikki mit einem seligen Lächeln auf den Lippen. „Aber sechs Wochen sind natürlich auch ziemlich schnell rum, und wir sollten wirklich bald darüber reden, wie es weitergehen soll. Piet hat das Sabbatjahr durchgekriegt, und wir könnten direkt starten", fuhr sie dann fort und wirkte plötzlich ein wenig verunsichert. „Ich weiß, was ich dir zumute, Maja, ehrlich. Und ich rechne dir hoch an, dass du nicht sauer bist. Du hättest allen Grund dazu. Ich denke gerade eigentlich nur an mich."

„Hey, ich verstehe das doch. Wann, wenn nicht jetzt? Das Leben ist so kurz, und manchmal, da muss man einfach was riskieren, auch wenn es sich vielleicht nicht so vernünftig anhört. Jetzt ist eure Zeit. Ihr habt noch keine Kinder, ihr seid nur für euch verantwortlich. Der Zeitpunkt, etwas zu wagen, ist perfekt!"

„Würdest du genau diese Worte bitte heute Abend vor dem Schlafengehen einmal zu dir selbst sagen?", gab Mikki grinsend zurück.

Maja verdrehte die Augen. „Bei mir ist das was anderes. Du bist eine grundverrückte Nudel."

„Das hat damit nichts zu tun. Das, was du gerade gesagt hast, das gilt nicht nur verrückte Nudeln. Das gilt für alle Menschen da draußen, die vor irgendeiner Herzensentscheidung stehen."

„Ich weiß nicht …"

„Ich aber! Ich frag dich jetzt mal was, Maja: Was, wenn das alles genau so sein sollte? Was, wenn das Schicksal mir Kermit und dir Bent geschickt hat, damit wir zwei die Karten neu mischen? Sag, was wäre dann?"

„Dazu müsste ich erst mal an das Schicksal glauben", entgegnete Maja stur, sah aus dem Fenster und versuchte, dabei nicht an Bent zu denken.

- 30 -

„GEHEN wir heute Abend was trinken?", fragte Mikki, während sie den Computer herunterfuhr und ihren Schreibtisch aufräumte.

„Eher nicht. Ich glaube, ich gehe einfach früh schlafen."

Mikki begann, Maja durchdringend zu mustern.

„Was?", wollte Maja, die den prüfenden Blick sehr genau bemerkte, wissen.

„Seit wann bist du zu müde, um abends etwas trinken zu gehen?"

„Seit ich letzte Nacht ziemlich schlecht auf einem Sofa genächtigt habe."

„So was steckst du normalerweise recht gut weg", bemerkte Mikki und beäugte sie dabei noch immer intensiv.

Maja stöhnte auf. „Was genau möchtest du mir andichten?"

„Ich möchte dir gar nichts andichten. Ich stelle nur fest."

„Aha."

„Wenn du es dir anders überlegst, dann melde dich, okay? Ein Anruf von dir, und ich sprinte aus der Wohnung. Zur Not auch im Schlafanzug."

Maja zog die Mundwinkel ein kleines Stück nach oben.

„Guck, du lachst noch nicht einmal mehr richtig über meine Witze."

„Das war halt einfach nicht so witzig."

„Das mit dem Schlafanzug war superwitzig."

„War es nicht", entgegnete Maja und musste nun doch lachen.

„Geht doch", erwiderte Mikki, stand auf und drückte sie an sich. „Ich denke, wir sollten was trinken gehen", flüsterte sie in ihr Ohr.

„Nein, ich will wirklich nicht. Mir ist nicht nach guter Laune. Und stopp, das liegt einfach nur daran, dass ich zu wenig geschlafen habe. Im Übrigen bist du auch ziemlich blass", erklärte Maja mit Nachdruck.

„Okay, okay, wie du meinst." Mikki löste sich aus der Umarmung und ging in Richtung der Tür. „Findest du echt, dass ich blass aussehe?"

„Ja, irgendwie schon."

„Mmmh, egal. Versprichst du mir bitte, nicht traurig zu sein? Du hast dein Glück im Moment nämlich selbst in der Hand."

Maja atmete tief ein und hob ihre Hand zu einer Abschiedsgeste. Mikki verschwand zur Tür hinaus.

„Ich bin doch gar nicht traurig", schmiss sie ihr noch trotzig hinterher, doch Mikki war bereits verschwunden.

Wie falsch sie mit diesem Satz lag, merkte sie umgehend. Denn kaum war die Tür ins Schloss gefallen, kullerten die Tränen. Maja wusste, dass Mikki in allem, was sie sagte, so was von richtiglag. Sie vermisste das Meer, sie vermisste Fine, und am allermeisten vermisste sie Bent. Sie konnte es drehen, und sie konnte es wenden. Egal wie rum, egal wie weit. Es blieb, was es war: Sie hatte sich verliebt. Punkt. Und sie hatte das Glück in der Hand. Doch die Angst, dass auf Liebe wieder nur Unglück folgte, war noch immer übermächtig. Würde sie sich ganz auf ihn einlassen, dann riskierte sie ihr Herz, dessen war sie sich sicher. Und sie glaubte, dass es nicht stark genug war, sollte sie richtig scheitern.

Maja griff nach ihrer Kamera, startete die Bildwiedergabe und ließ sich in ihre Erinnerungen treiben: in das glitzernde Meeresblau, die aufgeschäumten Wellen und das Gefühl des Verliebtseins.

„Reiß dich jetzt mal zusammen!", befal sie sich irgendwann selbst. Sie legte die Kamera zur Seite und beschloss, an diesem Abend mit einer neuen Serie zu starten: auf dem Schreibtischstuhl und mit einer Tüte Chips.

Am nächsten Morgen war sie nicht ausgeschlafener als am Tag zuvor. Es war unruhig gewesen im Bürogebäude. Schon früh hatte ein Lieferwagen vor dem Haus gestanden, und reges Treiben hatte das Treppenhaus gefüllt. Sie stand auf und wühlte in ihrem Koffer, um ein passendes Outfit für den Tag zu finden. Doch dieser Trolley war nun mal ein Urlaubs- und kein Arbeitskoffer. Es war nichts Passendes für einen Bürotag dabei, was nicht zunächst ein Bügeleisen gebraucht hätte. Sie schrieb Mikki und bat um ein paar Klamotten aus ihrem Zwischenlager in der Wohnung ihrer Freundin.

Es war sieben Uhr dreißig, und Majas Magen knurrte. Sie ging zum Bäcker und deckte sich mit Brötchen und Kaffee ein.

Zurück im Büro fuhr sie den Computer hoch und machte sich müde, aber motiviert an die Arbeit. Ein Schlüssel im Schlüsselloch kündigte Mikki an.

„Guten Morgen", trällerte sie beschwingt.

„Hey, Morgen."

„Hast du besser geschlafen?", erkundigte sich Mikki.

„Nö, aber geht schon irgendwie. Hast du mir was zum Anziehen mitgebracht?"

„Nö."

„Warum nicht?"

„Weil du keine anderen Anziehsachen brauchst."

„Aha, und warum nicht?"

„Weil wir zwei beiden uns jetzt mit Kermit auf einen kleinen Roadtrip ans Meer machen. Ich will, dass du zumindest deinen Urlaub zu Ende bringst."

„Es war kein richtiger Urlaub."

„Das ist mir klar, trotzdem hat die Reise ans Meer in meinen Augen vollkommen Sinn gemacht. Du brauchtest die Zeit für dich, und jetzt brauchst du sie immer noch. Wir holen das nach. Keine Widerrede, das dulde ich nicht."

„Aber …", schmiss Maja ein.

„Nichts aber!", unterbrach Mikki. „Wir fahren und erholen uns. Nehmen uns die Zeit, alles zu besprechen … die Firma, Bent, wie es weitergeht … Das müssen wir eh tun, und wo geht das besser als am Meer?"

„Und wohin fahren wir?", hakte Maja antriebslos nach.

„Nordsee oder Ostsee? Mir egal. Du darfst wählen."

„Wie nett von dir. Aber wenn du schon so gnädig bist und mich in die Entscheidung einbindest, dann lieber Ostsee."

„Gut, auf zur Ostsee. Usedom?"

„Das ist echt weit."

Mikki verdrehte die Augen. „Egal, ob das weit ist. Wenn du da jetzt hinwillst, machen wir das."

„Ich habe keine Kraft, mich zu wehren", murmelte Maja und ließ erschöpft ihren Kopf sinken.

„Wunderbar, dann nutze ich die Schwäche meines Gegners jetzt und verfrachte ihn ins Auto."

„Willst du mich tragen, oder was?"

„Quatsch, das war ein Bild. Du läufst schön selbst. Steh auf, Herz, bevor du wieder zu Kräften kommst und es dir anders überlegst!"

„Jetzt sofort?" Entgeistert sah Maja zu ihrer Freundin auf.

„Ja, dein Koffer ist doch gepackt und der Inhalt gewaschen, oder?"

„Ja, aber …"

„Maja, alles ist gut. Das Leben ist jetzt, und es fügt sich am Ende zu dem, was es sein soll."

Erschöpft erhob Maja sich. „Du lässt ja eh nicht locker, bis ich mich ergebe", murmelte sie. „Yolo", fügte sie noch kraftlos hinzu.

Mikki lachte laut auf. „Yolo aus deinem Mund klingt echt nach Satire", erwiderte sie. „Aber du hast natürlich recht – wir alle leben nur einmal."

Mikki schaute zufrieden drein, während Maja in den Schlafraum ging und den Koffer verschloss. Das Arbeitszubehör packte sie in ihre Laptoptasche, und auch die Kamera fand ihren Weg in den Rucksack.

„Gut, ich denke, ich wäre dann so weit. Also irgendwie, glaube ich …", verkündete sie mit gequältem Gesichtsausdruck und Rollkoffer an der Hand.

„Wunderbar, und was immer du vergessen hast, kaufen wir einfach. Usedom hat nämlich auch Geschäfte."

„Hört, hört, was du nicht alles weißt. Was ist mit Fototerminen? Hast du alles im Blick?"

„Nächste Woche Samstag steht eine Hochzeit an, bis dahin sollte zumindest ich zurück sein." Damit schnappte sie sich Majas Laptoptasche und den Rucksack.

„Nur fürs Protokoll: Ich werde am Samstag ebenfalls wieder hier sein!"

„Jaja, wie dem auch sei. Ich freue mich. Hach, das wird schön. Und spontan ist doch immer am besten."

Maja erwiderte nichts und stapfte samt Koffer hinter Mikki her.

Eine Stunde später fuhren die beiden gemächlich auf der Autobahn.

„Wo feiert ihr eigentlich eure Hochzeit? Ich meine, kriegt man spontan noch was?"

„Was denkst du, wie ich feiern will, Maja?", fragte Mikki lächelnd.

Maja musste nicht lange überlegen. „Ich denke, du möchtest im kleinen Kreis feiern und irgendwo auf einer Wiese einen Pavillon aufstellen. Jeder deiner Gäste bringt Kuchen und Salat und ganz viele Süßigkeiten mit. Flaschenbier und Wein aus einem Kühlschrank, jeder bedient sich selbst. Überall hängen Lampions und Traumfänger aus besticktem Leinenstoff. Frische Wildblumen schmücken in zusammengewürfelten Gläsern die Holztische. Kermit wird deinen Gästen als Hotel dienen. Und du wirst dastehen, in einem Vintagekleid mit Blumenkränzchen auf dem Kopf, und deine Augen werden leuchten, und dein Gesicht wird strahlen. Du wirst vollkommen sein, vollkommen vor Glück und Liebe."

Maja sah zu ihrer Freundin hinüber. Eine Träne lief über Mikkis Wange.

„Genauso möchte ich es haben", schluchzte sie. „Keiner kennt mich so wie du." Sie setzte den Blinker und nahm eine Ausfahrt, um auf einem Parkplatz anzuhalten.

„Muss mich kurz sammeln", erklärte sie und drehte ihren Kopf in Majas Richtung.

„Ich liebe dich, Maja, und ich wünsche mir so sehr, dass du glücklich wirst und die Liebe erfährst, die ich mit Piet leben darf. Dass du irgendwann daran glaubst, dass eine Verbindung zu einem anderen Menschen sicher sein kann. Dass du vertrauen darfst. Scheitern können wir immer, jeden Tag. Aber erst gar nicht das Glück zu wagen, das ist falsch. Wirklich. Du musst damit aufhören."

Maja schluckte. „Aber ich war ja bereit, mich auf diese zwei Wochen mit ihm einzulassen."

„Nein, das warst du nicht. Du hast sofort wieder dein Sicherheitsnetz gespannt."

„Das stimmt nicht, Mikki. Ich habe alle Gedanken zur Seite geschoben."

„Genau, du hast sie verdrängt und dich rumgedrückt und nicht zugelassen, einmal ernsthaft über eine reale Option nachzudenken. Deinem Kopf das Denken zu verbieten, ist keine Lösung. Du musst Herz und Verstand ins Gleichgewicht kriegen. Beide haben ihre Berechtigung."

„Ich verstehe nicht …"

„Hast du jemals in dir den Gedanken zugelassen, dass du einfach bei ihm bleibst?"

„Nee, das wäre ja auch etwas früh und ziemlich naiv. Außerdem müsste er das auch wollen."

„Was denkst du, hätte er es gewollt?"

„Weiß nicht."

„Sei ehrlich."

„Er hat mal so was gesagt … dass es schön wäre, wenn ich auf irgendeine Weise in seinem Leben bleiben würde."

„So, das hört sich ja erst mal danach an, als würde er dich ebenfalls mögen."

Maja räusperte sich. „Er hat ganz vielleicht auch gesagt, dass er anfängt, sich in mich zu verlieben", nuschelte sie und zog dabei die Schultern bis zu ihren Ohren.

„Okay, ich halte fest: Du hast dich verliebt, er hat sich verliebt. Auf dem Hof stehen mehrere Wohnungen frei. Du bist eine unabhängige Frau, er ein unabhängiger Mann. Dein Job ist maximal flexibel. Du könntest von überall aus arbeiten, wenn du wolltest. Du magst deine Schwiegertante in spe sehr und fühlst dich an diesem Fleckchen Erde so zu Hause wie noch nie zuvor irgendwo. Man könnte zusammenfassen: Es hört sich verdammt perfekt an. Dein Herz will bleiben, dein Kopf hat Angst. Lass die beiden ihre Argumente vorbringen und schau, wer die besseren hat. Und dann go, girl. Ich weiß nämlich bereits, wer in diesem Fall klüger ist."

„Du vergisst, was er gesagt hat!"

„Stopp, Maja, das reicht jetzt. Ja, er hat überreagiert, ja, er war unfair. Aber soll ich dir was sagen? Er wird wieder Fehler machen. So wie Piet echt oft Fehler macht. Ich im Übrigen auch. Aber bin ich deshalb jemals abgehauen? Ist Piet jemals abgehauen? Entscheidend ist, dass man zu einem Fehler steht, und das hat Bent meines Wissens ja getan. Tut mir leid, aber im Moment bist echt du das Problem und nicht Bent."

Plötzlich war es ganz still im Auto, und eine ganze Weile schwiegen sie so vor sich hin.

Schließlich wandte Maja sich Mikki zu. „Okay, ich denke über alles nach. Aber jetzt lass uns erst mal weiterfahren, ja?"

„Das machen wir", entgegnete Mikki, startete den Motor und legte den Rückwärtsgang ein. „Auf ans Meer", sagte sie noch, bevor sie Kermit in Bewegung setzte.

Vier Stunden später öffnete Maja die Augen und versuchte, sich zu orientieren. Irgendwann bei Kilometer vierhundert plus war sie eingeschlafen.

„Puh, wo sind wir?", fragte sie und reckte dabei ihre Arme in die Höhe.

„Fast da", antwortete Mikki lächelnd.

Maja blickte aus dem Fenster. „Ist echt schön hier. Sieht fast genauso aus wie Rügen." Je länger sie aus dem Auto sah, desto vertrauter kamen ihr die Bilder vor, die da an ihrem Fenster vorbeihuschten. Sie kräuselte die Stirn.

„Mikki?" Ihr Tonfall lag irgendwo zwischen verzweifelt und sauer.

„Maja, es ist nur ein Abstecher. Eine spontane Eingebung, herbeigeführt durch eine schlafende beste Freundin, die kein Veto einlegen konnte. Wir fahren sofort weiter. Ich finde einfach, dass du etwas zum Abschluss bringen solltest. Nicht zu reden und einfach abzuhauen, ist schlichtweg nicht erwachsen. Gib dir die Chance, dich zu erklären, und gib ihm die Chance, sich zu erklären."

Maja hatte inzwischen realisiert, dass sie nur noch ein paar Kilometer von Bent und Fine entfernt waren.

„Nee, Mikki, so nicht. Du kannst mich nicht so überrumpeln. Ich bin echt sauer gerade."

Regelrechte Panik war bei dem Gedanken in ihr aufgestiegen, Bent zu sehen.

„Wenn dich das sauer macht, drehe ich natürlich um."

Maja seufzte. „Warte, lass mich einen Kompromissvorschlag machen."

„Ich höre."

„Wir bleiben eine Nacht hier. Dann muss ich nicht heute schon zu ihm, sondern habe Zeit, mich an den Gedanken zu gewöhnen und mir zu überlegen, was ich da eigentlich will."

„Das hört sich sehr vernünftig an", erwiderte Mikki lächelnd, und drei Anrufe später hatte sie einen Stellplatz auf einem Campingplatz organisiert.

Maja wies sie in die Lücke ein.

„Passt?", rief Mikki fragend aus dem offenen Fenster.

Als Maja den ausgestreckten Daumen hochhielt, öffnete Mikki die Autotür und stieg aus.

„Ich besorge uns mal eben Strom", bemerkte sie und ging um den Van herum.

Maja drehte sich um und schaute zum Strand. Das Salz des Wassers, sie schmeckte es auf ihren Lippen und hatte diesen unverwechselbaren Geruch in der Nase. Die Sonne schien, der Wind umwehte lau ihr Gesicht. Ihr Herz schlug mit jedem Takt ruhiger, und mit dem Blick auf das Meer und jedem einzelnen Atemzug, der sich in ihren Lungen ausbreitete, wurde ihr klarer, was sie morgen zu Bent sagen würde.

31

„EINMAL Pommes rot-weiß." Mikki hielt ihr eine prall gefüllte Pappschachtel hin.

„Danke schön."

Sie setzte sich neben Maja in den Sand. Maja begutachtete zweifelnd Mikkis Pommesschale, die über und über mit Mayo bedeckt war.

„Diese Mayopampe hätte ich aber nicht durchgehen lassen. Man sieht deine Pommes ja gar nicht. Hast du dich nicht beschwert?"

„Nee, wieso? Ich wollte das so. Ich habe doppelt Mayo bestellt."

„Aha."

„Es geht doch nichts über eine Portion Strandpommes", sinnierte Mikki dann und leckte genüsslich die Mayo von einer Fritte.

„Das ist eklig."

„Was ist eklig?", hakte Mikki nach.

„Die Mayo abzulecken."

„Das, meine Liebe, ist nicht eklig, sondern echt lecker. Glaub mir, ich würde gerade einen ganzen Eimer Mayo essen, wenn mein Verstand mich nicht davon abhalten würde."

„Seit wann stehst du so auf Mayo?"

„Keine Ahnung, immer schon?"

„Nee, auf keinen Fall. Du hast noch nie Mayo von irgendwas abgeleckt."

Mikki starrte auf das Meer und schüttelte kurz den Kopf. Ihre Finger bewegten sich kaum merklich, so, als würde sie im Kopf etwas nachzählen und bräuchte dafür ein wenig sanfte Unterstützung.

„Alles okay?", erkundigte sich Maja.

„Jaja, alles bestens …" Mikki starrte weiter geradeaus, erst nach einer Weile wandte sie sich Maja wieder zu.

„Hast du dir schon Gedanken darüber gemacht, was du Bent sagen wirst?"

Das Lächeln, das sich jetzt auf Majas Gesicht ausbreitete, musste so einnehmend aussehen, wie es sich anfühlte, denn Mikki schossen Tränen in die Augen.

„O Maja, du wirst doch nicht …?"

„Na, du bist ja nah am Wasser gebaut heute. Aber immer mit der Ruhe, ich werde mit ihm reden, okay? Ich werde offen sein und schauen, was er zu sagen hat. Und vielleicht, ganz vielleicht, sage ich ihm auch, was ich fühle. Aber das weiß ich noch nicht. Und nochmals vielleicht bringe ich dann die geplanten zwei Wochen hier zu Ende. Mit ihm … also, wenn er das noch möchte."

Mikki war sichtlich bemüht, ein lautes Kreischen zu unterdrücken. „Oh, das ist so toll, so toll, sosososo toll. Ich halte jetzt einfach die Pommes fest und starre weiter auf dieses wundervolle Meer, um nicht komplett auszurasten. Wäre das in deinem Sinne?"

Maja lachte. „Ja, absolut. Beste Reaktion, Mikki."

„Aber auch mit Abstand die schwierigste für mich."

„Ich weiß das zu schätzen", erwiderte Maja augenzwinkernd. „Mikki?", sagte sie dann leise.

„Ja?" Ihre Freundin wandte ihren Kopf und sah Maja an.

„Ich glaube, ich bin mutig heute. Also gerade jetzt, in diesem Moment …"

„Das heißt?"

„Dass ich das Gefühl habe, jetzt mit Bent reden zu können."

„Dann nichts wie los, Maja. Nutze das. Leih dir ein Rad und mach dich auf den Weg!"

„Meinst du echt?"

„Aber klar meine ich das. Neben der Rezeption kannst du Fahrräder ausleihen. Und einfach losfahren, immer der Liebe entgegen."

Maja atmete tief durch. „Okay, ich mach's. Ich fahre zu Bent und Fine. Ich werde reden, alles klären, so richtig erwachsen und vernünftig", sagte sie entschlossen und stand auf.

„So gefällst du mir, Maja Leise", erwiderte Mikki und erhob sich ebenfalls. Sie legte ihren Arm um Maja und drückte sie an sich.

„Viel Glück", flüsterte sie in ihr Ohr.

„Danke", entgegnete Maja, löste sich aus der Umarmung und ging in Richtung der Rezeption.

Kurze Zeit später trat sie in die Pedalen, und sofort fühlte es sich an, als wäre sie nie weg gewesen von diesem Ort. Mikki hatte recht – noch nie in ihrem Leben hatte sie sich so zu Hause gefühlt. Und je näher sie dem Hof kam, je näher sie Bent und Fine kam, desto intensiver wurde dieses Gefühl von Vertrautheit und Liebe. Irgendwann tauchte sie auf, die geschotterte Einfahrt, die den Blick auf die reetgedeckten Dächer freigab. Die Fahrradreifen rollten über die kleinen Steine, und allein das Geräusch, das dabei entstand, ließ Majas Herz schneller schlagen.

Und dann stand sie da, mitten auf dem Hof. Sie stieg vom Rad und lehnte es an die Hauswand, die vor zwei Tagen noch die Außenwand ihrer Wohnung gewesen war. Ihr Herz pulsierte vor Freude und vor Aufregung.

Mit einem tiefen Atemzug, der ihr noch einmal Mut machen sollte, ging sie zu Fines und Bents Haustür. Und dann klopfte sie an. Prüfend blickte sie auf ihre Armbanduhr und realisierte dabei, dass Bent wahrscheinlich unterwegs war. Es war siebzehn Uhr, und so früh war er selten zu Hause.

Die Haustür öffnete sich einen Spaltbreit. Fines faltige Finger umfassten den Rand der Tür.

„Wer ist da?"

„Fine, ich bin es, Maja."

Mit einem Mal wurde die Tür aufgerissen, und mit dem Lachen eines Honigkuchenpferdes stand Fine da und sah sie an.

„Ach, Mädchen, wenigstens eine, die einen klaren Kopf behält. Komm her!" Sie breitete ihre Arme aus, und Maja ließ sich in diese Begrüßung fallen.

„Schön, dass du zurück bist und dich nicht drückst, Probleme anzugehen", sagte Fine und drückte sie dabei noch ein wenig fester an sich. „Bent ist nicht da, er hatte so viele Dinge zu regeln in den letzten zwei Tagen. Aber komm erst mal rein, dann können wir in Ruhe reden."

Fine drehte sich um und ging in Richtung der Küche, ließ dabei sachte ihre linke Hand an der Tapete entlanggleiten.

„Möchtest du einen Tee?", fragte sie, ohne sich dabei umzudrehen.

„Das wäre schön, und wenn du es erlaubst, würde ich ihn sehr gern zubereiten. Ich weiß ja, wo alles ist."

Jetzt blieb Fine stehen und drehte sich vorsichtig zu Maja um. „Und ich wünsche mir, dass du es nie wieder vergisst", entgegnete sie augenzwinkernd.

In der Küche angekommen, ließ Fine sich auf der Eckbank nieder, während Maja nach dem Kessel griff und Wasser aufsetzte.

„Pfefferminztee, bitte."

„Sehr wohl", erwiderte Maja und öffnete die Teebox, die auf der Arbeitsplatte stand. Kurz darauf pfiff der Kessel, und Maja übergoss die Beutel mit dem kochenden Wasser.

„Bitte schön", sagte sie, als sie die Tasse vor Fine abstellte.

„Die Firma dankt!"

Maja musste lächeln.

„Bent hat mir alles erzählt. Er hat falsch reagiert, aber du musst wissen, dass Kai wirklich ein großes Problem ist. Ich weiß nicht, wann das mit ihm passiert ist, wann er so falsch abgebogen ist. Er gönnt Bent nichts. Rein gar nichts. Ich denke, er hatte schon immer das Gefühl, dass Bent mehr Glück im Leben hat."

„Aber wie kann er so denken? Ich meine, Bent hat seine Eltern verloren!"

„Weißt du, Kais Mutter ist eine kalte Frau. Er hat nie Liebe bekommen, vielleicht ist es das. Bent hatte zweimal das Glück, geliebt zu werden, von seinen Eltern und von uns. Natürlich war der Tod seiner Eltern furchtbar, aber er hat überlebt, gut sogar, weil er geliebt wurde. Kai hat so etwas selbst nie erfahren, glaube ich. Wie dem auch sei. Kai hat Bent übel mitgespielt in den letzten Jahren und auch schon früher. Du bist da in etwas hineingeraten, das nichts mit dir zu tun hatte. Es tut ihm leid."

„Ich weiß, das hat er mir gesagt, aber ich habe ihn nicht zu Wort kommen lassen. Aber jetzt bin ich hier, ich würde es gern mit ihm besprechen."

Fine lächelte. „Du hast sein Herz wieder heil gemacht", sagte sie leise und legte dabei ihre Hand auf Majas.

„Weißt du, wo er jetzt ist?"

„Nein, er war in den letzten beiden Tagen sehr aufgewühlt und wollte mit sich ins Reine kommen. Gespräche führen und so einen Kram. Ich frage in solchen Fällen besser nicht nach, er ist da eigen und macht das mit sich selbst aus."

„Okay, dann komme ich später noch mal wieder."

„Ich würde mich freuen, wenn du mir noch ein wenig Gesellschaft leisten würdest. Und wenn du magst, kannst du ja gleich auf deiner Terrasse weiter auf ihn warten."

„Das wäre schön", entgegnete Maja und umschloss mit ihren Händen die Teetasse.

Eine Weile später saß sie tatsächlich auf der Terrasse und genoss die Aussicht, die Vögel, die Pirouetten am Himmel tanzten, erschuf Fantasiefiguren aus Schäfchenwolken, und immer wieder dachte sie an Bent. Daran, dass das das hier vielleicht irgendwann wirklich ihr richtiges Zuhause werden könnte. Wenn er es auch wollte. Ja, sie fing an zu träumen … Und dann hörte sie das Geräusch eines heranfahrenden Autos.

Mit klopfendem Herzen stand sie auf, um nachzusehen, ob er es wirklich war, und blickte vorsichtig um die Hausecke. Doch das Auto, das sie sah, war nicht Bents. Der Motor wurde abgestellt, die Türen blieben verschlossen. Eine ganze Zeit lang passierte nichts, und wer in dem Auto saß, konnte Maja nicht erkennen. Gerade, als sie zurück auf die Terrasse gehen wollte, öffnete sich die Fahrertür. Maja erkannte die Frau, die da aus dem Auto stieg, sofort. So viel zarte Schönheit vergaß man so schnell nicht.

Lara, Kais Frau und Bents große Liebe, schwebte geradezu über den Hof, ging zum Kofferraum und holte eine Tasche heraus. Und dann öffnete sich auch die Beifahrertür.

Bent, dachte Maja wieder, dieses Mal begleitet von einem Stich in der Brustgegend. Er ging ums Auto und blieb direkt vor Lara stehen.

Und genauso verweilten sie, eine ganze Weile sahen sie einander einfach an, ohne sich zu rühren. Schließlich hob er seine Hand und zog sie an sich. Sekunde um Sekunde verging, in denen sich die beiden festhielten. So innig, so vertraut …

Maja war wie erstarrt. Sollte sie bis eben noch den Hauch eines Zweifels verspürt haben, dass sie wirklich in diesen Mann verliebt war, hatte sie jetzt den Beweis: Das da drüben mitanzusehen, tat unendlich weh. Sie schluckte die aufsteigenden Tränen hinunter und verschwand auf die Terrasse.

Unsichtbar, dachte sie. *Wie mache ich mich unsichtbar?*

Und plötzlich übermannte sie ihr Fluchtreflex, und sie rannte los. Geradewegs über die Wiese, querfeldein. Irgendwo würde sie schon landen. Immer wieder drehte sie sich um, um sicherzugehen, dass Bent sie nicht doch noch entdeckte. Nach einer Weile ging es bergab, und der Hof verschwand hinter der Wölbung. Sie hatte es geschafft. Erfolgreich geflüchtet!

Völlig außer Atem ließ sie sich auf die Wiese plumpsen. Ihre Lungen pumpten, als läge Blei auf ihnen. Und dann weinte sie doch. Weil sie offensichtlich eine Fehlentscheidung getroffen hatte, und wohl auch, weil sie wieder einmal weggelaufen war. Sie hätte bleiben und mit ihm reden sollen, auch wenn es schwer gewesen wäre. „Verdammter Mist", murmelte sie und stand langsam wieder auf.

Schlussendlich war es jetzt nun mal, wie es war: Sie war abgehauen und hockte querfeldein auf irgendeiner Wiese, Bent würde vielleicht mit Lara glücklich werden, und auch sonst war einfach alles total verzwickt. „So ein verdammter Mist", wiederholte sie. Sie würde jetzt irgendwie zu diesem blöden Campingplatz finden, Mikki vom Stellplatz lotsen und schnellstmöglich zurück nach Dortmund fahren. Entschlossen wischte sie die Tränen weg, stand auf und marschierte los. Immer der Nase nach, immer am Meer entlang.

Eine gute Stunde später stand sie vor Kermit.

Die Türen waren verriegelt, und Mikki war nicht da. In der Eile hatte Maja vorhin ihr Handy im Fach der Beifahrertür liegen lassen, also blieb ihr jetzt nichts anderes übrig, als auf ihre Freundin zu warten. Sie setzte sich auf einen Campingstuhl und versuchte, nicht mehr traurig zu sein, was ihr aber nicht gelingen wollte.

Irgendwann bog Mikki um die Ecke.

„O Gott", rief Maja aus, „du siehst aus wie eine Kalkleiste! Geht es dir gut?"

„Überhaupt nicht. War vielleicht doch ein bisschen viel Mayo eben."

„Hauptsache, du hast dir keine Salmonellen eingefangen."

„Ach, das geht doch nicht so schnell … Mir ist seit Tagen immer mal wieder schlecht und …"

Maja riss die Augen auf. „Immer mal wieder schlecht? Du stopfst plötzlich Mayo in dich rein, du bist blass, dir ist schlecht … Kann es sein, dass du …?"

„Kann sein", unterbrach Mikki sie.

„Wie viele Tage?"

„Sieben, ich habe eben nachgerechnet."

„O mein Gott, o mein Gott. Wäre es denn möglich?"

Mikki nickte verhalten.

„Okay, ich versuche jetzt, ruhig zu bleiben. Also wir bleiben ruhig, bis wir es schwarz auf weiß haben, okay? Wir bleiben ganz ruhig!" Maja machte eine langsame Handbewegung von oben nach unten und stieß dabei deutlich Luft aus.

Mikki streckte ihre Hand aus, in ihr ein kleiner weißer Test.

„Ich bin eben los in die Drogerie. Ich musste wissen, ob ich heute mit dir was trinken kann."

Maja schluckte. „Da sind zwei Linien, Mikki, zwei Linien, das bedeutet was?"

„Schwanger", flüsterte ihre beste Freundin.

Das Quieken, das jetzt aus Majas Mund kam, war ohrenbetäubend. „Entschuldige", sagte sie sogleich, „aber dass das wirklich wahr ist, ist so toll … O Gott, freust du dich? Weiß Piet es? O Gott, ich bin aufgeregt …"

„Das merkt man gar nicht", entgegnete Mikki lächelnd. „Ich habe Piet übrigens eben angerufen."

„Und?"

Sie holte ihr Handy hervor und zeigte ihr seine Nachricht.

Ich liebe, liebe, liebe dich, Mikki. Das ist der Hammer, echt. Wir werden Eltern! Ich freue mich so! ICH LIEBE DICH!

„Er war am Telefon live beim Test dabei. Die Nachricht kam im Nachgang", erklärte Mikki lächelnd und streichelte zärtlich über das Display.

Tränen kullerten Majas Wangen hinunter. „Das ist so schön. So schön", flüsterte sie und drückte ihre Freundin an sich.

„Und jetzt erzähl du, wie war es bei Bent?", fragte Mikki dann.

„Nein, jetzt bist du erst mal dran mit erzählen. Bent kann warten. Möchtest du mit mir darüber reden?"

„Ja … ja, das möchte ich", entgegnete Mikki und küsste Majas Wange.

32

„Es ändert alles, oder?" Maja hielt Mikkis Hand.

„Ja, das tut es. Ich bin gerade etwas überfordert damit."

„Aber das ist doch normal, Mikki. War es, ich meine, hattet ihr es geplant?"

„Nicht so richtig. Ich habe die Pille zwar vor einer Weile abgesetzt, wir haben aber noch verhütet ... klassische Panne. Maja, o Gott, wir haben uns angestellt wie die Anfänger." Sie hielt sich die Hände vors Gesicht. „Aber hey, alles gut", fuhr sie dann fort, „ich hätte die Pille nicht abgesetzt, wenn wir nicht grundsätzlich dafür bereit gewesen wären. Hätte vielleicht noch einen Moment dauern dürfen, aber es ist alles gut ... Ich muss mich nur sortieren."

„Fahrt ihr trotzdem mit Kermit los?"

„Ich denke schon, wenn alles gut aussieht jedenfalls, aber bestimmt nicht so weit wie geplant. Ganz so mutig bin ich dann doch nicht. Aber Piet hat das Sabbatical ja bereits durch bei seinem Arbeitgeber, das wird er nicht mal eben wieder canceln können. Und wenn das Baby da ist, könnte er Elternzeit nehmen."

„Das heißt, ihr steigt so richtig aus?"

„Keine Ahnung, aber die Karten sind ja irgendwie jetzt noch mehr gemischt."

Mikkis Blick veränderte sich plötzlich. „Was ist mit Bent, Maja?"

„Ich habe ihn nicht gesprochen."

„Wieso?"

„Seine Ex-Freundin war da, es war ziemlich innig zwischen den beiden."

„Oh, das ist nicht gut. Aber bist du sicher, dass du nichts falsch interpretierst?"

„Sicher bin ich nicht, aber es wirkte echt sehr vertraut."

„Bist du abgehauen?"

Maja nickte vorsichtig. „Querfeldein", bemerkte sie leise.

„Mensch, Maja …"

„Ich wollte den beiden auf gar keinen Fall begegnen, das wäre so eine doofe Situation gewesen."

„Schreib ihm doch einfach, dass du ihn sprechen möchtest. Allein!"

„Nein, ich denke nicht, dass ich das tun sollte. Er ist am Zug."

„Woher soll er wissen, dass du da warst?"

„Fine, ich habe mit ihr gesprochen. Ich habe darüber hinaus auch seine Nummer nicht gespeichert."

„Dein Ernst?"

„Keine Ahnung, ich bin noch nicht dazu gekommen. Ich hätte es natürlich irgendwann gemacht in den nächsten Tagen. Aber jetzt ist es, wie es ist. Vielleicht ist das alles auch ein Zeichen?"

Eine ganze Weile saßen sie still zusammen, jede hing ihren eigenen Gedanken nach.

„Weißt du", begann Maja schließlich noch einmal, „das Fahrrad steht noch dort. Ich werde so oder so noch mal hinmüssen." Sie schluckte, und ihr Blick traf auf Mikkis. „Ich rede mit ihm", sagte sie dann und nahm die Hand ihrer Freundin.

„Das ist gut", erwiderte Mikki und gähnte.

„Möchtest du schlafen?"

„Ich bin total fertig."

„Ruh dich aus. Ich gehe noch mal zum Strand runter."

„Bist du sicher?"

„Und wie! Jetzt bin ich dran, mich um dich zu kümmern, du hast dich lange genug mit mir herumgeschlagen. Nun passe ich auf euch beide auf. Bent ist meine Baustelle, und um die werde ich mich kümmern. Du ruhst dich aus. Und wenn du reden willst, jederzeit!"

„Ich hab dich lieb", erwiderte Mikki und rieb sich die Augen.

„Ich dich auch", entgegnete Maja und machte sich auf zum Strand.

Mittlerweile war es nach zwanzig Uhr. Und wie so oft in diesen Tagen hier kündigte sich ein wundervoller Sonnenuntergang an. Maja ließ ihren Blick schweifen und fühlte sich in Anbetracht der Umstände erstaunlich ruhig. Vielleicht, weil sie nun wirklich tief entschlossen war, die Sache mit Bent zu einem guten Abschluss zu bringen. Morgen früh würde sie direkt zu ihm fahren.

Sie hatte ihre Lektion gelernt. Und sie war entschlossen, an sich zu arbeiten. Denn sie wollte das, was Mikki sich gerade aufbaute: heiraten und lieben – einen Mann und gemeinsame Kinder. Dass sie dazu fähig war, das hatte Bent ihr gezeigt, und vielleicht war das schon genug.

Sie schloss die Augen und lauschte dem Meer, dem Wind, den Möwen. Eine ganze Weile saß sie so da, den Blick nach innen gerichtet. Und dann fühlte sie etwas, direkt neben sich. Vorsichtig hob sie die Lider. Aus dem Augenwinkel konnte sie seine Hände erkennen, sie lagen auf seinen Knien. Maja schwieg, blickte weiter zum Horizont. Und auch Bent schwieg. Sekunde um Sekunde verging, in denen sie dasaßen und auf das Meer schauten.

„Bist du über die Wiesen abgehauen?", fragte er irgendwann, ohne sie anzusehen.

„Ich fürchte, ja."

Jetzt drehte sie ihren Kopf zur Seite und sah ihn an. Mit einem Lächeln auf den Lippen wandte er sich ihr ebenfalls zu.

„Demnach musstest du bei Bauer Lorenz über die Weiden. Du hattest Glück, dass er dich nicht mit seiner Schrotflinte gejagt hat … Du hattest doch Glück, oder?"

Wie gern hätte sie jetzt jede einzelne seiner kleinen Lachfältchen geküsst.

„Kein Bauer und keine Schrotflinte", entgegnete sie.

„Sehr gut."

Vorsichtig berührte Bent ihre Hand.

„Ich würde dir gern das erklären, was dich vermutlich dazu veranlasst hat, über Weidezäune hinweg zu flüchten. Willst du es hören?"

Maja nickte. „Ja, möchte ich."

„Okay", sagte er und atmete tief durch. „Es war an der Zeit, das mit Lara und mir zum Abschluss zu bringen. Wir haben das nie richtig klären können. Bei mir war alles zu, ich wollte nichts hören. Und dann kamst du. Und plötzlich habe ich mich in der Zukunft gesehen und nicht mehr nur in der Vergangenheit." Zärtlich strich er über ihren Handrücken und schwieg einen Moment.

„Maja", sagte er dann, „Lara war sehr viele Jahre an meiner Seite. Sie war der wichtigste Mensch in meinem Leben. Es tat gut, sie wieder in den Arm zu nehmen. Weil es die Vergangenheit zum Abschluss gebracht hat. Aber diese Umarmung, die hat nichts in mir bewegt, jedenfalls nicht das, was du vielleicht gedacht hast. Echt nicht. Ich habe das Alte endlich losgelassen, mehr nicht. Wenn ich hier lebe, möchte ich ihr in die Augen sehen und vielleicht auch mal einen Kaffee mit ihr trinken. Ich will keinen Spießrutenlauf mehr, und es war an mir, das zu beenden. Sie hat sich von Kai getrennt, es lief schon lange nicht mehr gut. Aber sie liebt mich genauso wenig wie ich sie. Weil …" Er schluckte. „Weil ich mich …" Er stockte, und Majas Herz begann zu rasen.

„Ich habe keine Ahnung, wie du darüber denkst …", fuhr er unsicher fort.

Er griff neben sich, und dann hielt er etwas in den Händen. Maja erkannte sofort, was es war: die Geschichte eines Warzenschweins namens Polly. Sie schluckte, und ihre Augen füllten sich mit Tränen.

„Es heißt übrigens *Polly sucht das Glück*. Es ist gebraucht, wird leider nicht mehr aufgelegt. Ich dachte, du solltest endlich erfahren, wie es Polly ergangen ist und wie sie schlussendlich das Glück gefunden hat."

Verlegen wischte Maja über ihre Wangen.

„Bent, das ist … Das ist das Schönste, was jemals jemand für mich getan hat", wisperte sie.

Er schlug das Buch auf. Dann räusperte er sich und fing an zu lesen:

„Polly war nicht die Schönste. Das hatte sie gelernt. Denn egal, wohin sie kam, man lachte über sie. Es war nicht leicht, als Warzenschwein bei den glatt gebügelten Hausschweinen aufzuwachsen. Sie hatte viel mehr Haare als die zartrosafarbenen Schweinchen und außerdem ziemlich ausgeprägte Stoßzähne. Wenn sie allerdings in den Spiegel schaute, mochte sie das, was sie dort sah. Sie war eben Polly, das Warzenschwein. Aber sie war nun mal anders, und das ließen die anderen sie spüren. Mit den Jahren hatte sie gelernt, nicht allzu traurig zu sein – doch je älter sie wurde, desto mehr vermisste sie einen Freund. Und irgendwie auch das Glück. Also beschloss sie eines Tages, sich auf die Suche nach dem einen Schwein zu machen, das ihr Freund werden und mit dem sie glücklich bis an ihr Lebensende werden würde."

Maja lächelte und legte ihre Hand auf Bents. Er hob seinen Kopf und schaute sie an.

„Ich bin schon oft abgehauen in meinem Leben. Ich hatte immer das Gefühl, mich selbst beschützen zu müssen." Sie machte eine kurze Pause. „Ich bin nicht wie meine Eltern, und du bist nicht wie Lukas", fuhr sie fort, „das habe ich verstanden."

„Das mit dem Abhauen ist mir durchaus aufgefallen", entgegnete er lächelnd.

„Mit dir ist es anders. Also, normalerweise hält man mich nicht davon ab zu gehen, und ich komme schon gar nicht zurück. Ich habe gern die Kontrolle, und bevor man mich verlässt, verlasse ich … Aber bei dir bin ich stehen geblieben und sogar zurückgegangen. Das ist besonders, also sehr besonders."

Langsam löste Bent seine Hand, und behutsam streifte er eine Haarsträhne aus ihrem Gesicht. Majas Haut kribbelte.

„Ich wünsche mir, dass du nicht mehr weglaufen musst", flüsterte er.

„Ich mir auch", wisperte sie. „Ich wäre morgen zu dir gekommen, um dir zu sagen, was ich fühle. Das hatte ich wirklich vor. Ich hätte mich der Situation gestellt, ohne zu wissen, was mit Lara und dir ist. Das ist echt eine Leistung von mir, glaub mir."

„Das ist schön …" Er schluckte. „Sagst du es mir jetzt? Ich meine, was du fühlst?"

Maja seufzte.

„Du musst nicht …", erklärte Bent beschwichtigend.

„Weiß ich, ich will aber." Sie lächelte. „Ich habe mich in dich verliebt. Punkt. Ist eigentlich ganz einfach, wenn man es ausspricht."

Seine Augen strahlten.

„Und ich liebe diesen Ort hier, euren Hof, Fine, das Haus auf Hiddensee. Ich fürchte, ich bin nicht bloß eine Touristin, die von einer Fähre ausgespuckt wurde und die nach zwei Wochen die Fressbuden auf dem Weihnachtsmarkt vermisst." Kurz hielt sie inne und streichelte dabei die Kontur einer Ader auf seiner rechten Hand nach. „Ich würde eher dich vermissen. Also, genau genommen habe ich dich bereits vermisst in Dortmund. O Gott …"

Sie schlug die Hände vors Gesicht. Und dann fühlte sie Bents Finger, die ihre Hände zärtlich zur Seite schoben. Er lächelte.

„Das ist ziemlich schön, was du da sagst, also nur für den Fall, dass du denkst, ich fände das doof oder so."

„Okay, dann mache ich mal weiter, ohne Hände vorm Gesicht … Wenn nur mein Herz entscheiden müsste, würde ich mir den Koffer aus Kermits Kofferraum schnappen und zu dir ziehen. Aber ich weiß, dass das naiv ist und dass ich nicht all meine Zelte abbrechen sollte für einen Mann, den ich noch nicht richtig kenne."

Bent lächelte.

„Also, ich habe mal nachgerechnet, wir hätten von unseren *Nur das Glück, zwei Wochen und wir* noch zehn Tage übrig. Was meinst du?", fragte er.

„Aber vielleicht sollten wir die Rahmenbedingungen noch mal überdenken", bemerkte Maja.

„Inwiefern?"

„Wir sollten es umbenennen in: nur das Glück, zehn Tage, viele Gespräche und wir … Reden, ich denke, ich werde reden müssen mit dir, auch darüber, wie es weitergehen kann und wovor ich Angst habe."

„Darauf lasse ich mich ein. Ziemlich gern sogar." Er stockte. „Und du darfst reden, so viel du willst, ich hoffe, das weißt du?"

Maja nickte. „Ja, ich werde es lernen."

Er lächelte, tauschte dann aber seinen freundlichen Gesichtsausdruck gegen eine ernstere Miene.

„Ich muss dir noch was sagen", bemerkte er.

„Okay?"

„Es tut mir leid, dass ich dir das mit Kai zugetraut habe. Wirklich, aber er macht mich wahnsinnig."

„Schon gut, Fine hat mir einiges erklärt. Es wäre nur gut, wenn du mir in Zukunft glauben würdest."

„Das werde ich", erwiderte er.

Und dann umschloss er ihre Wangen mit seinen Händen, streichelte sanft mit seinen Daumen über ihre Wangen und küsste sie so zärtlich, dass der Boden, auf dem sie saßen, zu schwanken begann.

Leg an, flüsterte ihr Herz, *leg an, du hast deinen Hafen gefunden!*

Irgendwann, nachdem Bent ihr die Geschichte von Pollys Glück zu Ende vorgelesen hatte, gingen die beiden zurück zum Campingplatz. Ihre Hand lag in seiner, und sie schwebte neben ihm her.

Mikki lag halb aufgerichtet in eine Decke eingewickelt in der Campingliege und beobachtete alles ganz genau.

„O Mann, ihr glaubt gar nicht, wie erleichtert ich bin, dass ihr das noch gedreht habt. Mein Gott, war das eine schwere Geburt", stellte sie fest, kaum dass sie vor ihr standen. „Wollen wir darauf einen Tee zusammen trinken?"

„Ich dachte, du schläfst längst!"

„Maja, ich schlafe doch nicht kurz vor dem Happy End einer Liebesschnulze ein! Nachdem Bent hier ganz in Sherlock-Holmes-Manier das Rad zum Campingplatz gebracht und mithilfe des Fahrradverleihers deinen Standort ermittelt hat, musste ich ja nun zumindest abwarten, wie es ausgeht."

„Und, bist du überrascht vom Ende?", fragte Maja.

„Nee, ich hatte nur Angst, dass die Hauptdarstellerin sich nicht ans Drehbuch hält. Wie ist jetzt euer Plan?"

„Ich bringe den Urlaub wie geplant zu Ende", antwortete Maja mit einer Portion Stolz in ihrer Brust.

„Sehr gut", lobte Mikki und strahlte dabei über das ganze Gesicht.

„Aber vorher fahre ich nach Hause, meine Liebe."

„Du spinnst doch."

„Nein, ich lass dich nicht allein fahren."

„Musst du auch nicht. Piet würde morgen mit deinem Auto kommen, wenn es recht ist. Dann hast du es hier vor Ort."

„Alles schon geregelt", sagte Maja verblüfft, beugte sich zu Mikki hinunter und küsste ihre Stirn. „Ist mir ziemlich recht", fügte sie hinzu.

„Und jetzt machen wir uns noch einen schönen Abend, okay? Nur du und ich", flüsterte sie in Mikkis Ohr.

„Nee, nee, du gehst mal schön mit Bent mit."

„Aber das ist unsere Zeit hier."

„Maja, ich würde gleich sehr gern noch mit Piet per Video telefonieren, da kann ich dich eh nicht gebrauchen."

Maja seufzte. „Ist es in Ordnung, wenn ich mit dir komme?", fragte sie in Bents Richtung.

„Was 'ne Frage, Maja", entgegnete er lächelnd und streckte ihr seine Hand entgegen.

„Dann muss ich aber noch ein paar Sachen aus dem Koffer holen."

„Wir können auch den ganzen Koffer mitnehmen", schlug er vor. „Ich ziehe ihn mit Vergnügen."

„Der ist aber schwer und zieht sich nicht so gut", erwiderte Maja, ging zum Auto und hievte den Trolley heraus.

„Ich schaff das", erwiderte er augenzwinkernd. „Ich kenne deinen Rollkoffer mittlerweile besser als meinen eigenen. Schlaf gut, Mikki, und ich hoffe, wir sehen uns morgen", sagte Bent und übernahm den Koffer.

„Auf jeden Fall! Wenn es passt, kommen Piet und ich auf dem Hof vorbei."

„Wagt es ja nicht abzureisen, ohne Bescheid zu geben", ermahnte Maja sie noch, bevor sie sich mit Bent auf den Weg machte.

Kurz darauf schlenderten sie Hand in Hand den Küstenweg entlang. Der Koffer holperte über den sandigen Untergrund.

„Was war das eigentlich für eine Tasche, die Lara vorhin aus dem Auto geholt hat?", fragte Maja.

„Es gab einige Dinge von mir, die noch bei ihr lagen. Unter anderem diese Sporttasche. Und wir waren noch einmal auf Hiddensee, um ihre restlichen Sachen aus dem Haus zu holen. Und jetzt ist endlich alles an dem Platz, an den es gehört", erwiderte er und blieb stehen.

„Maja?"

„Ja?"

„Ich hoffe so, dass das hier der Platz wird, an den du gehören möchtest", flüsterte er.

Sie machte einen Schritt auf ihn zu und legte ihren Kopf auf seine Brust.

„Ich auch", erwiderte sie und warf dabei in Gedanken endgültig ihren Anker aus.

.

Ein Jahr später

Bent wies auf eine Kommode, die rechts neben dem Eingang stand.

„Ist die holzwurmfrei, Frieda?", fragte er laut.

„Dir entgeht auch nichts", bemerkte Frieda grinsend, als sie aus dem kleinen Raum hinter dem Verkaufstresen trat. Ihr Großvater saß in seinem großen Ohrensessel in der Ecke des Verkaufsbereichs und beobachtete das bunte Treiben um sich herum.

„Ist thermisch behandelt worden, und der Wurm müsste raus sein. Zumindest sind seit zwei Monaten keine Späne mehr zu sehen."

„Wenn da noch ein Wurm drin krabbelt, dann hat der Superkräfte", murmelte Friedas Opa mit freundlicher Miene.

Frieda lächelte in seine Richtung.

„Die ist total schön", bestätigte Maja Bents Eindruck und testete die Schubladen auf ihre Funktionsfähigkeit.

„Siehst du die kleinen Löcher?", fragte Bent und streifte dabei mit seinem Zeigefinger über das glatte Holz. „Daran erkennst du, dass mal ein Wurm drin war. Aber wenn das Holz thermisch behandelt wurde, müsste das jetzt wirklich okay sein. Nehmen?", fragte er Maja.

„Sie passt super in den Flur von Ferienwohnung Nummer zwei."

Er lächelte. „Ja, genau da habe ich sie auch gesehen." Er drückte ihr einen flüchtigen Kuss auf die Wange.

Maja öffnete das Verdeck ihres Korbes und holte zwei Stapel Flyer heraus.

„Die Handzettel sind fertig. Wenn dein Angebot noch steht, sie hier auszulegen, dann würde ich jetzt gern darauf zurückkommen."

Frieda begutachtete die DIN A4 großen Zettel.

Rügen durch die Linse –
Fotokurs für Anfänger

„Sieht toll aus, Maja! Und für meine allerliebste Stammkundin lege ich sie total gern aus."

„Danke dir. Der erste Kurs ist übrigens schon voll." Maja grinste über das ganze Gesicht.

„Wow, das ging ja schnell", entgegnete Frieda.

„Ja, total, das Tourismusbüro hat es als Tipp aufgenommen, und zack, hatte ich die ersten Teilnehmenden. Fine freut sich, dass sie die ganze Meute bekochen darf."

„Was macht das Atelier?", fragte Frieda und sah dabei Bent an.

„Es geht stetig voran. Seit das Haus auf Hiddensee renoviert und der Umbau auf dem Hof abgeschlossen ist, haben wir Zeit, uns darum zu kümmern."

„Fühlt deine Tante sich wohl?"

„Ja, total, wir haben auf dem Hof im Haupthaus letztendlich auch nur den unteren Bereich vom oberen etwas abgetrennt. Für sie ist lediglich das Schlafzimmer nach unten gewandert, so muss sie die Treppe schon mal nicht mehr hoch. Ein Bad gab es ja Gott sei Dank bereits."

„In die obere Etage kommen dann meine Büroräume. Wir warten noch auf die Genehmigung, es gewerblich nutzen zu können", ergänzte Maja.

„Und Ferienwohnung Nummer zwei wird ab Sommer wieder vermietet. Nummer eins bleibt erst mal unser Wohnsitz auf Rügen, und dazu nutzen wir ja das Haus auf Hiddensee." Mit einem Blick voller Liebe streifte er Majas Gesicht.

„Es ist alles superschön geworden", bemerkte sie und lächelte Bent dabei an.

„Das hört sich alles nach einem ziemlich guten Plan an", bemerkte Frieda. „Und das Atelier? Wie ist da die genaue Idee?"

„Wir haben uns überlegt, es einfach geöffnet zu lassen, sodass Touristen Bents Skulpturen kaufen können, wenn ihnen eine gefällt", erklärte Maja. „Wir werden es mal versuchen, mit Preisliste und einer

Geldkassette. Immer selbst vor Ort zu sein, ist ja utopisch bei Bents Auftragslage."

„Ach, das klappt sicher gut. Vertrauen wird am Ende immer belohnt, und außerdem will ich sowieso nur noch und ausschließlich an das Gute in den Menschen glauben." Das Seufzen, das diesem Satz folgte, war nicht zu überhören.

„Nehmen wir die Kommode?", vergewisserte Bent sich noch einmal.

„Ja, ich bin auf jeden Fall dafür", antwortete Maja.

„Dann ist sie gekauft", sagte er.

„Seid ihr mit Hänger da?"

„Nee, wir holen sie später, okay?", entgegnete Bent.

„Klar, egal wann, das Schätzchen ist für euch reserviert."

„Danke, Frieda. Tschüss, Herr Wulfen!", verabschiedete sich Maja, und auch Bent hob kurz die Hand.

„Mach's gut, Frieda, und bis bald, Herr Wulfen", sagte er noch, bevor er die Türklinke runterdrückte und mit Maja hinaustrat in ihren zweiten gemeinsamen Frühling auf Rügen.

Gerade, als sie auf die Räder steigen wollten, kam eine Nachricht auf Majas Handy an.

„Ach Gott", sagte sie, als sie das Foto, das da auf ihrem Bildschirm erschien, betrachtete.

„Bob hat seinen ersten bayrischen Berggipfel erklommen." Sie hielt Bent das Display vor die Nase.

„Der Kleine ist echt dick, vor allem wenn er so in diese Trage gequetscht ist", bemerkte er grinsend.

„Sag das auf keinen Fall Mikki, sie wird ständig auf seine monströsen Backen angesprochen. Sie hasst es."

„Ich werde es niemals erwähnen. Denkst du, ich darf trotzdem mal reinkneifen, wenn die drei uns besuchen kommen?", fragte er lachend.

„Auf gar keinen Fall, Bent!"

„Okay, okay", erwiderte er zwinkernd und nahm Majas Hand.

„Hast du es ihr schon gesagt?"

„Nein, das möchte ich nicht am Telefon."

„Ich würde es bald tun, damit sie planen kann. Als Trauzeugin sollte sie ja bestenfalls in natura dabei sein."

„Stimmt, du hast recht. Dann muss demnächst ein Videoanruf erfolgen. Übrigens, Mikki hat einen Nachmieter für unsere Agenturräume gefunden. Jetzt ist es amtlich – wir gehen beruflich beide unsere eigenen Wege."

Sanft zog er sie an sich.

„Und wie fühlt es sich für dich an?", fragte er vorsichtig.

Maja lächelte.

„Gut, auch wenn ich natürlich Mikki und unsere Zusammenarbeit echt vermisse. Aber das Leben geht voran, und ich bereue nichts, das ist ein schönes Gefühl", sagte sie und lehnte ihren Kopf an seine Brust, genau dort, wo sein Herz so ruhig und erdend schlug. Und sie war sich sicher nach diesem einen Jahr:

Hier, genau hier war ihr Ort.

– Ende –

Eine kleine Bitte zum Schluss ...

Wir hoffen, Ihnen hat dieses Buch gefallen ...

Der schnellste Weg, andere Leser da draußen an Ihren Erfahrungen mit diesem Buch teilhaben zu lassen, ist eine Rezension im Online-Buch-Shop. Ihr Feedback hilft nicht nur anderen Lesern, Neues zu entdecken, sondern auch dem Autor, zu verstehen, was aus Lesersicht in diesem Buch gut und weniger gut ist. So kann sich der Autor weiterentwickeln und Ihnen sowie anderen Lesern in Zukunft noch schönere Geschichten präsentieren. Außerdem sind Ihre Erfahrungen, Erkenntnisse und Eindrücke als ehrliches Leser-Feedback eine enorme Wertschätzung vieler liebevoller Arbeitsstunden, die in dieses Buch geflossen sind.

Danke also schon im Voraus, wenn Sie sich zwei bis drei Minuten Zeit nehmen und eine kleine Bewertung zum Buch z.B. auf Amazon veröffentlichen.

Mehr zur Autorin finden Sie auf

www.hannaholmgren.de,
www.instagram.com/hannaholmgren.autorin,
www.facebook.com/hannaholmgren.autorin und
www.feuerwerkeverlag.de/holmgren

Abonnieren Sie auch unseren Verlags- und Autoren-Newsletter und erfahren Sie so als Erster von unseren **Neuerscheinungen, Autorennews** und exklusiven **Buch-Gewinnspielen**:
www.feuerwerkeverlag.de/newsletter

<u>Gratis</u> Kurzroman sichern

Ein romantisches Hotel am Meer, die unendliche Weite der Ostsee und eine unerwartete Liebe...

Als Lisa ihrem besten Freund Lennart eine vergessene Weinlieferung in sein traumhaftes Strandhotel an der Ostsee bringt, ahnt sie nicht, welches Abenteuer sie dort erwartet. Denn gleich am ersten Nachmittag lernt sie am Strand Johannes kennen, der ihr auf Anhieb sympathisch ist. Wie es der Zufall will, trifft sie ihn ein zweites und auch noch ein drittes Mal, allerdings auf gänzlich andere Weise als erwartet. Die beiden kommen sich näher, und sie verbringen einen wunderschönen Abend miteinander, einen Abend, der sich nach mehr anfühlt: Das Rauschen der See, der helle Mond und Johannes' blaue Augen lassen Lisas Herz schneller schlagen. Doch als die gemeinsame Zeit auf Rügen sich dem Ende zuneigt, macht Johannes ihr ein Geständnis, und Lisa muss sich entscheiden, ob sie ihn wiedersehen will oder ihn lieber ganz schnell wieder vergessen sollte ...

Den 50-seitigen Kurzroman hier komplett kostenlos herunterladen:

www.hannaholmgren.de

Weitere Bücher des Verlages

Sehnsucht nach Rose Cottage

Hanna Holmgren

Die Erinnerungen an ihre Kindheit sind das einzige, das Ellie von ihrer Heimat Schottland noch geblieben sind. Doch als das urige "Rose Cottage" ihrer Tante vor dem Ruin steht, reist sie Hals über Kopf zurück nach Fallbury – in das Fischerdorf direkt neben den Klippen. Fest entschlossen, das Bed & Breakfast zu retten, stürzt Ellie sich in die Arbeit und wird dabei von zahlreichen Erinnerungen eingeholt. Eine von ihnen trägt den Namen Graham Flynt und hat Ellies Herz schon einmal im Sturm erobert …

Nach deinem Irgendwann

Josefine Weiss

Der Einzug eines neuen Nachbarn wirbelt Annas strukturiertes Leben schlagartig durcheinander. Denn Nils weckt Sehnsüchte in ihr, die sie sich vor langer Zeit zu fühlen verboten hat. Plötzlich ist sie gezwungen, ihr Dasein als Ersatzmutter für ihre Geschwister und ihr eigenes Leben auf dem Abstellgleis zu hinterfragen. Nils lässt ihre Mauern bröckeln, und Anna steht vor der Wahl, ihre Träume und Ängste weiter zu verdrängen und so zu leben wie bisher oder das eine zu tun, vor dem sie am meisten Angst hat: Jemandem zu vertrauen. Genau in dem Moment, als sie endlich lernt, loszulassen, verändert sich plötzlich alles, und Anna steht erneut vor einem scheinbar unüberwindbaren Scherbenhaufen...

Braves Kind

Gunnar Schwarz

In Hamburg verbreitet sich ein verstörendes Video. Ein Mädchen in einem weißen Kleid liegt tot am Elbufer, in ihrer Hand hält sie eine blutverschmierte Stoffpuppe. Kommissarin Sina Claasen nimmt zusammen mit ihrem Kollegen Eric Bartels die Ermittlungen auf. Doch anstatt des Kindes finden sie die grausam zugerichtete Leiche eines Hamburger Politikers. Als weitere Mädchen verschwinden, wird schnell klar, dass das vermisste Mädchen und der tote Politiker nur die Spitze eines unfassbaren Eisbergs sind. Und je tiefer die Ermittler graben, desto mehr sehen sie sich einem tiefschwarzen Abgrund gegenüber - einem Abgrund, der auch sie in die Tiefe zu reißen droht...

Düsterhof

Melisa Schwermer

Eine junge Frau wird in ihrer Wohnung überfallen und bestialisch ermordet. In scheinbar blinder Wut hat der Täter unzählige Male auf sie eingestochen. Schnell fällt der Verdacht auf ihren Ex-Freund, der die Trennung offenbar nicht überwunden hat.

Doch seine Anwältin Annabelle Hart glaubt nicht, dass er der Täter ist, auch wenn alles auf ihn hindeutet. Gemeinsam mit dem Privatdetektiv Felix Hertzlich macht Annabelle sich daran, die Unschuld ihres Mandanten zu beweisen und stößt dabei auf einen kranken Killer, der eine Frau nach der anderen hinrichtet.

Als Annabell und Felix dem Täter auf einem düsteren Hof schließlich näher kommen, als sie es jemals hätten tun sollen, beginnt für sie ein Spiel um Leben und Tod...